U0907249

第一线

张也 作品

UNITY PRESS 團结出版社

图书在版编目（CIP）数据

第一线/张也著. --北京：团结出版社，2017.7（2020.2重印）
ISBN 978-7-5126-5302-3

Ⅰ. ①第… Ⅱ. ①张… Ⅲ. ①长篇小说－中国－当代
Ⅳ. ①I247.5

中国版本图书馆CIP数据核字（2017）第155111号

出　　版	团结出版社 （北京市东城区东皇城根南街84号 邮编：100006）
电　　话	（010）65228880 65244790
网　　址	http://www.tjpress.com
E-mail	65244790@163.com
经　　销	全国新华书店
印　　刷	北京佳信达欣艺术印刷有限公司
装帧设计	成都天恒仁文化传播有限责任公司
开　　本	170mm×240mm　　1/16
印　　张	18
字　　数	240千字
版　　次	2017年7月第1版
印　　次	2020年2月第2次印刷
书　　号	978-7-5126-5302-3
定　　价	63.00元

（版权所属　　盗版必究）

前　言

这是一部描写农村生活的长篇小说。

我写农村生活有三个得天独厚的条件。

第一，我在农村长大的。我家祖祖辈辈都是农民。从记得事情开始，我就亲眼看见和亲身经历了农村的变迁。减租减息、公私合营、互助组、变工组、初级合作社、高级合作社、人民公社。大炼钢铁、大办公共食堂、重新划分自留地、社会主义教育运动等等。这些丰富的经历使我对农村的社会主义发展过程有了比较深刻的了解。

第二，我在农村学会了许许多多的农活。农村里的工作看起来很简单，其实很不简单。许多工作还有相当高的技术含量。比方说种麦子摇耧这个活计，就有许多窍门在里头。耧在进入土地前先摇三下，目的是让种子从仓斗里流淌到耧铧的尽头处，不至于庄稼长出来以后地头上没有麦苗；当耧摇到对面地头上的时候，大约有三步距离的样子，就得停下来摇耧，目的是把耧斗里已经落下来的麦种子种到地里，不至于出现庄稼长出来以后地头上的麦苗太稠密。农民把这种动作称之为“紧三摇、慢三摇”，这就是有技术含量的工作。谷子是撒种的，是用手把谷种子撒在地里的，而且撒种前要给种子里搅拌上三分之二的草木灰，原因是谷子的颗粒太小，耧是没有办法种的。如果不搅拌草木灰，撒下去的谷子就太稠密了。打场这个技术活有滩场、碾场、翻场、扬场等等，每一道工序都有讲究。这些我都经历并且学会了。而且学会了以后我还有许多发明和创造，如果不离开农村，我敢肯定我是一个好庄稼汉，原因是我有文化，还喜欢动脑子。

第三，我认识了许许多多的农民。这种认识不是对长相上、穿戴上的认识，也不是相互之间的关系和称谓上的认识，而是农民的性格特点、思想意识、看问题的角度、处理问题的方法、心灵深处的变化等等，从这些地方认识了他们。农村的生活太丰富了，农民伯伯们太有意思了。他们的生活和思想、他们处理问题的手法，连城里人、指挥千军万马的将军们、甚至于官场里玩弄手腕的老手们都望尘莫及。打一个比方：有一回，五个半大小伙子去西瓜地里偷西瓜，他们中的两个人去看瓜的房子里耍手段，假装为了一个小小的事情话不投机，然后就大打出手。看瓜的老汉手忙脚乱地拉架，西瓜地里的两个人见时机成熟了，就下手摘西瓜。他们太心狠，摘了一麻袋西瓜，差一点背不动了。而远处还站了一个人，这个人就是观察哨，防止生产队长突然来这里检查工作时把他们笼住。五个人分工明确、配合默契、战果辉煌。只有看瓜的老汉从头到尾都被蒙在鼓里。类似这样的事情比比皆是。有一个农民家里来了一个城里人，农民就招待这个城里人吃饭，城里人吃了一碗饭以后，没有吃饱，还想要，但是又不好意思张口，就用空碗比画着说："我们家盖房子用这么大的木头。"他用空碗向主人表示他还想吃一碗。主人明白他的意思了，结果去伙房里一看，没有饭了。正在这个为难的时候，这个农民灵机一动，计上心来。他端着空锅来到城里人跟前，说："你们才用那么大的木头，我们家用这么大的木头盖房子，明白不?"两个人都明白了，两个人都笑了。这就是农民的聪明之处。类似的事情能装两箩筐。这就是我对农民的了解。

中国是一个农业大国，农民占全国人口的百分之七十以上，把农民、农村、农业三个方面的事情办好了，国家就稳定了，人民也就幸福了。所以，共产党从成立的那一天开始，就考虑必须让农民们富裕起来。1949 年以后，也一直在探索引领农民走上富裕的道路。

这部小说反映的正是共产党最基层的党支部书记是如何为了巩固这个政权，把农民团结起来，走共同富裕的道路的。

作者

2016 年 6 月 6 日

目 录

CONTENTS

第一章

“过去了——过去了——”

“过来了——过来了——”

“去你的，我喊‘过去了……过去了……’是叫地震赶快过去，你个碎仔仔娃喊叫‘过来了……过来了……’啊？你还嫌人死得不够吗？啊？”

“你是大人也不能骂我妈嘛！你喊过去了……过去了……是想让地震赶快过去，这个我明白得很。咱们双铺子活下来的大人都这么叫喊呢。我喊过来了……过来了……是给大家提个醒。明明庄里的柳树都筛开糠了，你们光知道收拾破东烂西，不赶快逃命，人要紧吗东西要紧？过来了……过来了……”

骂人的老汉被余震再次摔倒在地，尘土卷起来笼罩得村子里任啥也看不见，大约过了一顿饭工夫，老汉慢慢站起来，眼睛扑棱扑棱看着这个娃娃，心里暗暗地想：这个下家了不得，长大了必定是个人物。随问道：“你叫啥名字？”“我叫拴成。”“几岁了？”“三岁。”“你是谁的娃娃？”“我是我爸的娃娃。”“你爸是谁？”“我爸是张国富”。老汉看着这么小的娃娃就这么厉害，这张家今后必定是个望族，必定出人物。

拴成是谁，咱们先不去考究，先捡要紧的事情说，这紧要的事情就

老一少说的大地震。

朋友们大都知道1976年8月28日发生在中国唐山的大地震；也可能对2008年5月12日发生在四川汶川的大地震记忆犹新，这两次大地震对地区性的破坏、对人员的伤亡，令现在的人们仍然谈震色变，留在活人心目中的阴影至今无法抹掉。但是，许多对人发生在中国大地上的另一次大地震却没有多少记忆，原因是年代太久远了，而且在人烟稀少的农村，但是那次大地震造成的损失绝不亚于唐山大地震和汶川大地震，这就是发生在中国这块土地上有记录以来的最大的一次大地震——海原大地震。这次大地震发生在1920年12月16日晚上8点16分，地震的震级是8.5级。老百姓说起那一次大地震来，都说民国九年的海原大地震。那次大地震的震中就在现在的宁夏回族自治区的海原县西北40公里的干盐池，干盐池距离双铺村仅仅五公里，所以双铺子村实际上就是震中。

海原大地震虽然发生在人烟稀少的农村，但地面上的建筑没有一处留存的，大地裂开的口子有几十米的、几米的。老百姓形容说：大地震摇开的口子把骆驼都掉进去了。两山被地震摇得合为一体，羊和人都合在了中间。干盐池翻过小山丘的杨崖湾北边有一个叫做高窑湾子的地方，整个平地上裂开了无数条弯弯曲曲的大口子，足足有一丈宽，深不见底，而且一波一波地往出冒黑水，当地的百姓不理解，说大地震把海眼震开了。双铺村的韩家和路家都是这个村子的老户，也是大户。房子都是青砖蓝瓦房，结果地震一来，两家的百十来口子人只有韩家跑脱了一个人，其余的人全部被埋在了倒塌的房子里并且陷进了地下，两家基本上成了绝户。

大地震过来的时候，先是蓝光闪闪，如同地底下的高压电线短路了一样，又如同大暴雨来临时那种闪电，四面八方冒出来的都是蓝色电光，老百姓不理解，害怕极了，定定地坐在房子里不敢动弹。他们害怕的时候心里想：这老天爷怕要收人呢。紧跟着轰隆声响起，由远而近，还不等人们弄明白是咋回事呢，一时三刻房子倒了下来，大地在抖动，山在摇晃，树在筛糠似的摇动，平地上卷起了一片烟雾土尘，一时间天昏地暗。

当时甘肃、陕西、宁夏、青海、山西、河南、四川、广东、上海都有明显的震感。地震之后的大大小小的余震发生了几千次，历时一年左右。以海原县的干盐池，双铺村为中心，半径200公里左右都有死伤，这次大地震共造成57万人死伤，其中死亡27万人。双铺子村几乎家家都死了人，可是，有一个大户人家没有死一个人，仅仅伤了一个中年妇女。这件事情就是怪怪的一件事情，为什么一个近百口子人的大户，在那么大的地震到来时，竟然没有死一个人，这其中的原因大家都在猜测、在议论、在思想，有的甚至请阴阳先生算命，请风水先生看地方，但是统统不得其解，直到事情过了九十年，这个迷才被张家的后裔自己解开了。这是后话，在这里按住不表。

张家在历史上就是名门望族，大富豪家境，老先人从山西大槐树底下迁移过来时先在双铺住了一些年代，后来又迁移到甘肃山丹县，有一天，老先人的掌柜的做了一个梦，梦见双铺村的地印子埫山上黄洼洼的一片油菜花，在太阳的照耀下，黄黄的油菜花照得人连眼睛都睁不开，老先人被强烈的太阳和黄洼洼的油菜花照得惊醒了，天还不明就把家眷们叫起来，让凉州大叫驴驮着行李细软，带着老老少少往靖远县的双铺子赶。这时候正是八九月间，先人们还没有按顿稳当呢，就借了地主家的牛上山犁地，赶到上冻的时节，二百来亩山坡地已经打磨平整好了，第二年开春种了二百亩油菜，这年夏末秋初，二百亩油菜喜获大丰收，张家的发家从此开始了，用现代人的话说，张家的第一桶金就从种油菜中挖出来的。过了些年，张家已经是家豪富大、牛羊满园、骡马成群，宗字辈的张家掌门人给万字辈的五个弟兄一人盖了一院青砖瓦房。据本书的主人翁张志德后来回忆说，民国九年大地震前，张家老院子用花岗岩的石条做基础，玉石做柱子底座，方砖铺地，门楼子上雕龙刻虎，照碑上花鸟山水一应俱全。光是拉长工的就顾请了十多个汉子，打短工的一到农忙时间有二十多个，厨房里顾有妇女做吃货，门卫请人做保安。金银财宝不计其数，关于金银财宝以后的去向，我会在别的章节里专门作介绍。

张家的青砖瓦房，高门大院不能说不结实吧，但还是没有抗住大地震的摇晃。大地震来时，虽然也坚持了一阵子，但最终还是被摇塌了，所幸留下来一个上房的马头子没有被地震摇倒，但是余震过来时也坚持不住，倒下去了，不但倒下去了，还砸伤了一个中年妇女，这个妇女为什么被余震摇倒的上房马头子砸伤，且听我慢慢道来。

海原大地震发生在民国九年，在大地震到来之前，应该都有许许多多苗头，或者反常现象，这是非常科学的自然现象，海原大地震发生前，肯定也有许许多多反常现象发生，遗憾的是由于人们的文化程度有限，对科学道理还不十分明白，即便发生了反常现象也解不开个中谜团。这不，张家的老先人们就遇见了一个十分奇怪的反常现象。

1920 年 12 月 13 日晚上，张家的掌门人叫张宗仁，按照张家的家谱记录，宗字辈之后是万字辈，万字辈之后是国字辈，国字辈之后是志字辈，志字辈之后是玉字辈。不论走到天南地北，只要说白菜张，都说是一家子。是一家子就得分个辈分，按字辈排列就知道谁是长辈谁是晚辈。在同一辈人中，名字中也能分出个老大老二老三老四。比方说张宗仁，这是宗字辈，后面的仁字就是同一辈人的老大，仁字就是中华民族道德的精华，说完全了就叫做“仁、义、礼、智、信。”宗字辈是弟兄五个，刚好一个人占一个字。那么张宗仁肯定就是老大了，老大在家族中是掌权人，这在北方各地已经成了约定俗成的习惯。

从 1920 年 12 月 13 日晚上开始，张宗仁每天晚上都做一样的梦，这本身就是十分奇怪的事情，第三天早上，做完梦的张宗仁老先生把全家的成年男人都叫到上房里来，说：“从大前天晚上开始，我做了一个梦，梦见我晚上跪在庙里，庙里的神仙是谁也看不清楚，香火很旺，庙里雕梁画栋，烟雾缭绕，红蜡烛照得庙里通红，大前天晚上我整整跪了一个晚上，天麻麻亮我醒来时腿都麻得伸不直了；第二天晚上又整整地跪了一个晚上，我怕我这么一晚上一晚上地跪下去，老命都要贴赔上了。昨夜又做起了同样的梦，从做梦开始我就双手合十，端正地跪在神像前，我也不知道这是为什么，是老天爷要作践我呢还是神仙要惩罚我呢，我今生今世没有做过亏心亏理的事情嘛，即便是老先人们做过什么亏心事情也不应该让子孙后代们受罪，况且我都接二连三地受了三个晚上罪了。我正在纳闷时，庙里的烟雾慢慢散开了，神的眉目出现了，原来是传说中的黄帝，这是很早很早以前的神仙了，据说是汉人的老祖先。这时候村子里的鸡已经叫了三遍了，时间约莫到五更天了，我实在跪不住了，见神仙眉眼清楚起来，就连着磕了三个头，说，你老人家有什么话就尽管吩咐，我们张家人那个地方有做得不周全的地方，或者那个地方冒犯了你老人家，你就说出来，我们好收拾他。我刚说完，神仙竟然说话了：'这么大的灾难来了，你们不能不受一点损失吧？'我问神仙，什么灾难？神仙说，天机不可泄露。我又问神仙，请你老人家明示，我们如何受损失，神仙说至少得有人挂彩，我正在寻思着神仙说挂彩是什么意思，结果我被惊醒了。我想了很多，总想不出个眉目，今天把大家召集来，你们帮助我解解我这个梦，到底是什么意思，连着三个晚上做同样的梦，我活了快八十岁了，听都没有听说过，这到底是什么意思。是老天爷暗示还是老祖宗捎信来了，我不明白。再说了，神仙说的至少有人得挂彩是什么意思，大家也帮我解一解。”张家老汉给儿女们出了一个大难题，大家七嘴八舌地分析，调动了脑子里所有的知识，联想了从古到今的所有事件，到头来还是说不出个所以然，张家老汉见大家也解不了这个梦，只好安顿全家人：多想、多看、多听、多加小心。

张宗仁老汉召开家庭会议的当天晚上，大地震发生了，仅仅几分钟时间，这个地方天翻地覆，一切都变了样，张家的高墙大院不见了，青砖瓦房不见了，雕梁画栋不见了，做基础的条石、做柱顶石的玉石不见了，刚才还展示着历史的辉煌和富有的象征，仅仅几分钟工夫变成了一堆碎砖烂瓦，张家的房子

和村上的所有房子、窑洞，全部都倒在了地上。第一个泼次的过去以后，这里仅仅残留了张家上房的一处马头子还端正地立在那里，虽然像喝醉了酒一样，随着余震来回地摇动着，但是还是坚强地站在那里了，这个没有倒下的上房马头子多少还展示着张宗仁家的富有。

地震过来前，全村几百口人，鸦雀无声，大部分人睡着了，有的虽然没有睡着，却被传过来的怪叫声吓得不知所措，胆小的蒙着头，胆子大一点的静静地听着可怕的怪叫，甚至于地动山摇开始以后，人们吓傻了，不知道怎么办，屏住呼吸等待着、期盼着，不知道大家等待什么，期盼什么。当他们发现自己家的房子，窑洞没有了，亲人们不见了，这才反应过来发生了可怕的大地震，回头再看看自己的亲人们一个个口吐鲜血，非死即伤，这才呼天嚎地的大叫大喊，放声大哭起来。这一场灾难用“无人不带孝，处处是狼烟”来形容双铺村再适合不过了。

张宗仁家的人却一个不少地逃了出来，尽管男女老少衣衫不整，灰头土脸，但是各家经过清点人口，一个不少大家围在一起浑身发着抖，不知老天爷怎么这么收人呢。妇女们搂着自己的儿女，既是一种保护，同时也是一种依靠。十二月的天也冷得厉害，逃出来的人们大都没有什么取暖的外衣，张家老大家的媳妇，也就张宗仁的大儿子张万太的媳妇看见倒塌的房子瓦砖下面压着她的一个包袱，那里头有她的金银首饰呢，半个包袱在外面裸露着，她冒着余震的摇晃冲过去抽包袱，就在这个档口，没有倒塌的马头子倒了下来，这一倒不偏不倚，正好把大媳妇压在底下，大家见大媳妇被马头子砸倒了，不顾一切地冲过去救人，还好，虽然头上被砸得满头流血，一只左胳膊也动弹不得了。但是人还活着呢，这就是不幸中的万幸。

大地震发生许多日子以后，张家掌柜的张宗仁才明白过来民国九年 12 月 13 日到 15 日，每天晚上为什么做一样的梦。这才明白过来庙里的神仙为什么告诉他，张家要有人挂彩是什么意思。张家老汉不但给家里人讲这件事，也给双铺村和双铺村上下邻村还活着的老年人们讲这件怪事情。

关于连续三天晚上做一个梦的事情，头一个知道的是张宗仁的重孙子，这个重孙子只有三岁，从小聪明灵巧，深受太爷张宗仁的疼爱，所以每天晚上都和太爷睡在一个被窝里，由于他聪明伶俐，太爷作了怪怪的梦自然头一个要讲给重孙子听，这个孙子名叫栓成，正是本文开头喊叫："过来了……过来了……"的那个娃娃。

大地震过去以后，骂他的老汉见人就说，这个三岁的娃娃道行大得很，才三岁就懂得那么深的道理，真是从小看大，三岁看老。这必定是张家的人物。说得没有错，这个人物不是别人，正是以后成了双铺村的领头人物，官名叫张志得，官职是共产党的党支部书记。

当然，张志得长大成人以后一方面忠诚共产党的事业，没白没黑地干共产主义的事业。在他的内心深处始终没有忘记一件事情，就是太爷给他讲过的，连续三个晚上做一样梦的事情，他一有机会就苦思冥想，终于有一天把这个梦解开了，但是时间已经过了九十年的2008年了。

第二章

黄河十八弯，靖远一弯到潼关。到过靖远的人都知道，除了黄河在这里拐了个弯以外，其他都平平淡淡，不过从靖远往东走百十里就不一样了。这里有一个村子叫双铺子村，大约是康熙年间，在这里修了两个堡子，地势高一点的堡子叫上堡子，地势较低的堡子叫下堡子，后来海原大地震的时候把两个堡子都震塌了，堡子不存在了，名称却沿用了下来，而且叫名字随着人们口语的习惯把双堡子叫成双铺子，双铺子就双铺子吧，反正没有文字记载，也没有历史上记录，人们喜欢叫双铺子就叫双铺子吧。这个双铺子既没有名气，也没有神秘的氛围，但是坐落在双铺子村南边的一座小山你却绝对不敢小看，这个山的名字叫斜山，当地人把它叫学山，不是有学问的学，而是不正，和别的山相比较它是一个横向的山，当地人把不正都称作学，形容某个人不讲理时，说那个东西是个学学子货，意思是和别人不一样，学学子货就是斜斜子货，山和别的山不一个方向，所以当地人取了个斜山的名字。

斜山和别的山一点都不粘连，再往南百十来米才是屈吴山的山脚，屈吴山却是一个名山、大山，有 3000 米高度，只要天下雨，屈吴山上必定有积雪，这都不算啥，关键是屈吴山的山坡上有一个庙宇，庙宇在这一带，包括会宁县、通渭县、靖远县、靖泰县都很有影响，谁家人病了，来庙里取一个符，实际上就是和尚给他包一包香烧过的香灰，拿回去让病人喝了，病立马就好了；找不上媳妇，来庙里求个神，过不了多久就洞房花烛夜了；老人快不行了，来庙里上一炷香，老人慢慢地就活过来了；学生要考大学了，来庙里许个愿，学生保险考上大学；做生意的人想投资了，来庙里问神；工程要动工了，来庙里问神。这二三十年有许多官员在夜深人静的时候，换掉官服也来烧一炷高香，不知道是求升官还是求发财，要么就是求平安，包括求神仙保佑他和他的秘书大家都平平安安。据老百姓说屈吴山的神仙灵得很，有求必应，因为这个庙是玉皇大帝设在人间的办事处。越传越神，越神越传，以至于这个庙里的善男信女源源不断，香火极旺。请看官们别忘了，斜山就在屈吴山的山脚下。

在斜山的正北面二十多里处，有一座东西走向的山脉名叫黄家洼，山不高也没有什么名气，但是上到山顶上才发现，在山顶上有一条很宽的大路，大路沿山的走势从东向西延伸去，东边从什么地方开始的西头到什么地方结束的没人知道，这条路是什么时候修的，何人修的，也没有人知道，直到前些年，省上来了许多专家考察，最后才认定这是秦直道，始于陕西，止于伊朗和斯里兰卡，和北边的万里长城年龄相仿。

在斜山的西面，有一个叫马饮水的地方，这个地方曾经出过一个大人物，名叫王进宝，是清朝的一品命官。康熙、乾隆年间，三品以上的官员都在京城皇帝的身边工作，而唯独王进宝将军被康熙王授予了一品将军却住在斜山西边的马饮水，这不仅是怪人怪事，这里肯定有一番道理，这个道理后人们可能慢慢地会解开其中的迷。

从斜山再往西，有一个黄河的渡口叫虎豹口，1935 年红军的西路军在张国焘、李先念、陈昌浩、徐向前的带领下就从这里用羊皮筏子把几万红军将士运送过河对面去，然后向西开进。这件事情几乎所有与红军有关的史书上都有记录。所以，虎豹口的名气就大起来了。

从斜山往东就是宁夏海原县的西华山，西华山和屈吴山连在一起，然后都向东延伸出去，一直连到赫赫有名的六盘山。西华山虽然没有名声，但是和六盘山连起来就沾光了，就有名气了。

从斜山往西不远处有一个地方名叫打拉池的地方，可别小看了这个打拉池，红军一、二、四方面军经过一年的长途跋涉和艰苦卓绝的奋斗，终于于1936年10月在甘肃的会宁县会师了，本来这是一件举世瞩目的大事件，应该好好地庆祝一番才对，但是由于蒋介石反动派的军队的围追堵截，胜利会师的三个方面军不敢有一丝一毫的懈怠，三千多名将士，立即转移，这个转移就到了斜山西边的打拉池，红军在打拉池住了48天，不但在这里召开了庆祝大会，也进行了部队的休整和供给的补充。

斜山还有一个生死患难的经历就是经历了惨绝人寰的海原大地震。1920年发生在海原的大地震，震级为8.5级，这是中国有史以来震级最为强烈的一次大地震，地震的裂度为13度，地震造成了27万人死于非命，30万人伤残，这次地震取名为海原大地震，但实际上就是发生在海原县以西的干盐池，斜山和干盐池紧密连在一起，两地相距只有四公里，所以斜山应该算是地震的中心，奇妙的是周围二百公里的地面建筑全部毁于这次大地震，地面和地形也发生了可怕的滑坡、地裂、塌陷、错位等等现象，唯有斜山却纹丝未动，留下的疑问叫后来的人们思考了几十年而不得其解。

斜山周围的地名也怪怪的，似乎从外星人那里传过来的地名，你听听地名：打拉池、毛卜拉、西格拉、白疙瘩、牙古达、黄沙哇、虎豹口、在可塞等等。都是些什么地名，谁也无法解释这些地名到底说了个什么意思，不像当地的地名，白石头沟就说明沟里有白色的石头；马家大沟就是这个大沟里住着姓马的人；马饮水就说明这个地方有水，这个水是马喝水的地方，这些地方的意思都十分明白，唯独这白疙瘩、毛卜拉、打拉池是什么意思谁也说不明白。

把周围的情况说完了就该说斜山本身了，这个名叫斜山的山真是小得很，南北长顶多200米，东西宽也就100米，撑死了占地不过五亩左右，山的高度顶多七八十米。关键是别的山都是东西走向，而这座山偏偏是南北走向；别的山是一座连着一座，关系比较密切，唯独这个斜山独独地横在那里和谁都不粘连，南头距离屈吴山的山脚最近，也有百十来米。斜山南头高，北头低，越看越不像一座山，远远地看去好像一座大型的坟茔。有人议论说这个斜山八成是西夏王朝的王陵，西夏王是很鬼的，害怕后人们在他死后盗坟墓，修了许多坟墓，有真的也有假的，这就为难盗墓的毛贼了，以前的人们开挖了几处西夏王的王陵，结果都不是真的，那么真的到底在哪里呢，这个斜山闹不好就是真的，因为在西夏王朝统治时期，双铺子村这个地方是西寿保泰军司的官府，在这里建立陵墓是极有可能的，狡兔都有三个窟呢，况且人呢。

斜山的西边紧靠山边住了一家人家，从家谱上看这户人家在这里居住了数百年，老辈人口头传说这家人是从山西洪洞县的大槐底下迁移过来的，但是根据祖坟的年代推算，这个说法不够真实，山西洪洞大移民是康熙皇帝手里的事，应该是1760年前后的事，而张家的九处祖坟都可以推算到明朝时代，不过老辈人口头传下来的有些事情还是很有意思的。比方说张家的外号叫：“白菜张”，说的是张家的老先人们从山西洪洞县大槐树底下要东南西北地分手了，老先人们煮了一锅大白菜，叫所有的人都吃些大白菜，然后记住这次散伙饭是白菜，以至于到若干年以后，凡是姓张的碰见姓张的，拉家常的时候互相问是不是白菜张，如果对方说是白菜张，那么这两个不认识的人就是一家子，如果对方说不是白菜张，就说明不是一家子。这就如同“打锅牛”一样，据牛家的朋友说，他们牛家的人也遍布五湖四海，见了面先问打锅不打，如果对方说打锅，那就说明这两个牛是一个祖宗，原因也和白菜张一个样子，姓牛的人在山西洪洞县大槐树底下要分手了，要各奔东西了，这一分手就是永远的分别，为了让后人祖孙万代记住天下牛家人是一家，他们吃完散伙饭以后就把做饭的锅打碎，一家拿一块碎锅片做纪念，以后凡姓牛的见了面就问打锅不打，用打锅来证明是不是同根、同源、同祖先。这个斜山下面住着的张家人还有一个传说，说他们是张五爷的后代，凡是张五爷的后代的脚片子都有标志，就是小指头的指甲是两块，一块大、一块小，走到天南地北，只要小脚指头是两半个，就是一个祖先，这个祖先就是张五爷，这仅仅是一个传说，至于张五爷是谁，连他们张家人也说不清楚。

斜山底下的张家人经历了几百年的时代变化，历史朝代的更换，他们家族也从合到分，由富到穷，正如古人说的：天下大势，分久必合、合久必分。张家的家族就这么风风雨雨几十代、分分合合数百年。

到了民国年间，张家出了一个人，这个人是一个怪怪的人，一辈子既没有做大官，也没有挣大钱，但是这个人却不简单。三十八岁的时候一个道士给他算了一卦，道士说："九二八"。他听不明白"九二八"是什么意思，他家族的所有的人都不明白这个道士说的"九二八"是什么意思，他的二爸曾经是靖远的秀才，他二爸也不明这个"九二八"是什么意思，甚至于连二爸这个秀才的老师也无法解释这个道士说的是什么意思。不明白意思却有一个办法，他二爸在家谱上张志得的名字下面写了一笔，在他的名字下写下了"九二八"的字样，这样留下来大家慢慢地解这个迷，省得把这个道士说的："九二八"给忘了。

斜山底下出生的这个怪怪的人开头的小名叫栓成，长大一些了正式取了一个官名叫张志德，这个志字是张家家谱中规定了的，到他们的爷爷的那一辈分中间这个字是万字，他父亲这一辈人中间的字是国字，他们这一代人中间的字是志字，他的后人们中间的字是玉字。按照字辈排列，走到天尽头都不会乱。

这个张志德是一个怪怪的人物，仅从一辈子做了三次梦就足以证明他不是凡人，一次是两个正在巷道里挖煤，结果巷道塌方了，两个人被封在煤窑里无法出来，面对大难临头，两个人慌不择路，在黑洞洞的煤窑里四处碰壁寻找出口，在确认无法出去时，他们坐在煤窑里痛哭了一场，准备和阳间告别了，后来张志德带了一个人爬进巷子里救他们两个民工，结果二次塌方把四个人都埋在巷巷里了，求生的希望使他们拼上吃奶的力气四下里找出口，找着找着，感觉一个地方土比较软，他们四人就用手挖，挖了很远一截路，张志德问后面的人挖过的土呢，后面人说用脚蹬到后面去了，他们四个人这才真的害怕起来了，因为前面是用手刨土，用脚往后推土，中间的人也用手脚并用往后面推，第三个人和第四个人求生心切，哪还考虑土推到后面会造成什么结果。等他们都冷静下来时，才感到问题相当地严重，假如前面挖不动了时，四个人连身子都转不过来了，死定在这个地方了，几个人又一次痛哭了一场，哭累了，他们都迷过去了。这时候爬在最前面的张志德做了一个梦，梦见洞口处红红的太阳，把大地照的通明，青山绿水，百鸟齐鸣，他一高兴给惊醒了。从古到今做梦的人几乎人人都做，梦的内容可以千奇百怪，但是真正能梦见太阳的人少之又少，这个迷至今没有人能够破解，但是张志德却梦见红红的太阳了，他觉得有生存的希望，就大声叫喊另外三个伙伴，然后又继续往前挖，挖着挖着呼地感觉一阵风，然后他就什么不知道了，等他再次醒过来时，已经是大中午了，红红的太阳照在大地上，天特别蓝，树特别绿，鸟儿叫的特别地响，他回头看了看，他爬出了煤窑，而且三个伙伴也躺在他身边，他叫了一声，几个人高兴地跳了起来，天无绝人之路，这是张志德的第一个怪梦。

二十世纪九十年代，张志德已经八十多岁了，他有一桩心事闷在心里几十年，一直纠缠得他不得安宁，这就是他的父亲还埋在宁夏的中卫的莫家滩，父亲为了保护他这根独苗苗，带着他和他母亲逃难来到宁夏的中卫县，在一个叫莫家滩的地方住了下来，不曾想再一次风雪交加的日子里，母亲带着他外出要饭却迷了路，直到第二天雪停了，天晴了他们母子才回到枣园子看枣人的小房子里，结果父亲连冻带饿，已经断了气了。是当地的回民用一张破席把父亲包住埋到一个山坡上，那时候他的父亲才三十八岁，张志德才十来岁。十几年以后张志德长大了，为了逃避国民党的抓兵，张志德和母亲又回到双铺子村，住在了斜山脚下的四爸家里，因为他们母子没有房子住，二十世纪七十年代，张志德经常给儿女们说："你父亲比我父亲幸福得多，你们的父亲吃香的喝辣的，住新房，穿新衣裳。我的父亲只活了三十八岁，还饿死在了中卫。"最初张志德的子女们以为父亲说笑话呢，等明白过来后才知道，老人家想时时刻刻在想念他含恨而死的父亲了，于是大家就商量着把老人家的父亲骨头搬回来，和奶奶的坟埋在一起，也好了却老人家的心愿，老人家听了儿女们的意见，自然觉得儿女们很懂事，也很孝顺，十分地高兴。

迁坟的一行人到了中卫县莫家滩以后住了一个晚上，这个晚上张志德做了一个梦，梦见埋他父亲的地方已经发生了很大的变化，挖窑洞的人把挖出来的土堆在他父亲的坟地处，形成了一个不小的土堆，土堆上站着一个人，他们上去搭话，那个人说："都这么几十年了，场地都变成这个样子了，你就是知道你父亲的坟在这里也没有办法挖出来了，土堆得跟山一样，你们哪有那个力量挖坟呢，再说了，你屋里都好，儿女健康，家里平安，人财两不缺，说明老人家在这里过的好着呢，你们动他老人家干什么？"张志德醒来后把晚上做的梦给儿女们和随来的阴阳先生说了，阴阳先生说："那是你老人家太想念你的父亲了，日有所思就夜有所梦，这不奇怪。"

吃罢早饭，他们一行人就来到埋张志德父亲的坟地处，这里果真堆了山一样的一堆土，根本就没有原来的样子了，父亲的坟在哪里呢，令大家十分吃惊的是土堆上果然站了一个人，这个人还主动地问他们干什么事来了。张志德把当年逃荒要饭到莫家滩，父亲连冻带饿死在了枣园的小房子里，村里的回民同情无依无靠的孤儿寡母，就用一张芦苇席子卷了父亲埋到这里了。如今日子过好了他想把老父亲的骨头搬回去埋到老母亲一块。那个人听了张志德的叙述又问了家里的情况，然后和张志德昨晚上做的梦一模一样地讲了那些话，张志德他们听得云里雾里的，仿佛老天爷就给他们安排了这么一场活动，张志德看了父亲埋的地方，实在没有办法迁坟，就在地上烧了些纸钱，磕了几个头，老泪纵横地离开了这里，同行的人四处传播这次迁坟的怪事，唯有张志德闭口不提这个梦。

张志德做的第三个怪梦已经是2007年的事情了。关于这一次怪梦带有许多神秘的色彩，相信迷信的人认为这是一个上帝的感应；研究科学的人认为这是一场条件反射；还有的人说这个张志德在前世就非同凡响。人去世后在阴间要转化身份，过奈何桥的时候人人都要喝一碗迷魂汤，这一碗阴间的迷魂汤就把你前世所有的事忘得一干二净了，重新安排以后，你只能按照你新的身份生活，对前世没有半点记忆。当然也有个别人在奈何桥上就混过去了，没有喝迷魂汤就过了桥投了胎，张志德八成在过奈何桥时没有喝迷魂子汤。这2007年张志德到底做了个什么梦，我只能到这个故事的结尾处叙述了。

第三章

一家老小三口人逃难到宁夏中卫以后，住在莫家滩的一个枣园的一间房子里。房子虽然简陋，但抵风挡雨完全不成问题，而且有一个忙上炕，炕还很大，别说炕上睡三个人，睡五个六个也绰绰有余。忙上炕是农村的最时髦的叫法，也就是满房子都是炕，进门就上炕，所以这里的人就叫忙上炕。这个忙上炕质量还比较好，他们到了当天把炕烧上，结果满炕都热，三口人感觉非常满足，也十分地幸福。三个人到中卫莫家滩的季节是十二月份，天气已经很冷了，枣树上光秃秃的，连一片叶子都没有留下，叶子全部落在了地上，这是绝好的一个条件，枣树叶子干干的，在枣树底下平铺了一层，第二天一家三口人收拾了很大很大的一堆，用这些枣树叶子烧炕，做饭是再好不过了，看来老天爷给他们留下了一条活路。

莫家滩是中卫的一块宝地。古人说：天下黄河富宁夏，宁夏黄河富中卫。如果再往下说的话，应该就是：中卫黄河富莫家。这个地方确实不错，出大米、出西瓜、出红枣、出枸杞子、出二毛羊皮子，黄河的鱼又大又香。过了河有一个地方叫照碑山，那个地方挖出来的煤瓦蓝瓦蓝的，点火时连引火的柴都不要，用洋火直接就点着了。老百姓说中卫盛产黄、红、蓝、白、黑。黄就是黄花菜；红就是红枣和枸杞子；蓝就是蓝炭；白就是二毛皮子，二毛皮子在当时是非常值钱的物件，每一撮毛都有九道弯。达官贵人，商贾富豪，贵妇人，几乎都有一件二毛皮子的大氅。莫家滩的大米是上好的贡品，不用就菜都能吃白米饭，吃起来油油的香。旧社会全国出贡品米的地方有三个，一个是新疆的米泉县，一个是沈阳的盘锦，再就是宁夏中卫的莫家滩。

宁夏的中卫从古到今都十分地有名，前面说了过去和物产，现在这里已经发展成了旅游胜地，一年四季游人如织、车水马龙，七八月旅游旺季时连吃饭都成了困难。

从靖远县的双铺村到宁夏中卫的莫家滩有二百多公里路，现在根本不算什么，汽车在高速路上跑个把小时的事情，用司机们的话说，一脚油门还没有踩到底呢，可就到中卫了。但是在旧社会却难为人了，张国富背着行李卷卷，女人背了些炒面，手里拉着栓成，三个人走了五六天才算走到这个地方。栓成是当时的名字，到了十五岁，就请人给起了一个官名叫张志德。张志德当时只有十二三岁，本来十二三岁的男娃娃已经有些力气了，但是张志德遭了人的暗算，被地主按倒在村子里的石头窝里骑在身上打他的头，打得他口鼻淌血，要不是路过的王大忠劝说，恐怕他活不到今天，这是后话，咱今天按住先不提。

张志德的身上也背了一个前后都有口袋的褡裢，是三个人吃饭的碗筷。一来比较轻，让身体弱小的孩子背上，孩子脸上蜡黄，走路一摇三摆，脚底下磕磕绊绊地甚是不稳当，老两口带着这个独苗苗出来完全是为保住这个孩子的性命。二来从褡裢里取碗筷方便些，进了庄户人家要些吃的，也好掏出碗来盛饭。

从双铺村出发，穿过北滩，翻过黄家洼，沿着羊肠小路一直走到香山，香山往中卫走就好走多了。路好走了，三个人却走得筋疲力尽，走不多远就得坐在地上缓一缓，老两口看见又瘦又弱的儿子，眼泪直淌。张志德从小很聪明，知道父母在为他淌眼泪，打起精神说："大、妈，我能成。"

实话说，他们三个人也不知去哪里合适，只知道宁夏的中卫十分富饶，有吃有喝，要馍馍也有人给，所以他们是奔着这个目标来的。但是过了香山，他们却不知道往哪里走，走了两天以后，看见一个好大的枣园子，园子的墙角处有一间看枣人住的房子，三个人就钻了进去。见有人路过，张志德的爸张国富问路过的人，这个地方叫啥名字，路人说是中卫的莫家滩，中卫人把莫家不叫莫家滩，叫（mia）家滩，不光把地名这么叫，这地方姓莫的人占多数，所以过来过去的人都叫（mia）某某。

三个人住定以后收拾烧炕的枣叶子、做饭的柴禾，也收拾房子，看枣人在房外的墙角处留下了一个做饭的炉灶，这就方便多了，起码烧个开水喝也有个去处，不至于像逃难的路上支三个石头用马勺烧水喝。

人住定了就得有一个吃饭的活计，说明白一点就是看谁家要长工不要，不要长工打短工也成，按照张国富的打算是让女人照看生病的娃娃，捎带着在周围要些馍馍，他到财东家、富人家去寻个活计，结果跑了几天下来都没有寻下一个活计，原因是入冬了，地里没有什么活要干，所以这里的人既不要长工，也不要短工，有几家莫姓的回民答应开春地解冻了，让张国富来帮着种地，但是现在才是十二月份，离开春解冻还有三四个月呢，这三四个月怎么渡过，成了发愁的事情。上三个人掏掏出了身上仅有的一点盘缠，数过来数过去才有三块银元，这其中一块银元还是老四张国治给的，老四让他们带上连夜逃个活口。虽然那时候一块银元要买三担麦子呢，但他们不敢放开买粮食，因为逃难出门的人，吃了上顿没下顿，今天说不准明天怎么过，万一这张志德要请医生看病抓药，这钱是经不住花的，所以他们把钱死死抓握在手心里，既然寻不下活计，就意味着生活没有着落，那么唯一的办法就是要馍馍，现在的人说话文明了许多，把要馍馍一律叫要饭，过去要饭就叫要馍馍，翻来覆去都是一个意思。

莫家滩的人不论回民、汉民，只要看见要馍馍的人来到门前总要给口袋里装的满满当当地，这可把一家人高兴坏了，如此说来，要馍馍就有了生存的希望。

时间对于富汉来说过得很快，对穷人来说度日如年，越是日子艰难，越觉得过的慢。张国富他们三个人十二月中旬到达宁夏中卫县的莫家滩，他们都觉得过了很久很久了，在路上一打听，才到阴历腊月八，要是在老家，在当年张家曾经发达的时代，腊八节是十分隆重的节日，除了放舍饭给穷人、要馍馍的人，还有路过的人来吃之外，自己家也得做上九个碗，具体地说来就是红烧肉、白烧肉、千刀酥、丸子、小酥肉、酸菜粉条炒菜肉、葫芦鸡、黄河里的鸽子鱼，一共九种食品，因为九在中国的数字中最大，老祖宗们把九当成最大最吉祥的数字，所以坐席也常常是九个碗。主食有白面馍馍、油饼子、散子。当然既然是腊八节，也得象征性地熬一些腊八粥。这种腊八粥绝不是传说中的那种穷人没有米没有面了，把各种剩粮食的器具的底子清扫清扫，扫出来的粮食，杂豆煮成一锅粥，他们日子红火的时候，煮出来的腊八粥完全是八宝粥，不但有红枣、枸杞子，还有松子、莲子、葡萄干……唉，那都是过去的事，很久以前的日子了，不能提，提起来叫人伤心落泪。

张国富和女人商量，穷归穷，腊八节还是要给娃娃过的，他们舀了一马勺滚水，把要来的馍馍，炒面煮了一马勺，三个人头对着头吃腊八饭，过起了腊八节。

每天出去要馍馍本来是张国富的事，女人在房子里照看大病初愈的儿子张志德。但是有一天下午张国富回来时浑身筛糠似的发抖，炒面也不想吃就睡了，后半夜他口渴得想喝水，女人就穿起衣服在外面烧水，给他烧完水用手一摸，张国富浑身像着了火一样发烫，这是得了重感冒的临床表现。天放明以后，女人叫张志德照看着他爸，自己出去请郎中抓药。大约是路不熟，又是单独没有出过门的妇道人家，这一趟抓药直到下午太阳还剩两杆子高了才回到枣园的房子里。

不幸的是有一天下大雪，张志德的母亲带着张志德外出要馍馍，结果迷了路，一路上都找不见他们住的地方，等第二天雪停了，娘儿母子找到枣园子的小房房时，张国富已经冻死在了炕上。娘儿两个伤心得哭天喊地，他们的顶梁柱子倒了，他们的天塌了，他们的靠山没有了，今后怎么活呢？是莫家滩的老回回帮助他们埋了张志德的父亲。娘儿两个伤心至极，连着好几天都没有出门要馍馍了，原来存的干馍馍、炒面基本上都完了。张志德的妈妈愁得直哭，张志德心里非常不安，第二天天明时分，天黑蒙蒙的，阴得很重，张志德给妈妈说，他想出去要些馍馍，妈没有办法了，只好同意，交代他不要走远，就在近处的村子里要上些，不管是啥，只要要上些就赶快回来，并且交代出门时手里拿一个棍子，万一碰见狗来了还可以吓唬吓唬，张志德回答说："放心吧"。

出门不久就大雪纷飞，不大一阵子，房上白了、树上白了、地上积了厚厚的一层雪，大地全部变成了白色，天空中飘下来的雪花有大拇指头大，而且十分急速地往地面上砸落，雪花的降落把天空笼罩得雾蒙蒙一片，任啥都看不清楚，张志德虽然要了几个黑面馍馍，还有几个煮熟了的洋芋，一个大户人家给他的褡裢口袋里两碗扁豆子，还有一户人家给他装了一马勺红枣，并且交代叫他赶快回去，天又冷，雪又大，万一迷路了让他妈操心，张志德十分感激地应承了一声，送去了十分感激的目光。

雪大得实在是没办法走了，张志德寻思着找一个地方避一避，等到雪小了再回。正在四下里张望时，不远处隐隐约约有一个庙，庙有院墙，还有大门，不过大门半掩着，张志德迈进大门看见庙里只有一个大殿，他先把身上、鞋子上的雪拍打了拍打，然后试探着迈进大殿的门，抬头看时，神坐在那里，面部比较和善，他不怎么害怕了，再往两边看，立着两尊面目狰狞的神，手里提着家伙，眼睛睁的圆溜溜的，叫人有点害怕，看了一阵觉得这两尊神面好熟，好像在哪里见过，想了一阵想起来了，早先家景富有的年代，每年过年，前后六个院子，每个院子的大门上都要贴上门神，太爷张宗仁给他说过，那叫门神，一个名字叫秦琼、一个名字叫敬德，两个人虽然长得眉眼难看，但是本事很大、道行很深、武艺高强、心地善良，守在门上毛鬼神就不敢来，毛鬼神不敢来，这家里人就平安。所以每年过年，大门上必须贴门神，张志德听了太爷的话，跑到每家大门都看过，大爷张万太、二爷张万平、三爷张万盛、四爷张万世、五爷张万吉，家家门上都有门神，他人虽小，记性却超好，这件事他牢牢地装在心里了。

再看看庙里这两个伙计，他们原来都是熟面孔，张志德不害怕了。正在这时，庙门吱妞地响了一下，张志德赶忙回过头看个究竟，原来进来的是一个头戴大盖帽，身穿黄大氅的队伍。那时候人们把军人一律叫队伍，在大西北住的队伍有胡宗南的队伍；有马鸿逵、马步芳的队伍；有时候也有冯玉祥的队伍；阎锡山的队伍。只要队伍过来，老百姓都躲得远远的，自古兵匪一家，这个祖传的道理在老百姓心目中已经深深地扎了根。

队伍四下里看了看，端直向庙里走进来，在张志德非常紧张地盯着队伍的时候，队伍也看见了他，队伍两只手在大氅的口袋里插着，大概是天气太冷的缘故吧，队伍站定时看见庙里是一个小娃娃，他惊讶地问道：“小孩，你在这里干什么？”

“我出来要馍馍！”

“你们家在哪里？”

“我们住在前面的枣园子里！”

“家里还有谁？”

“我妈。”

“她为什么不出来要馍馍，打发你这么小的小孩要馍馍？”

“我妈病在炕上。”

队伍盯着张志德看了一阵说：“过来。”

张志德不知道这个队伍要干什么，心里害怕，不敢过去。

“过来，把你的衣服襟子撩起来。”说着队伍的右手从黄大氅的斜口袋里抽出来，抽出来的当口，手里抓了一大把银元，连五个指头都撑开着的。由于银元太多，从指头缝间还淌出了两个，掉在了地上。

张志德把衣服前襟撩起来，队伍把手里的银元放到衣服襟子上，说：“赶快回去吧，这么大的雪要什么馍馍？回去叫你妈给你买些吃的。”说完队伍把手继续插进黄大氅的斜口袋里，转过身出了庙门，又出了庙院的大门，不见了。

张志德站在庙里的神像前直愣神，老半天没有反应过来是咋回事，直到衣服襟子里的银元有点重，他这才意识到这是真家伙，他连忙捡起掉在地上的两块银元，他兴奋得心要从肚子里跳出来了，馍馍也不去要了，揣着银元朝枣园子跑去，他要给他妈报告这个意想不到的喜讯。

张志德一边喊着妈，一边气喘吁吁地冲到房子跟前，冲上了忙上炕，他的举动把他妈吓了一跳，还以为狼追来了，他把银元往炕上一倒，说：“你看。”

张志德的妈看看银元又看看张志德，不知道是怎么回事，张志德把怎么要馍，怎么进到庙里避雪，怎么遇见了一个队伍的事又重复了一遍，然后说那个队伍人好得没治，从口袋里掏出了一大把银元，放到我的衣服襟子还说：“赶快回去吧。这么大的雪要什么馍馍？回去叫你妈给你买些吃的。”说罢，队伍就走了。

他妈妈盯着他看了看，自言自语地说，这地方哪来的队伍呢。下这么大的雪队伍出来干什么？说了一阵，他妈妈对张志德说：“走，咱们到庙里看看去，寻着队伍了，给人家说一声道谢的话。”

雪还像倒一样地往大地上喷射着，天空还是朦朦胧胧的一片，母子两个来到庙里时，什么也没有，连地上的脚窝子都寻不见，庙里的神像仍然我行我素，秦琼和晋德两个伙计还站在那个地方吓唬毛鬼神呢。

两个人高兴得很，张志德的妈妈觉得身上有了力气，喝了口滚水，然后和儿子张志德头抵着头数了银元，一共十八个银元，按照当时的市场价，一块银元能买三斗麦子，十八块银元能买五十四斗粮食，八百多斤，有这八百多斤麦子，娘儿两个人的一年吃货基本上就够了。

张志德在妈妈的提议下，跪在忙上炕上，面对着门外的天空，向天磕了三个响头，然后说：“苍天呀，你救了我们娘儿母子的命。谢谢呀、谢谢呀！”说罢已经是老泪纵横，泣不成声了。

第四章

八个汉子踏进村子西头的关帝庙门，反插了门闩，倒了八碗白酒，然后一个一个把自己的食指咬破，将鲜红的血液先集中到一个空碗里，待八个汉子的血都收集到一起后又用酒冲开冲匀，再分别倒进八个酒碗里，做完了这一切，八个汉子齐刷刷地跪在关帝庙的神像前，举起右手，向天发誓。

这八个汉子何许人也，为什么跑到关帝庙里起誓言，你道他们是谁人，他们一个一个都是有来头的，他们进到庙里向天神起誓，结拜成弟兄，不是为了起兵谋反，而是为了免受别人的压榨和欺负。他们按照年龄、生辰八字排出了老大到老八。

这老大名字叫杨志华，是陕西大荔县人，在这一带带做盐的买卖，原因是双铺子村离民国九年海原大地震震源的干盐池只有四公里路，寻了个地方年住下来，不但往来方便，也少了盐市上的各种矛盾的瓜葛。这是他公开的身份，不公开的身份只有张志德一人知道，这个不公开的身份就是共产党的地下党员，上级党组织派驻到这一带做地下工作的，和他一起来的还有县委书记张秀一，这个人新中国成立后去了中央，当了国家民委主任，还有马国平县长，是个回民，据说原来是河北献县回民支队马本斋的部下，也是党组织派来靖远县搞地下工作的，这几个人很看得起张志德，觉得张志德出身好、本质好、人品好、苦大仇深、人又聪明，是一棵好苗子，所以这几个人有意识地培养他，许多活动都把张志德叫上，让他长见识，懂些革命的道理，所以说，杨志华的背景张志德是知道的，只是张秀一、马国平、杨志华他们有交代，张志德假装什么都不知道，也从来不对任何人说起，对他唯一的亲人老妈妈也不说杨志华的身份。有一次张秀一，杨志华来家里看张志德的妈，张志德只说他认识的几个做买卖贩盐的，连他妈他都不说真话，这是党的秘密。

这老二名叫庞世雄，曾经参加过哥老会。后来在一次哥老会的成员为了分浮财而发生火拼的事情后，他离开了哥老会，发誓永远不和这些乌合之众来往。庞世雄虽然家住在上双铺自然村，但两个双铺村相距一两里地，并不远，两个村耍社火、唱戏经常在一起合作，从地形上看是两个自然村，实际上和一个大村子一样，连名字都一样，只是一个在上边叫上双铺子，一个在下坡处，叫下双铺子。关于上下两个双铺的事情我在别的章节再做说明。

老三叫做王维清，从会宁还是甘谷逃难过来的，人很老实，家里只有他一个独苗，没有个帮手，也没有个靠山，日子过得提心吊胆的，省害怕把谁撞着了、碰着了，害怕人家给他翻眼睛。为了防身，他在老家学过一些拳脚，时常走路手里提一个五尺木棍，好像孙悟空的金箍棒。

老四名叫万帮助，也是万家唯一的一个独苗，早先在靖远县黄河边上的糜子滩住，抓兵时抓进马步芳的队伍里，队伍安排让他做饭，他看不惯队伍里当官的欺负当兵的，看不惯队伍抢老百姓的东西，看不惯队伍动不动就杀人放火，所以他找准了一个机会从马步芳的老家河州逃回来了，逃回来的后果是很严重的，要是被抓回去就死定了，所以他逃回来不敢进糜子滩的家，就钻进双铺子村住下了。

老五叫郭向山，是个大个子，当地人把大个子叫大汉子，个头足有一米八五，只是没有调理，也没有好营养，走起路来松松垮垮的不端正。也是住在上双铺村的一个独苗，国民党抓兵本来把他绑着去了，结果被绑的几个人一使眼色，偷着把绳子解开了，他们逃脱了，好在抓兵的人不知道郭向山住在那里，所以才没有寻上门来。

老六名叫宋庭元，是下双铺人，个头小得很，年轻的时候还显得精神，老了后腰也弯了，腿也弯了，人好像纠成疙瘩了，越发个子小了。宋庭元也是一个独苗苗，结拜完弟兄后不久耍赌博时输了个一干二净，连粮食、房子、一头凉州老叫驴都输了，没办法过日子，张志德把娘儿俩带到自己家，挤在一间房子过了几年。这个人虽然和张志德结拜成了弟兄，但新中国成立后的 1953 年，为了一块风水宝地和张志德发生过矛盾。

排行老七的就是本文的主人公张志德，他不仅是一个独苗，民国十八年差点遭地主暗算，留下的病根子后来还不停地犯，家里人几次都准备后事了，但是他活下来了，参加结拜弟兄除了有个靠山之外，张秀一、马国平、杨志华对他另外有交代。

排行老八名叫陈永福，是双铺子邻村扬崖湾人，论年龄他最小，所以排行就是老八，论身体他最好，用双铺子的人说法是健康如牛、活泼如猴。他之所以要加入这个行道是因为他也是一个独苗苗，旧社会，家里只要是独子，或家口不大，或势单力薄，干什么都会有人欺负，所以他非常喜欢这些不同姓不同族，却同病相怜的弟兄。

弟兄八个人齐齐地跪在庙里的关帝庙的关帝神像前，然后由老二庞世雄一个一个分发着带有指头血液的酒碗，人人都双手端着碗，举过头顶，等待着庞世雄领读誓词。

本来领誓词、组织活动、召集人员、布置会场该是老大杨志华的事情，但是老二庞世雄参加过哥老会的拜把兄弟的活动，对这个业务非常熟悉，所以他便自告奋勇承担起拜把兄弟的活动来了。

分发完酒碗以后，庞世雄端起自己的酒碗，双膝跪在神像前第二个位置上说："大哥、兄弟，现在开始，我领一句大家跟着说一句，最后从大哥开始各人说发誓人的名字，而后把碗里的酒一口干了，把碗摔碎，知道了吧？"兄弟们齐声说："知道了。"

"我志愿加入拜把兄弟会。"

"我志愿加入拜把兄弟会。"兄弟们齐声说。

"第一，拜兄弟就是亲兄弟，永远不变。"

"第一，拜兄弟就是亲兄弟，永远不变。"兄弟们齐声说。

"第二，今后以排行相称，传给子孙后代。"

"第二，今后以排行相称，传给子孙后代。"兄弟们齐声说。

"第三，敬老爱幼勤劳动。"

"第三，敬老爱幼勤劳动。"兄弟们齐声说。

"第四，不赌不嫖不抽烟。"

"第四，不赌不嫖不抽烟。"兄弟们齐声说。

"第五，年年腊八节聚会。"

"第五，年年腊八节聚会。"兄弟们齐声说。

八个弟兄结拜活动选在腊月初八这是有道理的。一来腊八节是穷人的节日，富人不在乎什么腊八腊九的，人家有吃有喝，有穿有戴，穷人进入天寒地冻的腊月就难熬得很，连吃货都没有了，扫些罐罐、缸缸底煮在一起吃上一顿，后面就要沿街乞讨过日子了，所以腊月八这一天是穷人心酸的节日，这八个汉子都是穷苦人家出身，对腊八节刻骨铭心，所以选在这个节气日结拜弟兄，大家永远忘不了，而且每年要过这个穷人的节日，只要过这个心酸的穷人的节日，大家就会想起结拜的弟兄，也会想起结拜弟兄时发过的誓言。二来选在腊八节进行结拜弟兄的活动，时间比较充足，原因是冬天基本上没有什么农活了，不管是拉长工的、打短工的、做买卖的，都基本上没有多少活计，所以选这个时间举行结拜弟兄活动，有充分的时间做保证。三来这腊八节是腊月初八，他们就冲这个八字来的，因为他们结拜的弟兄是八个人，用八这个吉利的字。

“大哥，说——”老二庞世雄领读完了以后对老大杨志华小声说了一句，意思是让老大说自己的名字，这就如同共产党的入党宣誓时的形式是一样的，不知道这个形式是李闯王李自成发明的，还是太平天国的杨秀清、石达开发明的，或者是哥老会发明的，总之现在还在用着，不但用着，连国家级领导，省部市县的领导上任了也在学样子了。

“宣誓人——杨志华。如有反悔天打火烧五雷击！”

“宣誓人——庞世雄。如有反悔天打火烧五雷击！”

“宣誓人——王维清。如有反悔天打火烧五雷击！”

“宣誓人——万帮助。如有反悔天打火烧五雷击！”

“宣誓人——郭向山。如有反悔天打火烧五雷击！”

“宣誓人——宋庭元。如有反悔天打火烧五雷击！”

“宣誓人——张志德。如有反悔天打火烧五雷击！”

“宣誓人——陈永福。如有反悔天打火烧五雷击！”

说完了宣誓人和对神像的誓言后，杨志华把带血的酒一饮而尽，接着把碗往地上一摔，只听叭的一声响，瓦片四下里飞溅，老大杨志华喝完了酒以后，这几个弟兄一个接一个喝酒，摔碗，然后面向神仙磕了三个头。

老大杨志华站起来后，其他七个弟兄又向老大磕了三个头，以此类推，排行越小的磕的头越多，老八陈永福向七个哥每人磕了三个头。

至此，一场严肃而隆重的结拜弟兄的仪式宣告结束。

新中国成立以后，虽然不再兴时结拜弟兄的事，但张志德把这件事情仍然给后人们讲了，原因是村上的人对张志德的称呼有点乱，张志德的后人们分不清，回来问起来，他就说了当年怕受地主、土匪、马家军的欺负，就寻了八个无依无靠独苗苗结拜了弟兄，所以结拜了弟兄们的后人叫七爸，本家张姓人叫三爸，就是这个原因。

新中国成立前的1948年，张志德已经被张秀一、马国平、魏自新、杨志华发展成共产党员了，并且担任了双铺村、扬崖湾村、狼山村、焦口村、方家沟村五个村子组织起来的民兵队的队长，带领着近百十个民兵打土匪、抓散兵、打土豪、分开地，进行土地改革、减租减息、三反五反，这些活动都是为穷苦老百姓的事情，所以八大结拜弟兄都是民兵，而且都是民兵队伍中的基干民兵，人人手里都有一杆三八大盖快枪，一有风吹草动，他们像解放军战士一样迅速集合起来，把子弹推上膛，关上保险，张志德手一挥，闪了。

几十年来，八个结拜弟兄或明着，或暗中互相关照着，帮助着。甚至于在张志德因为参加共产党，跟党干革命的过程中得罪了不少人，有些人想方设法进行报复，即使那种情况下，弟兄们仍然十分关心张志德的遭遇。

原因就在于他们是结拜弟兄，对天发过誓言。

第五章

令张志德万万没有想到的他的结拜弟兄，他的六哥一夜之间把家产输得一干二净，待第二天天明时，参加赌博的人吆着牲口来，装粮的装粮，拆房的拆房。等到张志德赶来劝阻时，存粮被打折得一干二净，一间不怎么样的房子也被人拆掉，椽和房梁被抽走了。房不怎么阔气，但领子和椽还是好材料，都是他老父亲挣来的家产，一头凉州叫驴也被人拉走了，说来说去这个家就留下了宋庭元和六十多岁的老妈妈。望着这个残垣断壁的房子墙，老妈妈只会抹眼泪，而宋庭元站在院子里呆若木鸡，一句话也不说。

这正是老百姓们常常说的那句话："赌博人，腰里系一条烂草绳，有心上了吊，恐怕明天赢。"

张志德见这母子两个实在可怜，就领到自己家里来，先做些饭叫娘儿俩吃了，然后再作计较。这给谁都会可怜这娘儿俩的，况且宋庭元还是张志德的结拜弟兄，宋是老六，张是老七，张志德还要叫宋庭元六哥呢，结拜的时候发过誓呢。

张志德家也没有地方住，他只有一间碎房子，平时张志德把老母亲安排在他四爸家住。

张志德给老妈妈一边说些宽心的话，一边问问情况，主要是问六哥为什么输得这么惨。

宋庭元叹了一阵气说道，本来前半夜手气很好，都赢了五六十个银元呢，扬崖湾的人见他连着几个晚上都赢钱，害怕他遭了打劫，不安全，劝他收拾收拾赶快回去。他也这么想着，就站起来说不要了。正在这个当口，一个厨子端来一盘子烩面片子，宋庭元闻见很香，就买了一碗吃了，本来吃罢面片子赶紧回去，这啥事都不会发生，结果他回头一想：这一碗面片子不能白吃，再要一把，一定要把这一碗面片子钱赢回来，于是又坐回到赌桌子上来了。从这个时候开始，他就没有赢过一把，开头一块一块押，输了想捞回来，第二次两块两块押，结果又输了，再输再押，不大一会儿，他挣来的五六十块银元输得一块不剩。这赌博人有一个共同特点，总希望着能把本钱捞回来，输到最后眼也红了，脑子也乱了，有一点豁出去了的味道，赌场上的庄家见他没有了本钱，不和他赌了，这时候他如果就此打住，也不至于落到把家产全部输光的天地，结果他谁的劝告也听不进去，他只想着把本钱捞回来。就对庄家说，前几天赢了几百块银元还在家里藏着呢，庄家认得他，前几天他是赢了不少银元，而且双铺子还来了他的一个结拜兄弟，两个人一块来的，这个情况不假。庄家让他回家取银元，他说不用，先欠着赌，不行的话让账房先生写个字据，庄家就让账房先生写了个欠条的字据，先按三百块银元赌。

不大功夫，三百元输完了，账房先生又写了个字据，让宋庭元按了个手印，接着再赌，仅仅一顿饭工夫又输完了，账房先生劝他算了，庄家也不要他再赌了，结果宋庭元说他家还有一间很阔气的房子，有粮食，还有一头凉州驴，这些东西少说也能值一二百块。庄家听他这么说，又让账房先生写了第三回字据，后面的结果不再往下介绍了。

到天明的时候就发生了刚才那一幕。一个好端端的家就这么被他输光了。

听了六哥宋庭元的话，张志德本来想把他狠狠地数落一顿，但是他忍住

了，一来老母亲在跟前，老人家本来心里就难过得像猫抓呢，再这么一埋怨，如果老人家一口气上不来，这个家就彻底被毁掉了。二来宋庭元是他的六哥，他做兄弟的，哥再错也不能说什么，所以张志德只是安慰母子俩，一句刺激的话都没说。

张志德清楚地记得宋庭元参与赌博的事情。本来结拜弟兄时发誓这辈子不嫖不赌不抽的，结果宋庭元经不住别人的引诱，偷偷地参加了几次设在扬崖湾的赌博，张志德发现了，劝他不要参与，发过誓言的就要说话算数，君子一言驷马难追，况且是誓言呢，违背了誓言的会遭天打火烧五雷击的。宋庭元嘴上答应得好，一到天黑就不见人了，赌博这东西能使人上瘾，一旦上了场就难以自拔。

张志德记得有一次，晚上去找宋庭元喧慌，他妈说可能去扬崖湾赌场了，张志德一听就毛了，年纪轻轻的上赌场绝不是什么好事情，他决心去找回这个六哥。

进了赌场张志德才看清楚这里是一些乌合之众，参与者吼着叫着，嘴里喷着酒气，房子里烟雾缭绕，宋庭元正在押钱，他把两块银元押在红线绳子的左边，等候着摇碗子的开盖亮宝。

全场的人都可以参与，只要你认为开碗子亮宝时，色子是单数，你就可以把钱押在红线绳子的左边，如果你认为开宝时色子是双数，你就把钱押在红线绳子的右边。碗子是一个吃饭用的景德镇的细瓷小碗，很精致，色子是骨头做的方形块状，大约有指头蛋子大小，六个面上都刻有圆坑，圆坑用红色染了，白骨色子染上红色格外显眼，色子的每一个面刻一个到六个圆，色子的八个角是打磨过的，这玩意是赌场上最最常见的东西。摇碗子也是赌博场上最普通最常见的一种玩法，为了防止作弊，庄家一般同时用三个色子，先把色子放在桌子上，然后把碗子扣上去，在桌子上来回晃动，晃上一阵，然后揭开碗子，让众人数三个色子上的圆点，如果是单数，押单的人就赢了，如果是双数押双的人就赢了。输家和赢家相互抵消，中间如果少了庄家就掏钱补上，中间如果有余头，这个余头就归庄家所有了。

赌场上除了庄家和参赌的人，还有几个是打手，用庄家的话说叫伙计，是跑腿帮忙的，实际上就是打手，是庄家一伙的，一旦赌博中间出现赖账的，逃跑的，这个时候打手就出面了，打手要是出面了，那个下场和后果就是不言而喻的。所以经常参加赌博的人都懂得这个行矩，一般情况下不敢轻举妄动，当然也有砸场子的，一伙子人组织好了以赌博者的身份混进来，赌到高潮时，突然拔出家伙来，把脸捂起来，让所有的人面朝着四周的墙站好了，谁也不许动，谁动就用真家伙收拾谁，然后把桌子上的钱，参赌人身上的钱洗劫一空，他们就逃之夭夭了。

赌场还有一个人就是账房先生，谁要是没有赌资了可以借，还可以打条子欠。这个人不但管着庄家的钱，还帮助庄家书写各种字据，所以这个人一般在某一个墙角的桌子边上坐定了，桌上放上笔墨纸砚，也放一把算盘。

“开宝、开宝、开宝。”

“单、单、单……”押单的人呼叫着，希望是单数。

“双、双、双……”押双的人呼叫着，希望是双数。

押了钱的人一边催着东家赶快揭开碗子，想知道自己押的对还是不对，押了单的拼命喊单，押了双的拼命喊双，庄家反复地问，还有没有？还有没有？

等他慢慢地揭开碗时，三个色子上圆点之和是个双数，押了单的人眼珠子都快要跳出来了，宋庭元当然输了。

张志德拉了几下宋庭元，意思是让他赶快离开，宋庭元正在兴头上，根本就没有走的意思，张志德只好站在他身后再等一会。

赌了几把，宋庭元口袋里的钱已经输光了。这时候张志德发现了一个问题，庄家每次在桌子上移动碗子时很有规律，开头速度很快，摇着摇着就慢慢地移动着碗子，慢慢移动的时候，偶尔动一动，而且每次摇碗子前有一个赌博人总是把手从桌子下面伸进去一会儿，张志德把这些细小的动作看在眼里，记在心上，拉着宋庭元往回走的时候他在想这几个细节。

张志德整整一个晚上都没有睡着，到天明时终于想明白了。当天晚上宋庭元又钻进了赌场，张志德也跟了进去，在乘人乱的时候，张志德伸手从桌子底下拔出来一块磁铁，为了不让人发现，张志德偷偷地溜了回来，当天晚上宋庭元一下子赢了二百多银元，高兴得他连姓啥都不知道了，走起路来腰杆子挺得直直的。有钱人嘛，走路就这样。

张志德假借拉家常给宋庭元看了这块磁铁，宋庭元根本就不明白这玩意是干什么用的，张志德说："你真是个傻瓜，连这东西都不晓得你就敢进场子。"张志德说他在中卫逃难的时候，一块要的几个朋友给他说过，凡是摇碗子的，桌子下面必定有机关，庄家想让双就出现双，庄家想让出现单就肯定出现单，这个东西是个关键，下苦的人没有人懂这个东西。磁铁是有公母的，公对公就互相反对，母对母也互相反对，只有公对母才相互吸。把这块磁铁的公的一面朝桌子面上，色子里暗藏的磁铁正好是母的，两个相互一吸，色子上面的点就肯定是庄家想要显示的，庄家看押钱的人，如果押双的人多，他就和他的帮手把桌子底下的磁铁反一个过，开碗子时色子肯定是单数。如果押单的人多，帮手把磁铁再换一个面粘在桌子下，开碗子时肯定色子是双数。

宋庭元似乎明白了，高叫着，我今晚上还要去，张志德劝他千万别去，宋庭元说就这一回，最后一回了。张志德说，你真是个傻瓜，咱们把磁铁都偷回来了，庄家能发不发觉，庄家发觉了能不换手段吗。

张志德知道宋庭元还会去，所以又跟着进了赌场，果然，庄家今天不摇碗子了，换成了绊漫儿。你道是这绊漫儿是什么玩意呢，那一块银元，正面是袁大头的光脑袋像，背面是中华民国的国旗，庄家把这个银元抛向空中，然后掉下来掉在桌子上，赶紧用碗子扣住，这时候让所有参加赌博的人押钱，红线左边表示正面，也就是有袁大头头像的一面朝上，红线右面是反面，在红线右面押钱的人认定这块银元国民党的国旗朝上，等张志德挤到跟前时，他六哥宋庭元已经押了两把了，可惜的是两把都输了，好再输的都不大，两把还不到十块银元。

张志德虽然没有文化，但人绝对的聪明，什么事情在他眼睛耳朵里只要过一遍，他总能琢磨出个渠渠道道来，他站着看了一阵，心里想，怎么总是庄家赢，而且押正面的人多了，等揭开碗子时，银元的反面朝着上，押反面的人多了，碗子揭开了却是正面朝上，他觉得这里头有鬼。

当庄家再一次把银元抛向空中的时候，张志德假装别人把他挤倒了，他乘大家不注意时伸手抓住了快要落在桌子上的银元，两面都看了一眼，又以迅雷不及掩耳的速度丢在了桌子上，等庄家站稳当后赶紧用碗子扣住这块银元骂了一句："挤求呢，挤啥呢。押，赶快押。"其实张志德不但看到了庄家的这个银元的真面目，而且想出了对付的办法，他立刻把他六哥拉出来，在没有人的黑出说："你记住以后押钱的时候往少的那边押，"宋庭元不明白，又害怕输，又有点不服气的样子，意思是我在场子上押银元，你站在那里说话腰不疼。张志德见他不相信，就又拉着他在一个墙角处说："庄家用了三块银元，你明白不？一块银元是两面都是袁大头像，所以怎么抛，怎么扣碗子，揭开的时候都是袁大头朝上。另一块银元的两面都是国民党的旗，抛在空中银元怎么翻身，掉在桌子上怎么用碗子扣，揭开碗子都是反面朝上。还有一块银元是正常的银元，正面是袁大头，反面是国民党的旗，当庄家见押正面的人多时，让他的帮手把银元换成有国民党的旗的银元，揭开碗子时押正面的人肯定得输，你懂了没有？所以兄弟给你说，谁往少的地方押钱，你也往那边押，听见了没有？"

还不等张志德交代完，宋庭元已经钻进了赌场去了。

等张志德再一次挤到桌子跟前时，宋庭元已经把赢来的银元码成两垒在自己眼前。

就这样，连着两个晚上，宋庭元的手气好得很，运气也好得很，几乎场场赢，两天以后他竟然赢了二百多银元，加上原来的积累，宋庭元差不多有近五百银元，看着这白花花的袁大头，宋庭元忘乎所以了，尽管有七弟张志德的劝阻，甚至张志德把老大杨志华、老二庞世雄请来，一起给宋庭元做工作，劝他见好就收，那地方不是咱们穷人的天下，宋庭元怎么说都听不进去。

第三天晚上就出事了。这不，输得只剩下他的老妈了，要不是老七张志德把他们母子收留到自己家里，他们连个遮风挡雨的地方都没有了。

第六章

1949 年 10 月 1 日中华人民共和国正式成立了，毛泽东主席在天安门城楼上向全世界宣布：中华人民共和国中央人民政府今天正式成立了，中国人民从此站起来了。这个震惊全世界的喊声对 4 万万受了一百多年三座大山压榨的中国人民来说，绝对是欢欣鼓舞的一件大事。新中国成立了，人民可以直起腰来了，老百姓不再受欺负了。

但是大家可能还不知道，在中华人民共和国成立的当天，全国大部分地方解放了，还有一些地方国民党反动派还在负隅顽抗着，比方说海南岛、西藏就还没有解放，重庆市还被即将垮台的国民党政府占据着。大家可能记得《红岩》这部电影吧，“绣红旗”这个镜头就是共和国成立时的消息传递到重庆市歌乐山渣滓洞里时，共产党员江姐她们用红色的被面子绣五星红旗的情景。就小地方而言，表面虽然解放了，人民政权已经建立了，共产党的工作人员已经陆续开始工作了，但是地下的情势还是相当复杂的，绝对不是人们想象的那么干净利索，也没有那么整齐。打散了的国民党散兵游勇四处流窜；哥老会、青帮、红帮也在四下里活动；一贯道想借机靠山再起；马步芳、马鸿逵的部下整班整排地出来残害老百姓；还有黑社会组织，比方说双铺村以西的打拉池、毛卜拉地区有一个黑社会组织，尽干杀人放火、欺负老百姓的勾当，头目就是外号叫做“生铁棒”的一个下家。老百姓提起那个杀人放火的家伙头皮都发麻；还有地方民团的逃兵们也在捞取钱物；社会上游手好闲的混混子见世界乱了，有机可乘了，偷偷地出来，给脸上抹上灰，找一块木疙瘩用红绸子一包，也在大路上假装手枪拦路抢人呢。所以就全国而言是解放了，就地区而言还乱得很呢。这不，靖远县来人说，有一股土匪被解放军打散了，沿着屈吴山向宁夏方向游动，县政府通知让打拉池民兵队和双铺子民兵队分别进山堵截，并且消灭掉。

接到通知以后，张志德集合了二十多个双铺村的基干民兵，大家一人发了十发子弹，背了些简单的干粮和衣服就爬上山了。双铺子村就在屈吴山的山脚下，爬上去就是地印子淌，再往里进就是屈吴山，这是一座比较有名的大山，东西走向，海拔 3000 米高，由于山高，常常夏天山顶上还下有雪，山上有一古庙，起名就叫屈吴山庙，庙的规模宏大，在甘肃境内还算有点名气，所以善男信女人来人往，香火一年四季都不断。屈吴山森林茂密，都是原始森林。松树、柏树、白桦树、白杨树都有，坡底下有酸枣棘树，还有一丛一丛的灌木树林。地方好是好，土匪钻进去也是很难找的，即便是不钻进树林子，人家把枪埋起来，换成老百姓的衣服，跪在屈吴山的大庙里烧香，你纵有火眼金睛也认不出来谁是土匪谁是百姓，知识少得可怜，脑子很不灵活，只有杀人放火抢东西这样一根筋，这是很常见的。

张志德在前面带路，二十多个基干民兵手里提着快枪，猫着腰紧随其后，大家快速运动着，却把脚步放得很轻。他们担心惊动了土匪，万一土匪在森林里埋藏着，这民兵们要吃亏呢，走一阵，他们卧倒了观察一阵，也把耳朵贴在地面上听一阵，翻过了几架大山就到了一个叫石井子的地方。

石井子是一个凹坡，两边的山到这里变得缓慢了许多，西边的山到这里向东边慢慢地下坡，东边的山到这里也是向西边慢慢地下坡，石井子就在两个坡的中间形成了一个凹槽。这个地方虽然没有树木，但有草有水，羊把式经常在这一带放羊，让羊吃草喝水，也给羊喂些土盐吃，让羊吃盐时把土盐放在石头上，所以泉水边的草地上放了许许多多的石头，羊就自己吃了。

张志德的民兵队爬在东边的山头上张望了一阵没有什么动静，听了一阵也听不出什么响声，正准备站起来前进呢，猛地看见对面上坡上冒出来十几个人头。

“趴倒——”张志德的眼睛尖，发现目标后一声令下，二十几个民兵一齐卧倒在东面的山坡背后。

对方也发现了张志德的民兵队伍，不但看到了人，还听到了喊声，所以他们整齐地趴倒在西面的山顶上，不但卧倒了，还“叭、叭、叭”地开了枪，一挺德普式机关枪也叫了起来：“嗒嗒嗒，嗒嗒嗒。”

张志德心想，这帮土匪厉害，还有机关枪呢。指挥着自己的民兵尽量趴低些，先不要忙着开枪，等观察清楚了再打也不迟。

正在思考着，这边不知谁开了一枪，紧跟着炒豆子一样向对面打起了枪。

这边一开枪，那边的火力更加猛烈了，两边的枪声响成了一团，山头上的土被子弹打得乱跳，打在石头上的子弹，“纠——纠……”地叫着朝天上飞去，“唔儿——唔儿——”

打了一阵，张志德觉得不对，命令大家停下，这边的民兵不再开枪了，那边见这边停了开枪，因为搞不清这个葫芦里卖的什么药，也就不再开枪了。战场上出现了一个短暂的寂静，张志德说：“不管是马家军的队伍，还是哥老会，不管是‘生铁棒’的人还是民团的人，他们都不会有机关枪，有机关枪的闹不好是自己人。对！绝对是自己人，你们不要起来，我问问看”“你们是哪里的人？”张志德的声音本来就很洪亮，加上这山里静得很，所以他的喊声干干净净地传送到对面的山坡上了，对面的人一听问话，回答说：“我们是打拉池民兵队的民兵。”几个人一听是打拉池的民兵，一激动把枪丢在一边，站起来叫喊，张志德用手拉倒说“趴倒，趴倒，千万不敢站起来，万一是土匪冒充的呢？这不是要吃亏吗？”说完又大声说：“你们的民兵队长是谁？”“就是我。”说完觉得不合适，又补充说：“张士学，我叫张士学，是打拉池的民兵队长，我三大是毛卜拉张应礼，你是谁？”张志德回答说：“我是双铺子的民兵队长，我叫张志德。”

“啊呀，我的妈呀，你是张志德呀！”回答的人说着说着就站起来了，他站起来了，民兵们都站起来了。

“你是双铺子张家的后人吧，张国富是不是你爸？”

“对对儿的。就是我爸。”

“我们打拉池吴家是你舅舅，对不对？”

“对对儿的。”

“我的妈呀，你要不问我们今天怕都回不去了！”说着把枪扔了，一步一跳地往这边跑过来，两边的民兵四五十人，大家叫着，跳着跑在一起，抱成了人疙瘩，有认识的，叫着骂着：“日他妈，差点叫我去阎王爷那边了。”“我也心里想，我死了倒干脆利索，女人娃娃咋办呢。”

张士学拉着张志德的手问：“你们咋不先开枪呢？”张志德回答：“我没有搞明白是哪里的人，害怕是自己人误打自己人，所以等一阵子再说。我听了一阵子，你们有机关枪，我觉得不对劲，现在的土匪哪有这么好的装备呢。”

张士学啧啧称赞说：“到底是老民兵队长道行深，不然咱们两家打完了，恐怕门上连‘光荣家属’的牌子都挂不上。”

高兴完了，两家互通了情报，分析了形势，不但分了工，还规定了联络信号，防止再一次误会。分手以后，打拉池的民兵队向西运动找土匪，双铺子的民兵向东运动找土匪。

一场乌龙战争就这么结束了。

两天以后，双铺子的民兵在苏家山和会宁县交界的地方发现了八个土匪，张志德大声喊了话，对方已经吓得跪在地上直喊饶命，土匪为了表示诚意，派一个胆子大的人把三杆汉阳造的步枪送过来，然后其他人两手举过了头，朝民兵站立的地方走过来，张志德指挥民兵一半站在高坡处，子弹推上膛警戒四周，也死死地盯住这八个土匪，命令一半人一个一个搜身，害怕土匪身上有短枪或者是手榴弹。搜完了身，站岗的让民兵把土匪们一个一个地绑住，然后再把八个人一个一个地用绳子连起来。绑住本来就让人失去了反抗能力，身体再结实的人，只要把两只手反着一绑，马上就没有了反抗的能力，即便是想跑也跑不快，再加上把八个人这么一连，等于把他们拴在一个桩子上了。当然这八个土匪也表示，只要不伤害他们，他们绝对不会跑。张志德审问他们是哪里人，八个土匪有说是宁夏西吉的，有说是同心的。张志德训斥他们四处害人，老百姓日子都过不安稳，土匪哭丧着脸说，他们也是上有老下有小，日子苦叫得过不下去，就跑出来打点野食。

看着这伙被捉住了的土匪，张志德想起了许多往事，别看这些家伙被捉住了，装得乖得很，当他们残害老百姓的时候，手段残忍得很。

那是 1946 年春上，十几个土匪把马家井子村围住了，打了一阵乱枪之后，把吴应福的爸绑住了，然后连拖带拉地快速离开了吴家院子。土匪拉着吴应福的爸往方家沟口子走去，吴应福的爸被土匪捉住后，知道他今天活不过去了，所以大声哭喊着叫饶命，目的是看能不能来人说说情，希望土匪把他放脱。土匪既然把人捉住了，哪里还有放脱的道理。所以吴应福的爸喊叫得越凶，土匪打得越猛，到了方家沟的河滩里时，吴应福的爸已经满头满脸往外流血，尽管这样，吴应福的爸仍然不停地叫喊着已经不是饶命了，而喊成救命，他希望周围如果有共产党的队伍听见，肯定会来救命。吴应福他爸的叫声，不但焦家口的人能听见，方家沟的人能听见，扬崖湾的人也听得真真切切，大家窃窃私语，也有想救人的，但是都害怕土匪手里的快枪，所以只是说说而已。过了一会儿，听不见喊叫了，周围的人不知道人死了还是被土匪拉走了。第二天，吴家人寻到方家沟口子时，才看清吴应福的爸早已经死了，头被土匪割下来滚到一边，身子倒在一块大石头边，整个石头和地面上都是凝固了的黑血。

土匪之所以杀了吴应福的爸，是因为又一次土匪进到马家井子抢东西，只有吴应福的爸从沟里溜脱出去了，这个事情土匪是看见了的，但他们以为那个人是害怕才跑掉的，也就没有去追，过了一阵，驻在附近的民兵围过来了，土匪正准备撤退时却和民兵展开了一场遭遇战，战斗的结果是两个土匪一死一伤，其余的土匪钻进山里了。这次战斗，土匪损失了人，他们坚决认定是吴应福他爸勾引来的民兵，所以这笔仇一定得报。这不，土匪用极其残忍的手段杀害了他们的仇人，算是报了仇。

关于土匪的事，张志德的脑海里储存了许许多多的信息。1948 年，他刚刚入了党，当了民兵，就接到区上民兵队长的通知，让他们赶快去地印子淌消灭土匪，羊把式报告说：那里发现了几个土匪，正在老姚家吃饭睡觉呢，他们跑步在地印子淌的山坡处会合，枪膛里不但压了子弹，而且连保险都打开着的，等他们包围过去时，土匪已经闻声逃到对面山顶上了，土匪还挑衅性地向他们喊叫了几声，他们望着远去的土匪，很无奈。结果回头一看，老姚家的人哭天喊地，不但羊被土匪杀吃了好几只，关键是人遭了殃，老姚十九岁的女儿被八九个土匪强奸又轮奸了一番，老姚两手抱着头唉声叹气，老姚的女人跪在地上骂老天爷瞎了眼。

张志德还清楚地记得民国十七年春上的事，那时候他仅仅 11 岁，有一天，十个土匪倒背着枪进了双铺村，把男女老少全部赶在任义祥家的院子里，谁也不准乱动，也不准大声说话，几个娃娃吓哭了，土匪把枪栓拉的哗啦啦直响，嘴里叫骂着不让说话不让出声，把哭喊的娃娃吓得气都不敢出了，土匪把村里的人集中后，他们满院子抓羊，追得院子里黄土飞扬，无论公鸡还是母鸡“呱呱呱”地叫着，逃着，有的飞上了墙，村子的狗们齐声咬开了，也许是土匪们抓羊受了累，也许是听见鸡叫狗咬的心里烦，也许是土匪们为了给村上的人一个惊吓，只见两个土匪端起枪朝任义祥家的一头狮子狗开了几枪，狗跳了一下，重重地倒在血泊里，死了。大人们见状赶快把娃娃抱紧，把娃娃的眼睛捂上，不想让这么小的娃娃看见血腥。

双铺村本来是一个山高皇帝远的偏远山村，交通不便，人们的文化程度很低，思想观念非常落后，但是双铺这个地方却是一个鸡叫一声听三县的交界处，朝南边翻过屈吴山就是会宁县，朝东边走七八里就是宁夏的海原县，这是其一。其二是这个地方背靠大山，屈吴山海拔 3000 多米，山尖上夏天常常有雪，山坡上是茂密的原始森林，狼虫孤豹时常出没，干坏事的人下山抢东西，进山就找不见了。东边有海原县的西华山，西华山弯延伸向东南就是有名的六盘山，这一带基本上是山连着山，沟连着沟。其三，这个地方的队伍复杂，有马鸿逵、马步芳的马家军；有胡宗南的中央军；有"生铁棒"的民团；有一贯道；有哥老会；有青帮；红帮；还有说不出名堂的各种队伍，大家虽然不在这里常驻，但时不时下山来捞上一把可以说是家常便饭。其四，是这个地方的近邻就是宁夏海原县的干盐池，海原县的干盐池以前归甘肃省的靖远县管辖，干盐池有一个很大的盐湖，大约有十平方公里的样子，湖水清澈见底，四边原盐堆积如山，天下雨的时候，湖水就从高岘子口上溢出去，沿着扬崖湾的沙河里流淌。这地方的盐虽然比不上青海湖的盐纯正，也比不上沿海地区海水盐干净，但是对内地没有盐的来源的地方，盐绝对是值钱物件，要不然古代就有《盐铁论》的说法和朝廷的法律。几千年前食用盐就是国家统一管理的物品。到今天经济发展得物品都过剩得不成样子了，而盐仍然由国家控制，任何个人单位不得加工出售，可见其重要性了。正因为盐是贵重物件，所以贩盐的客商就从四面八方云集到干盐池来了，有赶着马车的；有挑着担子的；有走盐马古道的；有牵着骆驼的。贩盐的客商不仅仅是买走了原盐，也带来了外地的茶叶、布匹、棉花等等，所以干盐池成了贸易中心了。在干盐池这个商贾云集的地方，有过日子的、有做买卖的、有贩盐糖的、也有混吃混喝的，土匪就是混吃混喝的闲人。

张志德还清楚的记得发生在民国十六年的一件事情，那时候他的太爷张宗仁已经过世了，他的大爷是张家掌柜的，因为他是家里的老大，老大在没有大人在世的情况下，不用选举，自然就是掌柜的。老大张万太掌握这么一个有百十来口子的大家庭过日子，绝对是一把好手，首先自己很勤奋，从早到晚好像一直永不停息的陀螺一样不停地转动，天麻麻亮就起来干活，直到天黑的看不见为止，这一天他都在忙乎着，这张万太掌柜的还抠门得很，一身衣服不分冬夏，一双鞋子能穿三年，出门做买卖一碗炒面就是一顿饭。另外他还很会做买卖，赶上几头大牲口，带上三个长工，把干盐池的盐驮到平凉、天水、长武这一带贩卖，然后再运回外地的土特产，放到干盐池的集市上出售，有时候把大烟驮到陕西卖掉，把银元和银子做成的囫囵宝驮回来。然后在夜深人静的时候埋在地下。

由于害怕风声太大，在张万太的主持下，把弟兄五个的日子分开了过，老大在双铺子不动，老二张万平去了靖远与宁夏交界的香山，老三张万盛到焦家口，老四张万世到马大沟，老五张万福到靖远县东北面的烟洞沟。这样一分开就显不出张家富了，有一句老话叫穷怕病，富怕分，一个好好的家，弟兄们一旦分了家，这个家就倒遭了。事实上，张家五个弟兄的分家仅仅是老大张万太耍了一个手段，把银钱分散保管就是了。先不说别的地方，仅老四张万世住的马大沟就了不得，直到新中国成立后多少年了，张万世的后人们闲这个山沟沟里不方便，就搬迁到沟口子外的郎山村上生活，周围的人都知道张家在马大沟埋了上百万两的银子，明着也挖，暗着也挖，借用修住房挖地基时挖，借用修羊圈时挖，据说挖走了不少。有的白天不敢明目张胆地寻地下的银子，晚上用最现代化的手段，背着金属探测器寻银子，张家的后代们坚决反对别人动老祖宗们的遗产，有几家人挖了马大沟银子的人家里出了死人的事，张家便放出风来说，天理难容，谁家挖马大沟的银子谁家死人，吓得许多人不敢再行动，已经住在马大沟的人也偷偷地拆了房子，搬出了这个神秘而且可怕的地方，都害怕遭天的报应。

咱把话题扯得太远了，赶紧往回拐。

张万太再怎么要手段分散人们的视线，知根知底的人仍然知道张家的银子有几百万两，黄金和大烟也有不少，都被老太爷埋在地下了，这种传说是私下里进行的。据说有一年大年三十，张老太爷和长工们从陕西做回生意来，银子还没有来得及埋就过年了，大年初一拜年的人来给张万太磕头，拜年的人先给老先人上个香，烧个纸，就在他们烧纸的时候，害怕把桌裙子烧着，有往起来揭了一点，这一揭不要紧，长条供桌下面全部堆放着白花花的囫囵宝，把烧纸的人都吓了一跳，事后他们估算了一下，足有千十两银子。

这世界上的事情没有不透风的墙，上下川道里的人都晓得张万太家的钱财多得连供桌底下都堆满了白花花的银子。这话传到贼的耳朵里可就不得了，他们不但惦记着，也算计着，十来个端着快枪的土匪已经来了。

进了村的土匪先把各家各户的人赶进屋里，呼三喊四，横眉竖眼地喝令所有的人都不准出来。斜山梁上、地印子淌的山顶上各站了两个端着枪的土匪。这两个致高点上能看出二三十里远，所以远处有个风吹草动，他们一闪就进了屈吴山了。有六个土匪冲进了张万太老先生家，他们把家里老的少的全部赶到西边的一间小房子里，不准说话，有一个土匪把枪栓拉得呱啦呱啦地响，不让任何人动弹，而后他们把老太爷拖到院子里，问银子在哪里，张万太说：自打地震了以后，银子失迷的失迷了，分家的分家了，家里一两银子都没有。土匪早就料到这个老家伙不会说实话，就在地面上钉了四个木桩子，拉了四根绳子，然后把张万太老先生放倒在地，手脚全部拴上了绳子，整个人平平地趴在了地上，手脚都不能动弹了。一个土匪问：“你是自己说呢吗，还是让我们往出掏呢？”张万太老先生说：“刚才不是给你们回过话了嘛，我们根本就没有银子。”问了几遍都是这个话，土匪有点不耐烦了，顺手提过扫院子的秃头扫帚，然后点着火，只见带着火的扫帚扎向张万太老太爷的后背上，冒出来一股子青烟，张万太龇了龇牙，并没有叫喊。土匪再问，张万太干脆不说话了，他打定了主意：说也是死，不说也是死，反正今天活不过去了，想从我嘴里掏出银子来，你们这些狗日的杂种，还没熟透呢。打定了主意，他干脆闭上了眼睛。

土匪见扫帚不行，就换成了铁锨，他们把铁锨烧红了在张万太的光脊背上烙了下去，青烟冒了一股子，随后一股难闻的人肉味跟着了蹿出来，只见张万太头一伸，紧接着重重地倒在了地上。土匪见人没气了，提来半桶凉水，泼到老汉的身上、头上，老汉动了动说明人还活着。

土匪们问一句，用烧红了的铁锨烙一次，张万太休克一次，他们用凉水浇一次，张万太老先生连一个字都不吐，顶多在泼完水以后哼一下，表示他还活着。整个一下午，土匪硬是没有从张万太老汉嘴里掏出一个字，更别说掏出银子了。土匪没见过这么硬的汉子，没有了办法，土匪收兵回营到别的地方打主意去了，他们走了。

张家人见土匪走了，把老太爷赶快从绳子上解下来，扶到炕上，张万太望了望远处的山顶上的土匪，骂了一声“狗日的。”

虽然半年以后张万太的伤口差不多愈合了，也能下地走动了，但是有一天早晨，他却不会说话了，不但不会说话了，连别人说什么也听不见了，双铺的人把这种情况叫咽喉闭了，这实际上就是现在的脑梗或者脑溢血。如果抢救的及时，还是有恢复的可能，可惜的是那个年代没有那么好的条件。家里人也知道，人只要咽喉闭了就得赶紧穿老衣，剩下没有多长时间了。张国芳、张国民、张国富、张国治四个儿子急的团团转，没有一点点办法，这四个儿子急不仅仅是爸的病，还有爸知道的家底到底埋在哪里了？成百上千万家财只有老爷子一个人知道地方，如今他不会说话了，这将成为一个谜。事实上，张家的金银财宝就是个历史之谜了。

……

看着蔫头耷拉、有气无力的八个土匪，张志德真想上去踢他们几脚才解恨呢。但是他忍住了，他是民兵，又是入党不久的共产党员，共产党内有纪律，对待俘虏有对待俘虏的政策，他不能那样做。张志德让民兵细心地检查一下捆绑每个土匪的绳子看结实不结实，再检查一下连着八个土匪的连接绳穿好没有，然后前后左右把民兵分开，押送着八个土匪往打拉池乡公所走去。

第七章

张志德从靖远县开完人民代表大会以后连夜往回赶，他是一个急性子人，只要心里有事情就急得吃不下饭，睡不好觉。这一回他着急连忙赶回去要和老大杨志华他们商量一件大事情。

张志德这次在靖远县参加的是1953年夏天靖远县第一次人民代表大会，大会把张志德选为靖远县人民代表大会的常委。常委一共9个人，其中有四个是县政府、县委领导，有五个是各村的先进人物代表，其中就有双化社的张志德。那时候公家人把双铺村起名叫双化村，不知道为什么这么叫，以后成立初级社时又叫回去了。

这次代表大会上传达了毛泽东主席于1949年3月在河北省平山县西北坡中共中央七届二中全会上的讲话，毛主席告诫全党，务必要使同志们保持谦虚谨慎戒骄戒躁的作风，务必要使同志们保持艰苦奋斗的精神。特别提醒大家要防止李自成那样的事情在共产党身上发生。代表大会上还传达了中共中央关于在农村开展帮工队、互助组的活动，把广大农民组织起来走集体化道路，这是农村社会主义建设的最初试验田。

开会的时候张志德就谋划好了，回去以后先把他们八个结拜弟兄组织起来，成立帮工队、变工组，今天帮张三，明天帮李四，这是再好不过的事情了。

张志德一边走一边继续思考着他的帮工队、变工队的事情，思考成熟了，也走热了，他解开衣服扣子，索性把前胸和肚子亮在外头，甩开大步往双化村走去，嘴里放开了还吼起了他一辈子都喜欢的秦腔戏。这一回他吼的不是别的，是秦腔折子戏《李彦贵卖水》。

张志德把八个结拜弟兄召集起来，把自己的想法一说，八个弟兄们个个都赞成，都说老七张志德聪明。老大杨志华说："中国人最大问题是一盘沙，如果有了洋灰和钢筋一和，这个沙子就结实得很。"大家一致推举老七张志德当帮工队的队长，张志德也乐意。

过了几天，麦子黄了，这八个弟兄今天帮老大收麦子，明天帮老二收麦子，没出一个星期，八个弟兄家的麦子全部割完了，并且人背驴驮，整整齐齐地码放在了场上。八个小伙子走到哪块地里，那里就显出生龙活虎、都气势汹汹的样子。一个家也就务了二三亩麦子，根本经不住这八个小伙子们收割。他们有时看见地里的孤儿寡母、老汉老婆子满头大汗地收麦子，心里可怜他们，就帮着他们三下五除二地给把麦子收割了。路过的人停下来观看，不明白双铺子村哪个大财东家能顾得起这么多壮劳力，就试探着问，张志德说："我们这是帮工队。"问话的人不明白啥叫帮工队，张志德说："驴的脖子痒了怎么办，自己又不会抠，于是一头驴就叫另一头驴用嘴帮忙啃一啃，被啃的驴也用嘴啃另一头驴的脖子，这样两头驴都舒服，这个办法叫做驴啃嘴脖子工变工。我们这个帮工队今天帮了张三，明天帮李四，后天再帮王麻子。"问的人听得直点头，说："你们想出来的这个方子好，回头我们也要试伙试伙。"

很快地帮工队就加入了十多个壮劳力，完全成了一个突击队，绝大部分都是张志德民兵队的基干民兵，大家在一起干活又说又笑，时不时地还喝上几嗓子秦腔，干活一点都不觉得累了。村上的几个中年婆娘问帮工队要不要女人参加，大家一商量，决定要上。你不能眼看着她们又拉扯娃又种地，受苦受罪还受气。田胜的妈和张志德的四妈都是六十朝上的老婆子了，也想参加，张志德和八个弟兄们一商量，让这两个年龄大的老婆子帮着看娃娃，因为帮工队的妇女们想出门劳动，娃娃又丢不下，她们想的办法就是把娃的脚拴在炕角处，娃娃掉不下来就是安全的。至于娃娃拉屎、尿尿，哭嚎、喊叫声根本没有人管。妇女们下工以后才把娃娃从绳子上解开。这下好了，出工的妇女们把娃娃交给两个老婆子看管，她们就可以放心地参加帮工队了。

羊把式王林山想参加帮工队，但是年龄大了，动作怕跟不上这些强壮劳力。张志德就让他继续放羊，谁家有羊可以交给王林山老汉代着放，这样腾出劳动力还可以下地劳动。

大万会点木匠活，在帮工队里专门修农具，谁家盖房子了就做门和窗子。

双铺村的帮工队不但在这周围的影响很大，在靖远县也有了名气，县长马国平和县委书记何清勇带着人参观了好几回。不久，靖远县就根据中央的决定在全县成立初级社。为了将初级社办得更好，靖远县决定在全县成立五个示范合作社，这五个示范合作社正是县人民代表大会工作在基层的五个常委所在的村。其中在靖远县城东边三十里处的三合农业合作社，社长叫张映炳；在红沟河上水处的小水农业合作社，社长叫张成福；在靖远县沿黄河向东南走有一个叫沙流水的很苦叫地方成立了一个合作社，叫沙流水农业合作社，社长叫罗积；在靖远县北边二十公里处的毛合洛成立了一个合作社，叫毛合洛农业合作社，社长叫曾治功；再就是双铺村农业合作社，那时候起的官名叫双化农业合作社，社长就是张志德。

在变工组，帮工队的基础上成立农业合作社，这是一件顺理成章的事情。农民们一看人人都能入社，能参加红红火火的集体劳动，热情非常高涨。但是后来发生的事情却使张志德为难了，初级合作社一条最基本的要求就是土地要入社，这是农民们最最想不通的事。解放前，农民们祖祖辈辈受苦受难，就是因为没有土地，解放初期，共产党号召农民们打土豪分田地，农民们的积极性一下爆发出来了，不但斗倒了地主，分得了田地，更重要的是靖远县人民政府还给每家每户发了地契。许多农民手拿着地契，双膝跪在自家的田地里吼大声哭了。这哭声既有感激的成分，更有历史上积累下来的委屈。可见农民多么热爱土地。

现在却要把刚刚分到手的土地收回去，农民无论如何想不通，张志德就是在收土地的问题上得罪了不少人，许多人骂他做断子绝孙的事，做伤天害理的事。骂归骂，土地还是入了社，这是因为有国家的政策做后盾。要让四万农民彻底翻身过上富裕的日子，靠一家一户地单打独斗肯定是不行的，在中国这样一个以农业为主的国家必须要走集体化的道路。所以土地归公这是必然的，而且是集体化的第一步。按照设想，第一步建设农业初级社，仅仅是土地归公入社；第二步要扩展成高级社，生产资料也要入社；第三步要像苏联老大哥那样建立集体农庄。开展大面积种植、大机械作业，大面积灌溉、大面积施肥、大面积灭病虫。如果一家人一块地，怎么能够施展得开？后来，在实践中发现苏联集体农庄的形式不适合中国，于是就改成了人民公社。

土地是入了社，但是按照县上的政策土地和入股一样要占分成的百分之七十。劳动力占分成的百分之三十。这就带来了一个很大的麻烦，地多的人不劳动，地少的人拼命出力流汗，结果轮到决算的时候，出力流汗的人分不过满世界乱转的人。张志德觉得这不公平，就和初级社的其他领导一商量，把上面的这个规定给倒过来执行了，也就是劳七地三，劳动力占分红的七成，土地只占分红的三成。这一下可是惊天动地了，村里没有一个闲转悠的人了，地里干活的人一个比一个舍得出力。

但是随之而来的就是评工分，这件事太泼烦人，因为全村上百口人出工劳动，不可能干一样的活，比方说有割麦子的、有捆麦子的、有堆放麦子的、有搬运麦子的、有在场上打麦子的、有放羊的、有看瓜的、分工不同，出的力不一样，劳动的报酬应该不同，不然投机取巧的人占便宜，忠厚老实的人吃大亏，到头来人人都学成了投机取巧的滑头了。白天劳动，晚上全社的劳动力就集中在一起评工，有时候一评就评到后半夜了，有时候为了一工分争得面红耳赤。后来张志德和初级社的领导想出了一个妙办法，他们前一天把第二天要干的活先估算好，然后分工几个人干完，干完了不再开会评分，直接记在工本子上。这一个办法把大家开会的时间省了，以后许多年双铺子村都一直沿用这个办法给劳动者记工分。当然每年的工作就那么多，时间久了大家心里都记住了，干什么多得多少分基本上是定的，比方在铁性子坝收麦，一块地 50 亩收完了就得 50 个工分，一个人收完也是 50 个工分，10 个人收完也是 50 个工分，只不过是这 50 个工分 10 个人分。后来出现了抢着劳动的现象，为了多挣工分，有的甚至于半夜就下地干活，真是一片热火朝天的劳动景象。

张志德有时候站在斜山梁上看天空，看庄稼地，看社员们热火朝天的干活，自言自语地说："毛主席真有办法。"

1955 年开春以后，初级社已经基本上走上了正常。张志德领着几十个强壮劳力干了两件大事情。第一件是开垦荒地，把平摊的地方全部耕出来，打磨平整，使村上的土地面积扩大，这是农业初级社的基本建设，也是为子孙后代造福的大好事。因为随着人口的逐年增加，耕地就显得不够用了，大家都要张嘴吃饭，没有土地就是大事。第二件事情就是堵水坝，让山水淤地，除了打地埂子，准备迎接下白雨时候淌下来的山水外，还修了四条大型的拦洪水渠，影子弯一条、铁性子坝一条、华领沟一条、米家沟一条。这四条拦洪水渠是从季节河的上游处开口一直修到每一块坝地处。这项工程虽然投入的劳力很多，但是成绩十分明显。1955 年的雨水很多，所有的坝地都浇了好几回山水，而且山水下来时淤出了 700 亩平平展展的土地。不但墒情好，而且山水冲下来的肥料把土地养得很肥沃。1956 年，双铺村的粮食大丰收，麦子平均一亩地打了 400 多斤，双铺村种了 1000 多亩麦子，光麦子就打了 40 万斤，在全靖远县都产生了轰动。

1956年以后初级社要升为高级社，高级社和初级社的组织形式都差不多，有两点不一样处，一个是范围大了，初级社基本上是按照一个自然村成立一个社，而高级社则把顺道的自然村都吸收进来，双铺高级社当时就吸收了上双铺子村、杨崖湾、马大沟、姚家沟等五个自然村。第二个是入社的条件严格了，初级社仅仅把农民手中的土地入了社，而高级社则要把生产资料都要入社，比方说，马、牛、骡子、驴、羊、大轱辘车、油坊，这不但是一次公与私的大较量，也具体到了张志德作为高级社的社长和每一个人之间的矛盾。许多人由此而给张志德记了仇，有的人把仇恨的种子埋在心里几十年。

第八章

双铺村原来是有一座庙宇的，这座庙宇坐落在双铺村子的西头，也就是现在村子的西门处，马路的北边。上了年岁的人都记得那一座庙，庙是 1921 年修建的，海原大地震之后人们在反思这场灾难的原因，反思的结果是双铺村里没有庙宇，神没地方落脚人就不得安生，所以就赶紧修庙。修庙的材料方便得很，张志德家的四院房子是非常阔气的，都是青砖蓝瓦房，地震之后张家的老祖宗再也不打算修房子，先凑合着过着，走走再看，所以砖头多的是，当然张家老祖宗也同意修一庙宇，请一尊天神，坐镇双铺村，让黎民百姓平平安安、健健康康，要不然地震一来，村上的人死伤过半，路家和韩家两家几十口子人，除了一个出来尿尿的躲脱了之外，其余的人全部被埋进了地下，据说两家连人带房子都掉到地下去了。二十世纪六七十年代，村民想在曾经是路家院子和韩家院子那个地方盖房子，挖地基挖下去两米多，连当年的房顶都没有看见。据说地震袭过来时，路家、韩家住的地方裂开了大口子，接着又合到一块了，这一张一合，百十口人就不见了。

庙宇修的还是相当漂亮的，虽然只有一大间房子，但是也是青砖蓝瓦、雕梁画柱、左青龙、右白虎，瓦当是专门烧制的虎头瓦当，挑沿子是工匠制作的鹊鹤怪兽。庙里坐镇的神仙是关老爷，关老爷的本名是关云长，是三国时期的人物，因为过五关斩六将而闻名天下，关于夜走麦城的事情这里是不能说的。不说，时间长了人们就忘了，忘了就算是没有了。还有就是受伤以后由名中医华佗在不用任何麻药的情况下刮骨疗毒，这个硬汉子在后人中传为佳话。还有很重要的一点就是关老爷在蜀国当过刘备皇帝的财政部长，管过财政，所以后来的人们都供一个关老爷的神像，特别是做生意的人，他们必须要供奉一个关老爷，意思是让关老爷保佑他们生意兴隆，八方来财。修关老爷的神庙不修别的神仙庙，原因有三个：一个是这个关老爷勇敢无比，号称万人敌，你想想他能敌过 1 万人，这个世界上还有谁比他更力量的吗，没有，没有就是他。二一个是他坚强，一边下棋一边让医生把胳膊割开，取出毒箭，刮去骨头上的毒，他面不改色心不跳，连麻药都不用，这么坚强的人还怕世界上的困难吗，不怕，不怕就是他。三一个就是他管过财政，老百姓认为管过财政必定有钱，就像当今的中国人民银行行长周小川，在老百姓眼睛中这是当今世界上最有钱的人。可不知道他管的是公家的钱，与他没有半根毛的关系，他甚至不能花一分钱。再说了，他有钱与老百姓有什么关系，一根毛的关系都没有，老百姓不管这三七二十一，认为关老爷管那么多钱，百姓必定能沾上光，这说透了是一种心理上的安慰。在老百姓还没有看破的事情本质的时候上，外人千万不敢把这一层窗户纸戳破，你胆敢弄破了这一层纸，老百姓把你不杀的吃了才怪呢，因为你坏了他的好事。人啊人，就靠这么一个精神支柱活在这个世界上，不但自己稀里糊涂地活着，也希望别人都稀里糊涂地活着。说什么：“水至清则无鱼，人至察则无徒。”大家都这么着，这个世界就稳当。

出于以上这三种原因，所以双铺村里就修了一座供奉关老爷的庙，起名叫关帝庙。

老百姓说，自从关帝庙修好以后，双铺村子风调雨顺，连年丰收，百姓们平安无事，人才辈出，曾经出了一个秀才，靖远县的县太爷派八抬大轿子把秀才送到双铺子村上，双铺子村和周围的几个村在保长、甲长们的组织之下，杀猪宰羊唱大戏迎接秀才张国芳回来。这个秀才张国芳正是张志德的二爸。有了关帝庙，再也没有发生过海原大地震那样的灾害，也没有发生过杀人放火的事件。更要紧的是谁家只要有了难处，在关帝庙里求神拜神，烧上几炷香，磕上几个头，难处便迎刃而解了，谁家要盖房子动土了，求神问神那边地方好，门朝那边开吉利，那一天上房梁合适，神会给他指明方向；谁家媳妇子不会生娃了，在关帝庙里求神要上一个符，回来让媳妇子喝了，过不了几个月这个媳妇子的肚子就鼓起来了。这么笼统地说不会有人相信，要说得有鼻子有眼的真人真事才能证明这个关老爷确实有些道行。乔家的一头尖牛寻不见了，全家老少寻了几天都没有个踪影，乔家老汉就去关帝庙问关老爷，关老爷当然是一个泥做的像，自然不会说话，管庙的人说叫乔家老汉许个愿，烧些香，第二天再来问结果，结果第二天乔家老汉去关老爷的庙里烧香点纸磕头，完了，管庙的人说在香炉的灰里有信，乔家老汉挑出来一个黄表纸包的小包，打开一看，黄表上划了一个箭头朝着扬崖湾的四道沟方向，乔家老汉将信将疑地和家里人照着这个图去找尖牛，果然在四道沟的一个山水冲的窟窿里找到了牛，这话在当地传得神了又神。还有马大沟张家老太爷要死要活地放命呢，家里人到关老爷的庙上求了一道符，拿回去让老太爷喝了，老太爷不但活过来了，还亲自到庙上还愿给关老爷烧了香，磕了头。从此以后，双铺村的关帝庙名声大震，香火极旺，连奔屈吴山求神拜佛的善男信女都不去屈吴山庙里了，专门到双铺村的关帝庙里来求神问事。求平安健康；求发财升官；求盖房的黄道吉日；求生儿育女；求安葬移坟；只要有事情，不论大小，急缓都要到庙里来问关老爷。

估计这关老爷忙得连饭都吃不成，更别说睡觉会客了。万一玉皇大帝召开什么会议，他恐怕也抽不出身子去参加，他的直接领导刘备恐怕也见不到他，连他的老婆孩子都难见到他。

关帝庙里不但有关老爷留着长胡子的泥像，还有一只像一个箱子一样大小的轿子，轿子里放着什么谁也没有见过，原因是周围都用黄绸子和红绸子蒙着，轿子的四边立木中间装有一个手抓的把手，这个道具是问神用的道具。求神的人如果事情特别重大，轿夫们就握着轿子问关老爷咋办，轿子是两个人抬着或用四只手端着，轿子里装有一个铃铛，一摇晃铃铛就响一下，轿夫们口中说："关帝老爷，请。"或者说："关老爷，请显灵。"这时候轿子就哗啦啦地抖动起来了，然后轿夫把轿子的顶部一个角对准供桌，关老爷说一个字，轿子的角就在供桌上划一个字，划完了，轿夫给求神的人说："关帝老爷说了，你家的老人明天就活过来了。"求神的人头像捣蒜一样连连磕头，口中还说谢谢关老爷，谢谢关老爷。

有时候三声五声问不言传，轿子在轿夫的手中一动不动，轿夫们说，关老爷可能天上开会还没有回来，或者是去外地考察去了，从来没有说过关帝老爷去吃饭了或者还没有起床。

关老爷有时厉害起来，把两个轿夫整得跌死绊活地揣着轿子在院子里整，一会儿高高地举起，一会儿又猛地落下，一会儿跳下埂子在路上乱跑，一会儿又在房后头找什么，把两个轿夫累的满头大汗，气喘吁吁。

这种活动一直延续到1953年。

1953年的春上，张志德九岁的大儿子得了一场病，开头几天只是咳嗽，慢慢地发起了高烧，不吃不喝，眼睛也不睁，只是呻吟。按照农村的习惯，娃娃只要一发烧就煮些生姜葱根子水，再放上两颗红枣，然后再加上一些糖，给娃娃灌上，让娃娃发一身汗就好了。那个时候根本没有医生，也没有什么药，有医生都是土医生，连半瓶子水都没有，完全是从长辈那里学过来的一点手艺，要么扎干针，要么用艾叶灸，要么拔火罐，这些手段都用尽了，他的技术也就穷尽了，病人再不好就束手无策了。张志德也请了这样的土医生，而且从马饮水打拉池请来了两个土医生，一个个手段使尽了，把娃娃的眼皮子翻开看了看，连话都没说一句就走了。张志德的老妈妈几天几夜不睡觉，坐在炕上怀里抱着孙子，脸上乌云密布，时不时地地掉眼泪。张志德的女人办法多，她去关帝庙里问了几回关老爷，关老爷的轿夫用轿子指示着说不要紧，请上一道“符”，拿回去就让娃娃喝下去。你等当作这个“符”是什么物件？“符”是一种称谓，相当于秘方，实际上就是关帝庙里供桌上香炉里的香灰。

娃娃喝了三天“符”，一天比一天重，开头还慌慌地喘气，后来喘气越来越弱了，第三天下午太阳快落山的时候，张志德不小心，把点灯的清油打倒了，油倒在了地上，女人赶紧把倒在地上的清油收拾干净。故事讲到这个节骨眼上，突然插上这么一竿子似乎没有用处，事实上是大有用处的，在双铺村以及周围的各个村村落落里，流传着这样一个说法，谁家要是把清油倒掉了，谁家肯定会出大事。所以张志德的女人赶快把倒在地上的清油收拾干净了，尽管她动作麻利，张志德的妈妈还是看见了，老人家紧紧地抱住孙子吼大声哭开了，张志德看见这个混乱的场面也有一种十分不美气的预感，但他毕竟是一家之长，又是双铺村及其周围的民兵队长，民兵队长是当时的地方官员，相当现在的镇长或者乡长。所以他尽量地沉住气，脸上不反应任何难看的表情。他小心翼翼地从妈妈的怀里接过娃娃，想让老妈妈从伤心中缓和一下，也让妈妈稍微休息一会儿，老人家抱着发烧的娃娃整整七天七夜了。

抱了一会，张志德怎么觉得娃娃软软地瘫下去了。身上一点劲都没有，两只小手展开着，无力地垂在两边，头也耷拉下去了。张志德觉着不对劲，大声呼喊着娃娃的小名，孩子的奶奶用力地摇晃着孩子，孩子的妈妈也哭着叫娃娃的名字，可是无论怎么叫，孩子都没有了反应。

全家人围着娃娃痛哭了一场，张志德的四爸张国治把娃娃用谷草包了一个包，背到地印子淌里去了。他的大儿子，他心爱的大儿子都九岁了，就这么遭掉了。

张志德的老妈妈由于极度悲伤，从此病倒在炕上了，老人家不吃也不喝，怎么劝说都无济于事，就这么每天在炕上睡着。

本来张志德的女人有条件劝劝老人，但是话还没有说出口，自己先哭得收拾不住了，她一哭老人更加伤心，婆婆媳妇两个人一起哭，张志德也悲伤无比，但他是一个男人，他心里再难过也得忍住，为了不给这个遭了难的家庭再因他的悲伤而更加糟糕，张志德白天背着枪四处游走，也到各个村上查看民兵训练，也在山背面、四道沟、黄家洼、屈吴山巡查，看看有没有可疑的人。当走到没有人烟的地方，这个遭受了无数次灾难的坚强汉子，终于忍不住了，他面对着大山，放大声哭嚎，山里的树木花草在静静地听着这个汉子的哭嚎声，天上的老鹰也停止了扇动翅膀，定在天上一样朝下看着这个汉子，大山传过来的回声也是哭嚎的声音。

太阳落山的时候，这个汉子终于又站起来了，他倒背着他的三八大盖快枪，快步朝家里走去。他不能丢下这一家人不管，尤其是他的老母亲，他的老母亲还病在炕上，这个女人是一个多灾多难的苦命人，她的娘家是靖远县城西边一个叫虎豹口的地方的人，娘家虽然不算富有，却是那里的一个大户人家，张志德家在清末民初的时候是一个名门望族，光看那四个院气势恢宏的青砖瓦房就知道这个家族好生了得。但是张志德的妈妈从嫁过来就没有省过心。民国九年，张志德才刚刚三岁，一场大地震把这个家基本上给毁了，民国十八年自己心爱的儿子差点被地主打死，为了这个宝贝儿子，两口子领上儿子去中卫逃难，结果到中卫不久她的丈夫就过世了，好不容易看着她唯一的儿子长大成人了，大孙子却没了。少年丧母，中年丧夫，老年丧孙，这人生的三大悲剧全部都让她这个弱女人遇到了，这老天爷难道没有长眼吗？

张志德用他善良的言辞劝老母亲不要伤心，尽量找些令老人家愉快的事情，让老二老三两个孙子趴在奶奶跟前给她说些话，老人家不看见这两个孙子还罢了，看见这两个孙子就勾引起她伤心的往事来，哭的更加厉害了。

老二娃娃不善言辞，趴在奶奶身边看着奶奶哭，不知道该咋办，老三娃娃嘴巧得很。“奶奶，奶奶，斜山梁上啥东西叫叫唤呢？雀儿——雀儿——地。”

“我娃乖，那就是雀儿叫唤呢！”

“那为啥种谷虫不雀儿雀儿地叫唤？”

“种谷虫还不到叫唤的时候。”

“种谷虫咋叫呢？”

“种谷虫说：种谷——种谷——”

奶奶孙子的一问一答，些许使老人家的伤心事暂时被掩盖住了。

张志德的女人做了一碗面条，端过来想让老人家吃上一点，这个老人从大孙子生病开始就基本上没有怎么吃过东西，这么下去老人家受不了，这个儿媳妇是个孝顺媳妇，知道婆婆需要吃饭。

“妈，你多少吃上一点吧，几天都没有吃饭了。”

“奶奶，你吃点饭吧。”

“妈，你吃几口吧。”张志德劝说着他的妈妈。

“奶奶，你吃吧，哥哥没有了，还有我们在呢。”

老二娃娃说的虽然乖巧，却把老人家的伤心事又勾出来了。哭得上气不接下气，谁劝都不济事，面条一口都没有吃。

由于极度的伤心，张志德的老母亲也病倒了，张志德两口子是非常孝顺的人，女人在家里为老人做饭喂水，张志德到处请医生抓药，为了给老妈妈看病，把家里存下的粮食都卖完了，但是老人家仍然不见好转，他的六个结拜哥哥和一个结拜弟弟不停地来看望老人，有的拿一包砂糖，有的拿一包茶叶，有的提来一只羊羔子，羊羔肉不但好吃，还是大补。大家把值钱的东西拿来看老人，他们八大弟兄，虽然是结拜弟兄，却和亲弟兄一个样，张志德的老妈也和他们自己的妈一样。

大约过了半年功夫，有一天，老人家突然发起烧来了，这使张志德害怕起来了。他的父亲在中卫死的时候，死之前就是发烧，结果他们母子要饭迷了路，等第二天回到枣园子时，父亲已经断了气，死的时候年仅三十八岁。他的大儿子半年前也是发烧，烧得像炭火炉子一样，不几天娃就遭掉了，这如今他的老母亲也开始发烧了，他不能不害怕起来。

所有的方子都用尽了，老人家不见起色，没办法，八个结拜弟兄相约还是到关帝庙求神仙保佑吧，他们端着猪头、羊头，端着白面馒头，供奉在供桌上，八个弟兄刷刷地跪倒在关老爷神像钱，由老大杨志华向关老爷祷告，求关老爷开宏恩保老人家一命。祷告完了领了一道“符”，回去让老人喝了，遗憾的是张志德的老母亲不但没有好转，而且病情一天一天加重了，最后喊着她大孙子的名字咽了气。

半年丧失了两个亲人，张志德精神快要崩溃了，他强忍着悲痛，把老母亲安葬了，跪在老母亲的坟头上哭得撕心裂肺，八大弟兄和亲戚朋友谁都没有劝阻他，想让这个汉子在老母亲的坟上把积郁在胸中的所有的痛苦都哭出来，这样这个汉子可能还能好受一点。

埋完母亲，这位曾经刚强的汉子睡在了炕上，整整三天三夜不吃不喝，一句话也不说。全家人人脸上挂着泪水，这个家庭的里里外外笼罩在一片阴云之中。

烧完头七纸以后，张志德提了一把镢头，气势汹汹地朝村子西边走去，村上的人不知道这个汉子要去干什么，平时他总是快枪不离身，今天走的这么凶却不背枪，手里提着镢头去干什么？挖柴么？方向不对，村上人挖柴都在北滩里，况且也没有拿背柴的绳子，去地里干活么？也不对，他家的地在斜山梁的东面子，村子西边基本上都是没有开垦的杂草荒滩，大家觉得奇怪。

张志德推开庙门，指着关老爷说：“关家主儿，我们给你把房盖起来，把真身给你塑了，供上你吃喝、供上你穿戴，满想着叫你保佑我们平安呢，你保了个啥？连我的儿子我的老妈妈都没有保住，我要你干求呢，啊——？我今天把你送回老家去。”说着轮起镢头，只一下就把关老爷的头刨了下来，第二镢头把关老爷的身子挖碎了，第三镢头挖下去，关老爷的烂身子连同底座一同被拉在了地上。张志德嫌不过瘾，不解恨，又用镢头把关老爷的泥像捣了个稀巴烂，看庙的两个轿夫和村上赶来的人站在门外，谁也不敢阻拦他，他们懂得这个气急了的汉子什么事都敢做出来，所以谁也没有那个胆子去阻拦。

张志德砸烂了神像还不能解恨，抡起镢头又砸门窗，把雕鹤画虎的大红油漆门窗几个回合就交待了，然后又挖庙的前墙，庙门两边的前墙被他连挖带推搡，各自倒在了地上，庙还没有塌，庙没有塌的原因是四边都有立柱。

砸完了，张志德也觉得累了，就坐在庙院里喘气，他的叔伯兄弟张志元给哥哥端来一碗水，让他喝，张志德这才长长地喘了一口气。

双铺村的关帝庙就这样毁了，香火从此也就没有了。

大约到了1957年的时候，张志德去定西党校学学习，村上的人想借这个机会把关老爷的庙翻修好。但是住队干部张印礼发现了。不但让修庙的人停工，还让修庙的把庙拆了，原因是共产党号召全国人民要破除迷信，讲究科学。

关帝庙里的一口大钟很漂亮，直径有一米开外，上头还刻的有碑文，敲一下，四里八乡的人都能听见。庙被拆了以后，这口大钟就安放在双铺村的中间有一个高土台子上，据说那是乾隆年间双堡子的一个戏台，堡子败落了，土台子还在，这里是村上的一个制高点，大伙就把钟安放在那个台子上，过年过节时有人敲几下，开会时敲几下，上工了也敲几下。到1958年大炼钢铁的时候，张志德让人把这口大钟拉倒马大沟炼了铁，大概他听见那口钟的声音脑子里就想得很多，心里就木乱泼烦吧。

第九章

最令张志德难忘的是1954年秋天发生的一件事情，这件事情可以说困扰了他一辈子，只要有闲工夫他就思考这件事情的来龙去脉。前因后果，他甚至找来了他的拜把兄弟一起探讨，力图解开个中奥秘，但是没有人能说得清，道得明。

1953年，甘肃大地上遭受了严重的干旱，地里的庄家好生生地被太阳晒成了干草，遭了灾荒，要饭的人源源不断。到了1954年，情况大为好转，基本上看不到要饭的人了，但是一天中午，张志德家却来了一个要饭的人，这个人穿的衣服破烂得已经不能再破烂了，手里提着一根棍子，肩上搭一个褡裢，端着一只陶瓷碗，这个人悄无声息地出现在他家门口，斜靠在门框上，却生生地说："爸爸，给上些吃的吧，把命吊给一哈。"张志德是要过饭的人，见了要饭的人就勾出他思想底层的伤心来，让他的心情翻江倒海。他把要饭的迎进屋里来，给这个要饭的人装了些馍馍，装了些炒面和洋芋，还给这个要饭的烧了开水，让他喝了水，吃了些馍馍。要饭的人十分感激，一再说他遇见贵人了、遇见好人了、遇见恩人了。站起身来要磕头一样直往地下跪，张志德连忙扶住说："使不得，使不得。"张志德的女人见这个要饭的人穿的烂的不成体统，就

拿出一条张志德穿过的旧裤子叫这个人拿上，要饭的人更加感激，再三表示感谢，临出门了却停住脚步，回过头来时张志德说："你们家要是哪一天打院墙的时候，先不要留院门，把墙全部打严，等到你把墙打完的那一天，你站在高处看，从西边上来一个人，不管是男人还是女人，不管是大人还是碎娃，这个人快到你家院墙的时候，你赶紧把墙挖开一个口子，然后把这个人迎进屋里，这个人有话要给你说。"说完这番话以后再三叮咛一定要记住，张志德两口子都说记住了。女人问这个要饭的人："你是哪的人？"要饭的人说："我是永登人。"说完转身走了。

这件事情过去一年了，张志德两口子差不多都忘了，秋田收完了，洋芋挖完了，也装在洋芋窑里了。地里基本上没有什么活可干了。天气还没有上冻，张志德请来拜把兄弟几个人商量着把自家的院墙打起来，目的是家里养的鸡，猪不乱跑，也不遭狼、野狐子害，有了院墙几个碎娃娃也安全。

农村打院墙就是就地取材，在墙的走向的起点处栽四根椽，两头用木板挡住，而且把木板顶住，防止向外扩张，椽的顶部用草绳拉住，防止打墙的过程立着的椽张开了，墙就打不成了。然后找来十根椽，左右紧挨着立起来的椽平放好了，为了防止打墙的过程中平放的椽向外扩张，也用草绳互相拉住。准备好了以后，向椽组成的一个长方形的槽子里垫潮湿的黄土，垫上大约有十公分的时候，把黄土搞平，然后用专门的铁锤子捣瓷实了。再垫土再打瓷实，这样垫上四层椽的高度时，再把下层的椽取下来，和刚开头时的一样再一根一根向上垒起来，当然也要用草绳互相牵拉着，这样往返若干次，直到主人认为墙的高度差不多了，就给最后一层用黄土垒成一个尖顶子，算是收了口，这叫一堵墙。墙的高度一般在到两米左右。有钱人家的院墙也有三米或者四米的，叫做高门深院。一堵墙打完了就把所有的家具拆下来，然后再打第二堵，第二堵墙的一头紧连着第一堵墙的一头，这样以此类推，打多长的墙都行，墙打完了，主人把墙面修理平整，把露在外头的草绳子剪掉，整个墙就成功了。农村里不但用这种办法修院墙，也修牛圈、修羊圈、修猪圈，家道富一些的人家用这种办法打一个四四方方的城池一样的院子，然后再城池里盖房子，房子正对的地方修一个大门。

张志德修院墙不是为了摆阔气，完全是为了安全，免得狼、野狐子偷着跑进院子里，咬猪咬鸡是小事，三个娃娃的安全是大事，两口子都要下地干活，三个娃娃放在家里，没有一个院墙不是个事情。

张志德修院墙是利用了地势的，因为他家就住在斜山梁下面，东面子有斜山梁挡着，所以打院墙只打南面，西面，北边也不用打，北边有他种树时垒起来的半截墙，虽然不成个体统，但总是有了墙，况且他的女人用枣刺栽在墙顶上，狼也罢，野狐子也罢根本就过不来，它们害怕枣刺把它们挂住。

都是身强力壮的小伙子，干活有劲得很，所以三四天功夫，张志德家的院墙就快打好了。在打最后一堵墙的时候，几个把兄弟问他，大门咋留，张志德猛地想起来要饭的人说过的一句话，就对兄弟们说：先不留门，等打完了，瞅一个黄道吉日再开门。弟兄们觉得有道理，就打最后一堵墙，张志德站在斜山梁上朝西看，西面果然上来一个人，张志德感觉这个人要从他家的墙下面路过，就让弟兄们赶快把打墙的家具全部拆下来，码放到院子里，然后他提起镢头三下五除二刨开一个大口子，等到他把口子打开时，那个人正好走到跟前，张志德定眼看时是一个白胡子老汉，白衬衣上套了一件夹袄，黑裤子宽宽的，裤口却绑在脚腕处，穿双圆口布鞋，走路轻飘飘的，好像水上漂似的。他小的时候在中卫见过练功的人，耍把戏的人，这个人莫非是练功的人，张志德顾不了许多，然后热情地把这个白胡子老汉堵住，客客气气地说：“老者，请到屋里喝口水，缓一下再走。”

白胡子老汉也没有客气，在张志德的引导下坐在了他的小房子的炕上。

张志德挖开院墙把白胡子老汉引进到屋里，他为老汉煮了茶叶，端上来白面馍馍让老汉吃了，喝了，老汉自始至终不说一句话，吃喝完了这个老汉盯住张志德看了好大一阵，然后站起来说：“九二八”。说完头也不回从院墙的豁口里出去朝西走了。

张志德两口子觉得奇怪，这个怪人要么不说话，要么说了一句谁也不明白的话，“九二八”，“九二八”，两口子相互对看着，嘴里默默的念叨着，张志德说：“把这个话记住，这个人是个怪人，闹不好是个神人。”

第十章

山里人把做叫揍。干活叫揍活，做生意叫揍生意，修水本来应该是做水，但是大家习惯把修叫成揍，修水也就自然是揍水了。

本文为了叙述方便，以下就沿用山里人的叫法，把修水叫揍水，大家慢慢地习惯了就明白了。

神木头揍水，本来应该先说神木头这个地方，但是说水比说地方要紧，所以就先说水这个最要紧的事情吧。

双铺村是一个祖祖辈辈靠天吃饭的山边边上的村子，早年虽然没有地下水，地面上也没有河流，但是老天爷的脾性却好得很，年年风调雨顺，老辈人讲，这里从来都没有干旱过，解放前种鸦片烟的时候，早上太阳还红哈哈的，各家男女赶紧在地里割烟骨朵，中午回家吃个午饭，睡上一会觉，下午太阳偏西了，就得赶快去地里收烟泡，这是正常情况。万一中午天上冒出草筛大的一朵云彩，老百姓饭都顾不上吃，赶紧下地收烟泡，动作慢一点，头顶上已经黑云密布，紧赶慢赶，白雨就浇下来了，刚刚结成烟泡的大烟就被一场白雨浇掉了，所以老百姓割大烟的时候最害怕的就是天上有云。通过老辈人的这个描述你就可以想象出这个地方雨水广得很，雨水广就不缺水，庄家也好务，牛羊也肥壮。

但是慢慢地双铺村及其周围的环境就变化的多了，风也不调了雨也不顺了，沙尘暴时不时地从北滩西边的西戈拉滩黑压压地卷将过来了。一场沙尘暴过后，土地上像好端端的人得了黄疸型肝炎，黄得人看了都心寒，山上的草胡子也没有了，牛羊都饿得趴在地上闭目养神，这个地方的天气太多变了。

正因为过去太风调雨顺了，所以人们也就养懒了，双铺村的历史到底有多么久远，谁也说不清、道不明，单是大户张家的家谱中就记载了近二十代人，张家老辈人说他们张家是康熙年间里从山西大槐树底下迁来的，后人们翻了历史记录，并且估计了一下应该是 1760 年前后来到双铺村的，况且先后来的有姓李的大户，姓韩的大户，姓路的大户。一个几百口子人的村子里竟然没有人畜饮水的地方，为了解决人吃水的问题，大户人家都用木头箍了两只木桶，或抬水或担水，或者赶着牲口到六公里外的扬崖湾、郎山、马大沟，甚至到二十里外的马饮水去挑水，去驮水，多少年就这么一直过着，没有人开动脑筋想个办法。当然，后来由于经济不发达，也没有条件去办关于水的问题，后辈的人们议论说老先人时，大都说上往年的人“治”得厉害，连一个吃水的地方都不晓得揍。这个“治”字在当地就是笨的代名词。

由于环境的变化，气候的干旱，所以这个地方人们把水看得比油都贵重，路上的脚户、行人走渴了，要几个白面馍馍很方便，想要出一口水来难上加难。一马勺水得分许多个层次用。先用来洗菜，然后澄清了洗衣服，再澄清了洗脸，然后再洗脚，最后一道用途就是和呢吧或者浇树。后来，从会宁、通渭迁过来的新户们，都在自家院子里打了一口窖，老天爷一旦下一场雨，他们就把自己的窖灌满，天晴了，别人没有水吃喝，有窖的人要多受话有多受话，没窖的人想哭连眼泪都没有。所以历史发展到二十世纪六十年代末，会宁人率先叫响了一句口号：“我们也有两只手，不在城里吃闲饭。”毛泽东主席认为这是消灭三大差别的好典型，于是《人民时报》发表了许许多多报道，于是全国各个大小城市都效仿，把城里的闲散人口一律儿地迁移到了农村。会宁人的另一个发明就是“母亲窖”，这项工作又在全国大面积推广，不但解决了人畜饮水，而且使粮食土豆大获丰收，以至于会宁县成了联合国扶持的土豆产业基地。穷则思变，穷到极处了就是富的开始。

由于缺水，人们又十分地盼水，所以双铺村周围的地名非常有意思，基本上都有一个水字，或者名字都和水有密切的关系，你听听，我给你扳着指头数：马饮水、英黄水、党家水、喊叫水、下流水、井儿沟、大水沟、干盐池、玉树河、谢家河、牛家坝、凉水泉、水泉等等。后来的年轻人抱怨老先人给双铺子起名字时不动个脑子，别的地方取名字都多少带个水字，唯独双铺子村的名字一滴水都没有，干旱了活该。

由于缺水，到了夏天天热的时候，天上飞的，地下跑的看见谁从马饮水、扬崖湾挑着水过来了，一律围着挑水的担子，飞禽们根本就不害怕人。最典型的就是 1958 年五一节，全国在消灭四害中的赶麻雀活动，双铺村上的男女老少，加上学校的学生，天不明就分布在山上、地面上、树底下，大家见有飞禽过来，敲着脸盆，嘴里：“噢——噢——噢——”地呼叫着。天上的麻雀、乌鸦、鸽子、喜鹊吃不上喝不上，还没有地方落下来休息，它们又渴又饿又累，飞着飞着就头一发晕，倒栽葱似的掉在了地上。有的虽然还有一口气，但是大口大口地喘气，两只脚也站不稳，如同现在的人喝醉了酒一个样子，东倒西歪。主要还是缺水，渴得要命。

渐渐地，气候越来越不如以前了，不下雨，涝坝里没有水，自家的窖里也没有水，杨家崖湾，白石头河里原来的两口深井也干了，人吃水，头口饮水一律到二十里以外的马饮水，那里有一眼泉水，水旺得很。关于马饮水的泉水的历史我留到以后的章节里专门作介绍。村子里的人没有办法。从早上到晚上，除了手搭起凉棚看蓝天以外，想不出别的办法，他们盼着像以前种大烟的那个时候，天上突然冒出筛子大的一团云来，一时三刻白雨就倒下来那样的光景，但是蓝蓝的天上除了黄黄的太阳外，连碗口大的一朵云都没有出现。

后来从会宁逃难来的老冉老汉说他有办法叫老天爷下雨，开头人们将信将疑，一个快做棺材瓤子的死老汉能给老天爷说上话？不可能。要是能跟老天爷说上话，你家的水窖咋也干了？不可能、不可能、绝对不可能。有一部分人不相信，还有一部分人却相信，相信的这一部分人晚上乘人睡定了，他们上米家沟老米家对面的一个窑洞里求雨。原来那地方不知谁在山坡上挖了一孔窑洞，窑洞里塑了玉皇大帝、观音菩萨、东海龙王，神像只有半米大小，却有鼻子有眼，塑神像的人想不出神的模样，当然他八成就没有见过神仙长的什么样，所以他就按照凡间的人来塑神像，他调动了他脑子里的全部积累和信息，塑出来的神还是和人长得一模一样的，只不过比人长得周正一些，穿戴得也比人漂亮。

求雨的善男信女把带来的供品献上供桌，而后齐齐地跪在地上，冉家老汉先点上三炷香，也跪在地上，手执法鼓和鼓槌，静静地等待着，有几个不醒事的娃娃跪得腿疼，就问冉家老汉等什么，说："玉皇大帝、观音菩萨、东海龙王还没有起床，千万要小点声，他们没有睡醒你硬把他们吵醒了，这下雨的事就黄了。"冉家老汉这么一说大家不再言传。

过了一会，谁不知道把轿子动了一下，轿子上的铃铛响了一声，冉家老汉立即举起法槌敲起法槌，并且口中："啊拉拉也——玉皇大帝、王母娘娘、观音菩萨、东海龙王，下点雨吧，下点雨吧，把命吊给一哈。"

念了一大阵，天上没有动静，连一丝风都没有。村里人常说：风是雨的头，屁是屎的头，这没有风，哪来的雨呢。冉家老汉说："轿夫，问问神吧。"只见两个身强力壮的小伙子，抬起轿子，上下左右胡乱地摇晃，摇了一阵，让轿子的一个角对准供桌，冉家老汉口中念念有词地说："请、请，你老人家给一句话。"

说完"请"字之后，只见轿子四处乱抖动，一会儿升上天，一会儿接到地面，又拖着两个轿夫冲出窑门，冲下山坡，似乎两个抬轿子的汉子拿不住一顶轿子，在山沟里折腾得尘土飞扬。折腾了好大的一阵子，两个轿夫才又把轿夫请进庙里，两个轿夫已经满头大汗了。冉家老汉又念念有词地说："对不起，我们凡人惊动你老人家了，请你息怒，请你息怒。过一晌路过双铺的时候，你朝下看上一眼，五谷都干死了。"

"地上都能冒烟，多少给上几滴子雨。"有几个娃娃偷偷发笑，几滴子雨能管用吗？

就在大家忙活着求雨的时候，有几个人却没有参和在求雨的队列里，这几个是住队干部张应礼、民兵骨干秦旺才，小学记工分的教师王有元。他们在张志德的带领下，满世界里寻找水源。

这地方确实缺水，从地形地势上看就不是出水的地方，再加上大环境一天比一天干旱，原来的大些的泉水变成了小泉，原来的小泉水干成了沙子坑。朗山、扬崖湾两个村子的水井也淘不出多少水了。

张志德带着这一行人先是在村子对面黄家洼山的七现沟找水，那地方旧社会水比较大，到了冬天，泉水流到北滩里结成了冰，白花花一片。如果七现沟泉水旺，修一条二十里的渠，泉水一溜顺下坡就淌到双铺村边上的沙河北沿上了。路程虽然远，但是工程不太不难，因为七现沟地势比双铺高出百十来米，而且一路都很平缓，再好不过的一个泉水了。结果一行人到泉边上一看，眼睛瞪起来了，老先人们说那个地方的泉水约莫有三寸，按照老先人的说法，三寸水引到双铺村，供人畜引用绰绰有余，但是他们看到的景况是七现沟的泉水连一寸都不到，如同小娃娃的尿在往外流淌，有气无力，周围站了无数只牛羊，争着抢着吸着一股子尿一样的泉水，羊把式把羊圈修到了泉水周围，顺着山帮子的羊圈一个连一个。四个找水的人赶开羊，趴倒了身子嘴对着泉水，也和羊一样喝了起来，他们也太渴了。

张志德带着这伙人找的第二个水源是高窑湾子，那里原来是草丰厚，牛羊

成群的地方。如果在那个地方找到水泉，修一条渠把泉水引到双铺村，也是一个慢下坡，而且比七现沟的路近了许多，工程量也不太大。遗憾的是这一行人到跟前一看，水和七现沟的水差不多，牛羊却比七现沟的牛羊多得多。原因是这个地方离周围的村庄近，连海原县盐池乡的牛羊都在这里抢水喝。他们到跟前一看就打消了揍水的年头。一行人坐在高处，一边休息一边往远处看。猛地一眼看见了地印子淌，那里不光有森林，而且山沟里有一股子水，大家七嘴八舌头地说："如果在山脚下打一个洞，把洞打到地印子淌的泉水处，把泉水引过来是再好不过的事了。"大家一齐叫绝。高兴完了却愁住了，这个洞子打进去高了、低了、左了、右了，都不行，如果偏离了泉水，你就是偏上一两丈，路过泉水怕也寻不见泉在哪里呢。人在洞外看得清楚，真正打洞打到深处就由不得你了。说到丧气处，大家都把头低下来了。

有一天，王国元的爸来张志德家扯沫的时候，说神木头的泉水大得很，足足有六寸水，夏天哗哗哗地淌的响，冬天河里结的冰一直延伸到方家沟、焦家口子，张志德一听神木头水这么大，坐不住了，喊上张应礼、秦旺才、王有元，让王国元他爸带路进山找水。

神木头距离双铺村子不算太远，也就二十里路，只不过在深山老林里，很少有人进去，再加上过去狼虫虎豹时常出没，没人想去那里寻麻烦。解放前后又有许多土匪、散兵、黑社会的闲散人员在那里落户，隐姓埋名住在那里生活，山外的人听起来头皮都发麻，更加不想进那个是非之地。

出了双铺村不远就是米家沟，爬上米家沟的山梁，沿山脊往前走五六里路就到了华领沟，在华领沟穿过季节河，爬上山坡就是王国元家的老屋子，他们也是从会宁逃难过来的，为了逃壮丁，跑土匪，住在这个前不着村后不着店的荒山野岭，过日子过了几十年。在王国元他爸的带领下，沿着这个不大的山沟走了约莫有七八里路，山呼地一下张开了，他们静眼看时，这里真是另一个世界，山大、山青、山也绿，而且是石头山，山上的树都是灌木树丛，树丛虽然不算大，却把山武装得绿茵茵的，不像双铺村周围，黄黄的土，山上连毛毛草都不长，地里的麦子也有气无力地在挣扎着，艰难地活着，期盼着老天爷某一天开恩了，在天上出现筛子大一朵云，一时三刻不要说白雨倒下来了，哪怕如同冉家老汉说的，好歹给上几滴子雨，也好吊一下命。

在王国元他爸的指引下，大家又说又笑，不大功夫就到了泉水跟前，远远地听见泉水哗哗地响，实话说，这一行人除了下过雨时听见过山水冲着石头响以外，还从没有听见过水冲石头发出的响声，大家不顾命地往水边上冲过去，然后趴在地上，不管裤子鞋子进水不进水，趴倒身子就喝起来。大人高兴得很了也像娃娃一样，忘记了自己的年龄，也忘记了自己的身份，更忘记了周围还有人呢，大家都忘乎所以了，所以周围有人没人都一样，喝了很有些时辰，大家才一个个坐在水里喘气，一个个肚子鼓成了包，口里喘气的时候还打着隔。

张志德喝饱了水没有坐在水里，而是在四下里寻找泉眼，这里有许许多多个大小泉眼，大的就有四处，小的数不过来，一个个顶着沙子往外涌着，如同山东济南市的趵突泉，当然比人家那个趵突泉小多了。泉水汇集在一起，向山沟里流淌着，冲击石头发出了“哗哗哗”地响声。大家估算了一下，六寸水绰绰有余，张志德说：“你们看，这个山势就是出水的山势。老先人们说‘两山加一叉，必然有海眼。’”一起来的几个人看着山势，点头表示赞同。

张志德把揍水的事情给当时高级社的社员大会上说了以后，当时就有人站出来反对，王林山老汉说：“神木头、神木头，那是人们叫得走了音，实际上那个地方叫‘圣母头’。圣母就是王母娘娘，是玉皇大帝的老婆，你动玉皇大帝老婆的水，你不是没事寻事呢？”王林山老汉这么一说，许多迷信罐罐子跟着起哄：“使不得、使不得，咱们百姓在太岁头上都不敢动土，哪里还敢在玉皇大帝老婆山上取水？好好把人饶了，我们刚刚过几天安稳日子，没有了人祸，千万不要寻天灾。”念过几天私塾的李营孝说：“古人云，天不变，道亦不变也。该你的水你不揍也会自己淌过来，不该你的水，你揍也揍不成。硬揍成了就等于把祸水引过来了。”周家老大周世清说：“我妈的坟还在华领沟埋着呢，阴阳先生说了，那地方的风水好的没治，人旺、财旺，十年之内必定要出一个大人物呢，你揍水路过埋我妈坟的山，把风水冲了咋办？”

面对这么多的意见，张志德心里窝火得很，给大家办好事大家都不认可，这在双铺村不是一天两天了，也不是一件两件事情了，所以张志德心里虽然窝火，嘴上却不说什么，不但嘴上不说什么，脸上也不露声色，他防止这伙人把仇转移到自己家里。根据往年的经验，他有办法对付这些没有开化的社员。

先把社员思想不通这件事放下不说，张志德和张应礼、秦旺才、王有元几个人私下里商量着怎么样把神木头的水引到村子里来。商量的结果是要用罐罐子箍水。走路日天晃地的任义祥曾经说，他爸死了后就埋在宝鸡山的瓷窑，因为穷，没有棺材，就用两口大缸口对口埋了老人。这个早先的说法，把他们几个提醒了，他们说去瓷窑问问，如果把装水的缸做成不带底的筒子，一头大一头小，把小头连到大头上，一个连一个就把水箍过来了。这确实是一个不错的主意，一来防止水乱淌收拾不住。二来害怕沿途渗到地下去了，满世界乱淌，还不等淌不到双铺村呢早就饮了土地爷了。三是防止冬天流水结冰，双铺村所在的地方冬天冷得要命，零下二十多度是家常便饭，如果不把水保护好，一结冰就没有一点办法了。用罐罐子箍水，埋在冻土层以下是再好不过的办法了。

年轻人看书看到这个地方，觉得天大的笑话，上往年人怎么那么笨呢。用PVC管子埋在地下不就得了，还犯得着操那么笨的心思，动那么大的脑仁子。要晓得那时候恐怕中国还没有人造出PVC管子呢，再说了，有了PVC管子也没有钱，农民可怜得无冬无夏就一件衣服，如果有钱还不知道首先把自己装备一下嘛？咱接着说。张志德是一个急性子人，连夜去了宝鸡山的瓷窑陶瓷厂。

就在张志德去瓷窑的第二天，乡政府来了两个人，一个是当时的乡长，名叫魏自新，一个是他的通信员，两个人骑着自行车下乡检查工作的。这两个人到双铺头一个要找的就是张志德，结果一打听，张志德书记去了宝鸡山，因为有工作要商量，就打发通信员骑上自行车去宝鸡山接张志德回来，宝鸡山离双铺村有 50 多里路，骑自行车也就两个小时，如果人步行起来就得大半天。

张志德书记在回来的路上把他们如何找到了水源，如何在宝鸡山瓷窑陶瓷厂制造箍水的罐罐子的事给通信员说了，通信员觉得这真是一个天大的好事情，有了泉水，不但人畜饮水的问题解决了，种粮食再也不害怕天不下雨了。通信员说他和乡长来的目的就是商量怎么解决社员吃水的事情，这下可好，魏乡长一定高兴得很。

魏乡长听了张志德的汇报，确实高兴得很，当下决定带上那几个骨干上神木头看水。在往返看水的路上，张志德虽然说找到了泉水十分地高兴，但是想给村上办一件好事，许多人却不领情，正如老百姓常说："割了卵子献给了神，人也疼死了，神仙也给得罪哈了。"魏乡长说今晚咱们开社员大会。

过了几天，魏自新乡长带着张志德书记又去了一趟宝鸡山的瓷窑的陶瓷厂，并且谈妥了，让瓷窑烧制专门箍水用的罐罐子。瓷窑陶厂的人一听就明白，因为清朝年间他们就给皇家烧过下水道的陶瓷罐罐子，这事对他们来说轻车熟路，简单。只是价格由原来的两块钱一个，压成一块五毛钱，陶厂的人接受不了。魏乡长说："就这么定了，亏损的部分以后乡政府从其他地方给你们补，或者是等双铺打了粮食给你们用粮食顶。有了水还害怕没有粮食嘛？"

所有的事情都办妥已经到了 1957 年冬天了，按说三九四九不出手，但是揍水是要紧事，再加上冬天村上人都闲在家，正是修水的好机会。

揍水的第一件事是把泉眼淘大些，让散开的一个个泉眼从一个地方往出流水；淘沙石的另一个目的是想让泉眼的出水量大一点，事实上这个想法好是好，但基本上没有可能。泉水从这个地方流出来，该多少就多少，挖得再深也不会增加出水量，事实证明果真就这样，三十多个小伙子奋斗了十多天，水钻也用了，炸药也用了，泉眼还是那么大，他们只好服从龙王爷的安排了。

揍水的第二件事情是沿山边往华领沟修一条埋罐罐子的深沟，这条沟要保证冬天的水冻不住，深度在五尺左右。从泉眼处到华领沟的口子处，也就是王国元家的老屋子处，有十里多路。从冬天到第二年的清明节解冻要种地了，揍水的人终于把埋罐罐子的沟开挖成功。

揍水的第三件事情是把瓷窑陶瓷厂烧好的罐罐子拉运倒工地上，这可是一件大事情。当时全村只有一辆牛车，还是木头轱辘车，从村上到宝鸡陶瓷厂一个来回就是一百里，一天一夜才能走一个来回，况且牛车也拉不了多少东西。这件事情差点把工程报废了，还是魏自新乡长的办法多，他从周围各社调来了许多胶皮轱辘的马车，大家集中拉运，没有出一个月，这个问题解决了。这叫做互助合作，一个村有困难，别的村帮忙，然后这个村再帮助别的村子，农民说这叫驴啃脖子工变工。高级社前面是初级社，初级社前面叫互助组，这个互助组就是互相帮助的集体组织的雏形。

大体上从头一年洋芋挖完到第二年的十月底，神木头的水揍成了，通水的当天，几个村的男女老少围在上双铺子的出水口处又说又笑，一些老汉端着碗，提着马勺等待着，老婆子提着送饭的罐子，又说又笑，大家等待着神木头的水下来。几个年轻人等不及，趴在罐子口上听，看有没有淌水的声音。不大功夫，不但听见了淌水的声音，还吹出一股寒风来，紧接着，一股清水奔腾而出，跑不及的身上湿透了。大家用家具接水喝，一边喝一边说："甜得很，不愧是圣母娘娘的水，比咱们涝坝里的水好喝多了。"

由于准备不足，泉水流淌下来满世界流淌，天一上冻，出水口一片冰的世界，而且冒着热气。

到后来，村上在上双铺的村子东北边修了一个大涝坝，平时把水聚起来，而后再分别送到各个村子里。这股六寸大小的泉水，救济了焦家口、方家沟、扬崖湾、华领沟、米家沟、上双铺、下双铺、马大沟、朗山十个自然村，不但人畜饮水问题解决了，平均每人还有一亩水浇地，当然水浇地不像真正的水多的地方的水浇地，而每年仅浇两次水就能使庄家长得惊人的茂盛。焦家口、马井子、苏家山、姚家沟的人住在山上，没有办法把水引到他们村子里，张志德就在双铺村划出一些土地给他们，每个村子一块，这块地种蔬菜，让山上的群众也享受一下神木头泉水的福。

所有享了泉水福的人都高兴得很，感激张志德书记的办法好。

第二年庄家大丰收，在分粮食的时候有一个国家政策，叫做人三劳七，也就是分的粮人占百分之三十，劳动成果占百分之七十，具体到张志德书记家时，会计一看记工本子，张张志德书记一年的工分才记了一百二三十个工分，他的女人不服气，找会计出纳和记工员，他们拿出记工本子说，这是白纸上写黑字，一点不会错。张志德书记的女人强辩说："张志德书记一年三百六十五天，天天在队里干活，没有在家里闲过一天，连下雨下雪天都在村上忙活，一个壮劳力一年要挣将近四百个工分，张志德书记怎么说挣365个工分总可以吧，你们问问村上有眼睛的人，看看张志德书记哪一天没有出工，哪一天没有劳动？"会计、出纳、记工员都没办法回答，谁也不说话。

张志德书记的女人说不过人家，含着眼泪背回来了仅仅人占三份、劳占七份的麦子，算是一年的劳动成果。

第十一章

双铺村自古以来只有三棵树，这大概在中国广袤的大地上，是绝无仅有的。中国有数以百万计的自然村，那个村子都不会只有三棵树，唯独双铺村只有三棵树，天大的奇闻逸事。在张家本家所在的马大沟有一棵老得很的老榆树，两三个人都搂不住的一棵老榆树，大概是张志德爷爷的爷爷手里种的，已经有上百年的历史了。张志德的四爸张国治地震以后所盖房子的旁边有一棵柳树，恐怕也有五六十年的历史了，再就是上双铺村子的东头山坡上有一棵大榆树，也长得雄伟粗壮，大家只知道夏天去那树下乘凉，春天娃娃们爬上树去摘榆钱吃，谁也说不清树的年代到底有多么久远。有人和马大沟张家园子里的树作了比较后，人们断定这棵榆树和马大沟的老榆树年龄相仿。

根据老辈人回忆，双铺村本来是有树的，不但有木材用树，还有桃、杏、梨、枣等果木树。但是历史上的两次大灾难把这里的树彻底糟蹋了。一次是民国九年海原大地震，本来大地震没有把树摇倒，但是活下来的人们要重建家园，盖房子时就把木材树也有的把果木树砍掉了。第二次是民国十八年，西北大地遭了旱灾，人们把树叶子吃了，树皮吃了，把树也砍了换成吃货了。两次大难过后，双铺村基本上光秃秃地了，前面说的那三棵树不知道怎么就躲过了两次劫难活了下来，这里头必定有原因。

1956 年，张志德当了高级社的社长以后，反复动员社员们种树，但是人们好像无动于衷。逃难过来的人说，人都养不活谁还有心思养树呢。躲过两次灾难的人说灾难不知道那一天又来呢，种那树干什么？张志德种树的决心已下，千方百计地都要给村子里种些，要不然百十户人家住在光秃秃的山坡下，连一丝绿颜色都没有，远处看了还以为这地方是一摊子坟呢。双铺子村对面的山上也没有一棵树，天旱的年代连草都不长，黄土就这么在外裸露着，北风一刮过来，黄风土雾卷在一起，满天都雾沉沉地。张志德想，如果双铺子村有草、有树，这个地方的环境是可以改变的，树种多了起码能把风阻挡一阵子，不至于风过来了，黄土就跟上起哄嘛。张志德逃难时在宁夏的中卫住了 6 年，民国二十五年，也就是 1936 年才又回到双铺子村，这 6 年的中卫逃难生活，使他见识到了鱼米之乡，也见识到了绿树成荫的好景色，中卫不但有大量的枣树、果树、梨树、杏树、桃树、核桃树，还有松树、柏树、杨树、柳树，还有身材高大，枝叶繁茂的梧桐树。传说梧桐树是凤凰降落的树，不是有一句话叫做：“不栽梧桐树，哪能引来金凤凰。”莫家滩的村子基本上在树林子里，远远地看上去，除了一片绿叶笼罩之外，连人们居住的房顶都看不见，不管春夏还是秋冬，一丝风都没有，更没有双铺子村那样的黄风卷着土雾满世界肆无忌惮地奔跑的景象。张志德对中卫的树木影响非常深刻，他幻想着，那一天回去以后在房前屋后也种上些树，不光是改变环境、改变气候，也让家里人有果子吃。这个幻想在战乱年代他没有办法变成现实，解放了，本来有好的外部条件了，完全可以种些树的，但是张志德入了共产党，成了党的人了，不但成了党的人了，还是民兵队长。打土豪，分田地，抓土匪，直到 1953 年底才安静下来，后来又忙着成立变工组、互助组、初级社、高级社，张志德好像有忙不完的工作，也没有一点点闲下来的时间，所以种树的事虽然在脑子里不断地浮现出来，但忙起来连家都顾不上回，种树的事更加提不到日程上来了。

话分两头说，张志德带领着双铺村的人不但种粮食，也想着法子种树。本来种果木树也能成，但是果木树种下去养护是一个很大的麻烦，随时随地得防护好，要不然路过的马、牛、羊就啃坏了，再说了果木树的树苗太贵，一时半会还拿不出钱来，只有杨树、柳树、榆树好种。杨树的树苗要花钱从外村买，唯有柳树和榆树连树苗都不用花钱，马大沟有张家老祖先种的大榆树，枝叶繁茂得很，上双铺有一棵大榆树树枝展开能盖半亩地大的阴凉，所以种榆树一分钱都不用花，树苗是现成的。

1957年春上，张志德带了三个小伙子，在马大沟的老榆树和上双铺村东头的老榆树上砍下来三十多根树枝。根据他在中卫莫家滩的见识，树枝太粗了不容易成活，太细了又一时半会长不大。所以他选择了胳膊粗细的树枝。按照村子的自然户数计算，每家栽一棵树，许多人家不愿意干这个出力不见效果的营生，也有许多人在背后二话连天。张志德不管三七二十一，按照一家一棵树的任务，不但要负责栽种，还要勤浇水，勤施肥，保证树苗成活。为了责任明确，张志德还叫王有元写了三十七块硬纸板做的碑牌，牌牌上写下了树的主人的名字，用绳子吊在树上，这叫做责任到人。

到种树的那一天，张志德才发现，双铺村的人根本就不会种树，连挖树坑都不会。各位看官看到这里都觉得好笑，你千万别笑，那个年代，那个环境里的人真的就那么笨，这话一点都不会有假。

张志德给大家做示范。如何挖树坑，树坑挖多大多深，挖好树坑要把底下的死土换成有肥料的活土，然后把树苗放下去，向四周埋土。这是光杆杆树苗，如果带树根的树苗还要往上提一些，好让树根舒展开来。张志德一边做示范一边讲解，村上的老老少少基本上都是外行，张志德还介绍说："有心栽花花不成，无心插柳柳成荫。"说的就是柳树、榆树只要有水，随便插在那里都能长活。张志德还给大家说："桃三杏四梨五年，枣树当年能卖钱。"围观的人听天书一样不明白什么意思，张志德见大家的眼睛睁得核桃一样大，知道大家没有听明白，就说："桃三就是桃树种下去三年以后才能挂果，杏四就是杏树栽下去想吃到杏子得等上四年，梨子树栽下去五年以后才能结出梨子。唯有枣树最勤快，当年栽树当年就能结枣。"大家向张志德投来十分敬佩的目光，心里想：这个人怎么懂得这么多，不愧是社长、党支部书记，把这么能的人选出来当领头人说明共产党的眼睛里有水。一些妇女说，那咱们不载榆树了，换成栽枣树吧，张志德说先把榆树栽活，啥时有了工夫，我到中卫去一趟，背些枣树苗子来。

从示范到栽树，全体劳动力整整忙了一天，三十七棵树苗像队伍一样，齐刷刷地站在了地里，让人看了觉得双铺村子一下子有了生气，第二天又用了一天各家各户给自己的榆树苗浇水。浇水谈何容易，要从扬崖湾、白石头沟的水井里打水，然后用水桶担过来浇，本来是一项并不复杂的工作，但由于各种条件都落后，所以简单的活成了复杂的活，王有元的牌子也做好了，一家一个牌子，全都挂在树上了，风一吹，牌子欢乐地在摇动，像是拍手，像是唱歌，又像在跳舞。

大约到了五月端午节的时候，油绿油绿的树叶子从枝枝杈杈上冒了出来，把全村的人都喜欢的前来看景致。有些人见自家的树苗长得那么好，饭也顾不上吃了，挑起扁担就去扬崖湾挑水去了，一些妇女中午收工吃罢饭也不休息了，坐在自家的榆树地下纳鞋底子，上鞋帮子，树林子里有说有笑，生机勃勃。实话说，栽下去的树苗只有胳膊粗细，根本就没有长出多少树叶子，但是对这些没有见过参天大树的老百姓来说，已经是见了大世面了，正如同没有见过皇帝的人见了一个朝廷里的人就觉得了不得了，哪怕这个人在朝里仅仅是一个看门人。

自从村上有了这三十七棵胳膊一样粗细一人多高的榆树以后，这里成了双埔村的政治、经济、军事、文化的中心，成了双铺村的首都了，有事没事人们都愿意到榆树园子里去。

一天中午，车把式连兴录把大轱辘车御在树林子里，把两头骡子拴在车上，让骡子休息，他自己也睡在一棵树底下，心里寻思着这个地方有树的阴凉，虽然小小的树没有多少叶子，也不会有多少阴凉，但总归是个去处，挡多少太阳是多少，有总比没有要好，再说这里还有人在说话，热闹处卖母猪呢总算凑个热闹。他就势靠在树根处，把眼睛闭上养起神来了。

“骡子吃树了，骡子吃树了。”在树林里纳鞋底子的妇女们先叫唤了起来，几个汉子紧赶慢赶，拉车的两匹骡子已经把一棵树上的叶子扫得差不多了。村上的人围上来，连兴录也被吵闹声惊醒了，一边揉着眼睛，一边站在树前发呆，树的主人不依不饶，非得要连兴录赔他的树不可，张志德过来了，问明了原因训斥连兴录不该把大轱辘车御到树林子里来，不该把骡子栓到树跟前。连兴录本来就没有面子，又是妇女呦呵，又是主人叫骂，这一阵张队长一训斥，顿时头上的火端端地直往上冒，提起鞭子就拼命往骡子身上打，两只骡子被打得又踢前蹄又尥后脚，满地黄土飞扬。张志德又批评他不该打骡子，骡子是社里的公物，打骡子等于破坏公物，连兴录被训得没有面子，把鞭子往地上一扔，说：“我不干了，谁有本事吆车谁去吆。”说完气呼呼地走了。

这还确实给大家出了个难题，社里唯一的一个运输工具就是这个大轱辘子车，车笨归笨，但绝对少不了。拉粪、拉粮、运东西，顶大用呢。车把式连兴录也是从小跟他爸学会了吆车的。平时大家不在乎他的能力，以为没有什么。事实上在农民当中，别人不会的东西他会，平常看不出来，一旦有事他就用这个技术拿把一回人，这叫做一招鲜吃遍天。有本事的吃本事，没有本事的只好出力气。如今，连兴录把鞭子一甩，走了，罢工了，这倒把社里人给难住了。

几个年龄大一些的人私下里议论：“张志德书记不该得罪连兴录，大轱辘车本来就是人家老祖宗传下来的物件。入了社人家不说什么也就算了，张志德还找着机会指教人家。”有的说张志德是孙悟空得了个弼马温；有的说张志德当了个社长是踮起碌碌打月亮呢，高低摸不着就算了，连轻重都试不来；还有的说张志德当了个社长还以为自己作了皇上当了宰相呢，能得一根指头能剥葱，这下不能吧。

说到根本处，连兴录把吆车的鞭子甩到地下，人气呼呼地走了，这不仅仅是因为今天骡子啃了树，也不是因为树的主人叫骂，张志德的训斥按说也在理，但这都不是他爆发牛脾气的根本原因，他甩鞭子另有隐情。

事情就要从入社说起，解放初的时候，他家穷的一孔窑洞一家人住，唯一的家产就是他们的大轱辘车，这是他爸解放前从他爷手里接过来的，这是个祖传的宝贝，车轱辘是木头做的，轱轮的外沿包了一层胶皮，车轴里安了几个圆柱形的钢珠子，滴上几点炒菜用的清油，一走三声响。不管怎么说，这是一个值钱的物件，别人要借用得给他些粮食，算是报酬。就靠这一个大轱辘车他们一家耐何着过日子。1955 年的变工组，他的大车照样能变工。1956 年的初级社，仅仅是人入了社，生产工具谁的还归谁用。到了 1957 年初级社变高级社时就要求大一些的生产工具必须入社。比方说家里养的牛、羊、骡子、马匹、骆驼一律要入社，入了社就是集体财产，就归集体所有了。连兴录的大轱轮车自然在入社的范围之内。本来廉兴录和张志德的关系还算很亲密的，原因是 1953 年，张志德的老二经常哭闹不止，别人出主意说选个好日子在十字路口给娃娃寻个人拜个干大，娃娃就不哭了。这一天，张志德的女人烙了几个坨坨馍，带上老二在村当街的十字路口等人，这时候连兴录把自己套在车上，拉着大轱辘车去干活，母子两个正好碰见，张志德的女人说明了来意，让老二跪下给干大磕了个头，干大放下车辕，扶起来老二，从口袋里掏出来二角钱给干儿子，手在头上摸了摸，这个仪式算是结束了。老二叫了一声：“干大”把连兴录高兴得合不上嘴了。奇怪的是老二自从认连兴录做了干大，真的不太哭了，一家人高兴得很。从此后两家人就走得很亲热，过年时，老二都要去给干大拜个年，两家大人见了面就亲家长亲家短地叫个不停。张志德当了社长，连家人也很有面子，走到人前腿上扇得风呼呼作响。这也难怪，人家的亲家是社长嘛。

但是在入高级社的问题上，张志德却把连兴录给得罪了，你想想么，张志德要把他的吃饭的碗拿走，把祖传的宝贝共了产，他能不仇恨吗？两个人为大轱轮车入社的事情大吵一架，到底还是入了社，因为大环境大气候谁也扛不住。社是入了，仇却记在心里了，今天连兴录甩鞭子就是在胸中仇恨的一次爆发。

张志德看着怒气冲冲的廉兴录远远地走了，知道是一时半会不会消气的。他回过头来解开骡子的缰绳，摸索着把大轱辘车套起来，松开了牛皮做的手刹车绳子，鞭子一挥舞“啪”地响了一声，两匹骡子乖乖地拉着车前进了。张志德走了几步，只见他两手往车辕上一撑，一台尻子，嗖地一下坐在了车辕边上，走了。社员们看得目瞪口呆，心里暗暗地佩服这张志德是个了不得的下家。

“出事了，出事了，张社长，赶快，出大事了。”

张志德正在吃午饭，两个汉子冲进来，上气不接下气地高声叫唤着。

“咋了咋了，出啥事了，慢慢说”张志德让两个人坐下。

“不得了啦，老回回的骆驼把树啃了。”

张志德一听骆驼把树啃了，觉得这个事情严重，把手里的饭碗往炕桌子上一放，顺势跳下炕，一边穿鞋一边往外跑，跑到树园子一看，他自己也惊呆了，村上的二十几个年轻壮汉子，揪着六个老回回死活不让动，骆驼也由几个人拉着，拴在骆驼鼻子上的绳子都拉出了血。张志德看了看被啃了的树，大约有十几棵路边上的树被骆驼把树叶子扫了个精光，你想想，跌了年景的时候，榆树叶子人吃都是好物件，这骆驼看见你这么葱绿的榆树叶子能不吃吗？问题是连在一串的骆驼怎么会散开呢？张志德拨开人群问一个回回：“你们怎么拉的骆驼，把树啃成这个样子了？”老回回还以为这个人怒气冲冲地要打他，赶快把小胳膊抬起来准备挡架，等到他弄明白了这个来人还没有打人的企图时，才小心地把举在半空中的小胳膊试探着放下来，却生生地回话说：“我们把骆驼的垛子卸下来，把缰绳解开，让骆驼卧倒休息，我们吃了些炒面，也在树底下休息，谁知大家都忘了，睡着了，等到村上的人喊叫，我们才知道闯哈大祸了，真是对不起，对不起。”

“打、打、打，打这几个狗日的东西！”年轻人立打不歇地叫喊起来，几个人已经准备好了铁锨把子，还有三股木杈，有的手上还掂着几块顽石，一场决斗就要开始了。

“使不得、使不得。千万不能动手。现在是新社会，不能打人，谁打人谁犯法。”张志德看见这一伙年轻人横眉竖眼的样子，他也着急了，不急能成嘛，万一开打，今天这个场面打死打伤都是难以预料的事情，万一出了人命，这后果就是十分严重的了，所以他拼命地制止着。

几个人提着家伙把张志德围住问:“不打，咋办，骆驼把树白白地啃了吗?”

张志德想了想说:“这样吧，新社会不兴打人，打人就是犯法的，我们绝不能干犯法的事。但是，胳捞不犯法，大家把这几个家伙放倒，放倒了在他们的胳膊湾里胳捞，把这些狗日的拾掇拾掇，也把大家的气出一出。”

张志德的话音刚落，几个老回回已经被放倒了。

各位看官，你们大概不知道这农民们所说胳捞是干什么呢？这是一种说不清的劳什子，把人放倒，几个人按住胳膊腿不让他动，而另外的人用手在大胳膊的根子凹处不停地骚动，被胳捞的人笑得能把气断了。不信你试试。城里人把这个工作叫挠痒痒肉。

六个老回回被村上的人胳捞得哭爹叫娘，口中连连求饶，有的说“你还不如把我打一顿痛快”有的直叫“大呀、妈呀，饶了我吧?”

张志德喝令让大家把人放开，这胳捞人也会出麻达呢，万一哪一个伙计一口气提上不来，这又成了麻达。老回回擦着眼泪还在不停地笑着。

村里人让老回回赔上损失，结果一摸骆驼驮的是炭，炭根本就不值多少钱，后来又提出来扣上两匹骆驼，老回回死活不干，说骆驼就是他的命根子，是养活老少的饭碗。张志德听得心软了，心里想，这伙人也不容易，上有老下有小，拉骆驼的目的是养活一家人，扣了骆驼等于要了人家家里的人的命，这个事不能干。

最后商量的结果是扣留两驮子炭算是赔偿，把六个人中的两个人押送到乡政府去，让其余的人拉上骆驼回海原去给家里人交代。

1980 年，这三十七棵榆树已经长成水桶一般粗了，远远地看上去，双铺子村绿树成荫，绿油油一片，人们有事没事都喜欢坐在榆树地下扯沫喧慌，这里仍然是双铺村的政治、经济、军事、文化的中心。

包产到户个开始了，各家把各家的榆树砍掉抬回家里去了，张志德家的一棵树在原地方还长着，张志德不让后人们砍，说留下来吧，树和人一样有生命呢，砍一棵树就等于杀了一条命。

结果过了些日子，那棵树不知道让谁给砍掉了，张志德和家里人也不去追究。张志德老了，他时常爬上他家旁边的斜山梁，看着光秃秃的双铺村，有时候唉声叹气，有时候老泪纵横。

第十二章

没有文化，不识字使张志德吃了不少苦头，走到哪里都是睁眼瞎子。1955年去定西开会，住在一个招待所里，半夜起来尿尿，结果找不见自己的房子了，原因是他住的招待所是一栋三层楼房，是一个双开间的招待所，他在走廊里走过来走过去，所有的房子都一个眉眼，房间上有号，他也记着自己的房号是16号，但却不认得字，硬是没有找见自己的房子，没办法只好站在走廊里等到天亮。

从那以后他下决心学习文化，先是开办双铺村的夜校，对全村的男女老少进行扫盲学文化，他自己白天再忙再累，晚上都要到夜校里学几个字，不但他自己学文化，连他的婆娘都动员来学文化，自己的大儿子也让读小学。他的婆娘学习很刻苦，记了不少东西，上完夜校回来对他说："人字是个两条腿，女字是个叉叉腿，男人的力量大，头上还顶着个田地。"有一回他婆娘学完夜校回来笑得前仰后合，气都快笑断了。等笑完了说，老师让他们学习汉语拼音，老师说："波烦的没说，哥渴了我喝。"他们两口子一个晚上都没有明白过来老师教的什么意思，直到第二天找见老师问明白了，才知道这是拼音字母的汉语发音，"拨坡莫佛，得特那勒，哥克呵。"

学文化不但大人要扫盲，更主要的是碎娃们要上学就得有地方去，也就是有学校的校舍，旧社会双铺村的几个娃娃读私塾在西边的关帝庙里，教学的老师是张志德的二爸张国华，因为他二爸是旧社会的秀才，教几个小学生还是很轻松的，但是由于一件突发事件，张志德把这座庙给拆了，娃娃们只好移到庄里的两孔破窑洞里上学，这两孔破窑洞是旧社会留下来的，是用土胡基箍成的，墙上的泥皮都脱落得一片一片的。到了1956年扫除文盲办夜校的时候，这两孔窑洞立下了不少功劳，白天娃娃们上课，晚上夜校上课。初级社、高级社时这里还是队里的会议室，过年排练秦腔时还是排练场。后来上学的娃娃越来越多，学校就成了一个初级小学，小学一共有四个年级，老师就把窑洞里分成四块，一个角一个年级，给一个年级上课时，另几个年级就自习做作业。全学校只有一块黑板，还是窑洞的窑门，老师给那个年级上课就提到那个年级的前面，在墙上订了一个木掮子，把黑板挂上去就开始讲课。粉笔没有钱买，老师就动员学生在崖畔下面找砬砬石，拿回来用石头砸成细面面，然后和成泥，学生用手搓成条状，等晒干了当粉笔用。黑板不好，粉笔也不好，写字的时候只听吱——吱——吱——地叫唤却写不出字，老师也无可奈何，只好凑合着用。没有黑板擦子，老师就动员学生从家里那几块烂毡，卷成卷卷用，样子虽然不好看，却十分地管用。黑板用上一个时期就掉色了，老师动员学生用写大字的墨汁自己刷，而且划成四块，每个年级一块，年级的班长又把自己的一块划分成若干个小块，每个学生分上一块，由于墨汁的浓度不一样，所以刷出来的黑板基本上是花花脸，不管怎么样，大体上还是黑色的，总比发白了的黑板好用。不是生产队不支持，而是穷得没有能力支持。老师是小水水庄里的人，距离双铺村有四十里路，教学不可能每天往返，就住在学校的另一孔窑洞里。老师吃饭吃派饭，家景好一点的人家一个一个月轮换着让老师吃饭。那时候村上的人对老师还是十分敬重的，只要老师来家里吃饭的这一个月，这家里尽量做好的让老师吃，全家跟上老师沾光。人常说，爱好的人尽量把细粮让老师吃。到了农历端午节和中秋节，有学生的家庭，家家户户都给老师端好吃的，有用上好麦子面自己蒸出来的月饼，有自己做出来的甜酒曲子，端来的月饼吃不完，老师就晒干了，平时饿了补充一下。

除了老师以外，县上来人、区上来人、乡上来人，不管官大官小都一律吃派饭，当然这个派饭是由社长张志德安排。吃派饭的这家人必须是旧社会苦大仇深的贫雇农家，主要从安全的角度考虑。当然县上的马国平县长、区上的王明区长、乡政府的魏自新书记，只要到双铺村里来，不愿意去别人家吃饭，就愿意到张志德家吃饭。进门就喊："老张，赶快给咱们煮上些洋芋，饿死了。"他们边吃洋芋边谈工作，饭吃完了，工作也谈完了，临走时还要留下粮票和饭钱。这些细节留下咱们在别的章节里说，今天专门说学校的事。

1957 年春上，这个地方发生了一次小的地震，震级虽然只有三四级的样子，可是把学校的两孔破烂窑洞摇得走了形，口子裂得有巴掌大，学生再也不敢进去上课了，张志德就先借了亲戚杜殿选家的一间大东房当学校用，把杜家一家老少三代人挤到另一间房子里凑合着住。这间大房子成了多功能的学校，白天学生上课，晚上夜校上课，社里开会也用，老师晚上还在这间房子里住，没有床就把被褥铺在课桌上睡觉，白天再把被褥卷起来放到墙角上，真是苦了老师了，那时候的老师也好说话得很，苦归苦，却没有意见。

学生终归安顿好了，学校也上开课了，但是张志德的心却没有安然，借人家的房子当学校用总不是个长久的事情，怎么办，张志德到底想出了个办法，他是走南闯北的人，在外面见多识广，加上他本身天性灵、悟性好，什么事情在他那里总能想出个办法。这一回想办法想到他自己头上来了，他回家先跟老婆商量，然后又跟本家族的各家掌柜的们商量，不管是老婆还是本族掌柜的，都没有办法阻拦他的决定。他的这个决定就是给马大沟的一棵老榆树打主意，这棵老榆树是张家的老先人们种下的，应该是张家的共同财产，据说这棵老榆树是清朝康熙年间老先人们种下的，距今已经二百多年了，树干粗大，枝叶繁

茂，主干粗到了三个人都搂不住，树的枝枝叶叶展开有半亩地大，羊把式经常把羊赶到树底下让羊吃草、吃盐、自己打瞌睡睡觉，这里晒不上太阳，比较凉快。春天时候时不时有人领着碎娃来树上摘榆钱，老洼和喜鹊还在上头修造了许多个窝，不但能够安家落户，还能生儿育女。

张志德是一个急性子，一旦决定要干的事情，就不想过夜，所以他找来两个半瓶子水的木匠，又找来村上的几个小伙子，只几天工夫就把老榆树伐倒在地，然后把粗而且直的枝杈解下来当成盖房的房梁，把主杆先解成木板，又把木板解成方的椽，总共解了二十八棵方椽，木头还没有干，急性子张志德就拉到村上准备盖学校。

学校的校址选在了双铺村榆树园子的东边一块麦子地里，按照张志德的意思，把学校校址选到这里，以后各个社里的娃娃来上学都方便，扬崖湾的娃娃、朗山的娃娃、马大沟的娃娃都不远，以后村上有力量了，把学校扩大成完校，焦口、苏家山、神木头的娃娃都要来上学。学校不但要有教室，也要解决娃娃的住校宿舍、吃饭的伙房、巴屎尿尿的茅房。是学校，这些问题都要解决，而且以后让一个年级有一个教室，不要一个教室四个年级。一个学校一块黑板，那样的学校教出来的学生绝对没有出息，这是张志德的宏伟蓝图。他不但给木匠讲，也给社里的其他领导们讲，也给会计出纳们讲，还利用开社员大会的机会给全体社员们讲，目的是让家家户户都送娃娃来上学，有了文化将来能干大事。当然了，也让各家各户支持小学的建设。几户农民表示愿意出几斗麦子，也有愿意出几口袋洋芋的，张志德开头不想收，后来一想，也是好事，原因是盖学校的人要吃要喝，麦子洋芋都是用得着的物件，如果收的麦子多了，还可以拿到黑市上卖了变成钱，然后再买木头做门窗做课桌。在此前，学生课桌和老师的讲台都是泥做的，学生的板凳也是土台子。

要盖房子了，连一块砖头都没有，当然了也不可能有砖头，自从民国九年海原大地震以后，双铺上下川道里几十个村子，再就没有出现过砖房子，村上人要么用土胡基盖简易房子，家道好一些的人家用土胡基盖一个大上房，左右两边再各盖上一个耳房子，家道不好的人家顶多盖一间小房子。还有许多人家连简易的小房子也盖不起，就只好用土胡基箍成箍窑，这是住家人的房屋。那要盖学校了，除了伐树解了二十八根方椽，两根大树杈当房子梁，其他一无所有，这不是开玩笑呢嘛。天下事难不倒张志德，他去有胡基准备箍窑的人家做思想工作，动员他们把自己准备箍窑的土胡基先借给学校，等到学校盖起来，学生开学上课了，村上再想办法还。结果有的人家愿意借给，有的人家压根儿就不借给，有的骂张志德从来不干人事，说土改时你动员我们斗土主分田地，结果把地主富农斗翻了，我们也分了土地，分到了牛羊，地主富农把我们恨进骨头里去了，你倒落得一身光彩，又当民兵队长又当社长，把你能得尻子都成了两瓣了。结果呢，过了几年你又让把分到的土地，分到手的牛羊入了社，这成了啥了吗？鸡也飞了，蛋也打了。我们两只肩膀抬着一颗头就听你站在斜山梁上棘嘛念藏经了。早知道这样，我们还不如把牛羊杀的吃了肉，还落得个肚儿圆。

张志德解释说借着先用一用，完了会给你们还的，不借给胡基的人说："借？哼！是刘备借荆州吗还是狼借猪娃子？如果是刘备借荆州那就是抢，和马步芳、马鸿逵的人有啥区别？如果是狼借猪娃子，从古到今就没有还过。你说说看，到底是怎么个借法？"

不管话说的多么难听，村上人多了，张家不借李家借，土胡基基本上差不多够了。

由于两个半瓶子木匠没有好好计算，等到房子的墙都垒起来了，椽却差了五根，按照二十八根方榆木椽的最大间距算下来，要想把两间房子盖好，最少还得五根椽，这可咋办呢，所有盖房的人都瞪起了眼睛，停下工寻料。张志德抽了一锅旱烟说："有了。"然后让大家先缓着，自己慌慌张张地朝村子里走了。

张志德没有去别人家，而是去了他自己家，他本来打算和女人商量一下，把家里备下的五根盖房子用的椽先借给学校应个急，结果女人去地里劳动还没有回来，他在简易房子后墙角的草帘子下面看到了码放整齐的五根椽，心里立马兴奋起来了。这五根椽是他的老祖宗手里传下来的宝贝，民国九年海原大地震时，把张家的四院房子全部毁掉了，张志德的父亲张国富本来是分了一些椽的，但是民国十八年跌了年景以后，为了活命，把大部分椽卖掉换了粮食吃了，留下来的椽本来有十来根，结果他们逃难时交给他四爸照看，他四爸也看不过来，让人偷得只留下五根了，等他从中卫返回到双铺村时，他四爷只交给了五根椽，算是张家的祖传财宝。

张志德刚把两根椽扛到肩膀上，女人不知道从哪里闪出来了，问他干什么，张志德本来想乘女人不在家，来一个先斩后奏把椽扛到学校工地上，等到椽铺到房顶上，然后再铺上草帘子，抹上房泥，这个生米已经做成熟饭了，等女人发现时已经没有办法了。他想到了女人会吵会闹，会哭会叫，但是只要椽子上到学校的房顶上，纵有天大的本事也没有办法了，张志德打算房子盖好了再慢慢地给女人解释，赔个不是，没想到这个女人有灵感，不在地里干活了，却出现在他面前。

“你要干啥？”

张志德转过头看见女人满脸疑问，赔着笑脸回答说：“学校盖房子差几根椽，我把咱们的椽先借给用一下，等社里有了就还回来。”

“没有椽子就不要盖房子嘛。”

“就差几根，况且咱们两个儿子还在学校读书呢。”

“村上上学的娃娃多的是，为什么他们不出椽，单从咱们家出椽？”

“咱们家的椽不是闲着呢吗。”

“咱们家的这个小房房你看不见吗？都快塌了。说不定那一天就把我们母子塌死在里头了。咱们好不容易攒了五根椽，我心思着等你闲了把咱们的碎房房重新盖一下，你看庄里几十户人家，谁家的房子像咱们：外面下大雨，房子里下小雨，我们娘儿母子连一块睡觉的干地方都没有，家里的所有盆盆碗碗全部拿出来接水。天晴了，房顶上能看见月亮星星，几十年了，连个正经门窗都没有，一扇烂门你还在中间掏了个洞，说是捉狼呢，你捉下的狼呢？窗子上就几根木棍棍子，连个糊窗户的纸都寻不下，你不可怜我总得可怜你的几个后人吧。”

张志德本来叫女人数落得哑口无言了，肩上扛着两根椽放也不是，走也不是，正在为难的时候，女人的最后一句话救了他，他接过话茬子说：“我正是可怜后人没处上学呢，所以先把咱们的五根椽借给学校用，等生社里的情况转好了会还给咱们的，咱们的碎房房是不能将就了，但是这五根椽也不够呀，再说了，五根椽放到房背后也不放心，贼总是惦记着呢，借给学校用落个人情还省了操心。”

女人被他说得还不上嘴，眼泪直往外涌。她们日子太艰难了，从椽想到房子不挡风不挡雨，从娃娃们的艰难想到他自从进了张家的门没有享过一天福。为了结婚被人家骗到双铺村来，连新房的炕上铺的毡、盖的被子全部是借来的，借来哄着她用，三天一过，这些物件还给主人了，他们两口子看着光光的土炕发呆。

一间烂房子夏天漏雨，冬天漏风，没有窗户女人就用商店里要来纸箱子堵上，四处还是往进钻风，三九寒天，风呼呼地往进灌。俗话说：针粗的眼眼缸粗的风。房子四处到处都是眼眼，母子们把罪受完了，张志德忙得团团转，根本就没有时间操心自己家的房子，有时候吃饭的档口女人嘟嘟囔囔念叨房子，张志德总推说等闲了在斜山边上挖几孔土窑，盘上炕，那东西好得很，冬暖夏凉，可是女人高兴过了还住在这个破房房子里头。冬暖夏凉的窑洞都二十多年了还是没有住上，她能不伤心吗，她一个女人家除了哭还能怎么样，所以她眼巴巴地看着张志德亲自把自己家祖传的五根椽借给了学校。

1957年的秋天，双铺小学终于盖起来了，一共两间房子，大一点的做教室，还是四个年级各占一个角上课，另一间房子既当老师的宿舍，也当学生的食堂，说是食堂，仅仅在中午时，教课的老师在炉子上烧一壶开水，让远路上的学生泡着干馍馍吃一点，或者拌些炒面吃吃而已。

到了1963年，三年自然灾害过去了，全国的经济形势大为好转，农民们不再为吃不饱饭发愁了，这时候双铺大队有点经济基础了，所以双铺小学在原有的基础上又扩大了规模，盖了五六间房子，除了老师的宿舍，学生的宿舍，学生的食堂外，学生上课一个年级一个教室，一个教室一块黑板，学生上课用的桌椅板凳全部是木头做的，真是扬眉吐气了，双铺小学从初小变成了完校，一到六年级共六个年级，学生也跨大队来上学，远处的有乔山、苏家山、焦家口子、房家沟，也有朗山、马大沟的，几百名学生一下子使双铺小学热闹起来了。

大家都说双铺学校办得好，可是从来没有人想起来是谁办的，谁把自家的榆树伐了盖了学校第一间房子，在最困难的时候解决了学生上学的燃眉之急，更没有想起来还欠张志德家的五根椽呢。

张志德女人知道自家的五根椽再也要不回来了，就叹着气对儿子们说："你大要是过世了，共产党肯定就领着走了。"

儿子们不理解地问妈妈："为什么？"

"你大对共产党太孝顺了。"

第十三章

由于双铺村地处在大山的边边沿沿上，所以这里的狼虫虎豹时常出没。解放前，有人曾经在地印子垧的山里见过老虎，后来再没有出现过，大约是老虎在这个地方也提心吊胆，泼烦得没有办法过日子，移民到别的地方去了。豹子是经常出没的，解放前后时不时地就有豹子下山来吃羊，吃饱了喝足了就大摇大摆地进山了，根本就把人没有放在眼睛里头。扬崖湾村关家的老三 1953 年放羊时，一只豹子跳出来准备吃羊，结果和关三相遇了，两条命都觉得今天大难临头了，本来这豹子吃羊是正常业务，连狗都睁一只眼闭一只眼，敢怒不敢言传，今天偏偏碰见一个人。关三只是听过谁谁谁碰见过豹子，谁家的牛被豹子咬到了，谁家的羊被豹子咬死了并且拖进山里去了，但是自己从来没有见过豹子。这不，说曹操曹操就到了，想见豹子这豹子就找上门来了，平时想归想，今天真正碰上了却叫他怯火了。冷不丁地闪出来一条大虫，他立刻觉得头皮发麻，心想“苦啊。”豹子一个箭步跳了过来，一个鱼跃扣下来，关三一蹲，豹子扑了个空，从关三的头上飞了过去，等关三刚刚立起身子来，豹子回过身子一个巴掌抓将过来，不偏不倚，正好抓在关三的天灵盖处，关三的头皮连同面目皮都被豹撕了下来。这时候的关三反倒心里不发毛了，心想，反正今天就这个样子了。你亏得是一条豹子，是一条小虫，即便今天窜出一条你家大哥老虎来，老子我也要和它狗日的见个高低。关三一只手把面皮往上一扶，顺势抓住豹子的前爪子，一个转身把豹子给放翻在地上了，接着一顿老拳，豹子经不住这个生了气的小伙子的铁拳夯，不大功夫鼻子口里的血端端地往出冒。关三打豹子在当时传为佳话，说是当代的武松。咱不管他武松、六松，只让大家见识一下这个地方的野物经常出没，黄羊就大鸣大放地出来吃草，然后慢腾腾地进山，野狐子大白天敢进到鸡窝里捉鸡。老魏家的女子才六岁，正在院里玩耍呢，却见一只野狐子钻进鸡窝里了，提起一只喂炕用的推靶子，就在鸡窝里乱搅一气，野狐子受不了这个罪，从鸡窝里挤出来逃命去了。

基干民兵提着枪打了许多回狼，都没有打住，原因是狼的速度太快了。一个女人给姚忠指了一下斜山地里，嘴里不敢出声害怕叫狼听见了。姚忠顺着女人的手势一看，一只杂毛子狼打一只羊放倒了，正在放开胆子连撕带抓的吃呢。姚忠冲回家里，抓起快枪就摸到高处，这狼也不是省油的灯，抬头见一个人闪了一下，知道事情不好，猫着身子窜了，姚忠先开了一枪，狼已经上到对面半山腰上去了，姚忠一边跑一边上子弹，想离得近一点好瞄准，就这么一两分钟，杂毛子狼已经从山顶上飞一样地钻进屈吴山了，等姚忠追到山顶上时，他连狼的影子都没有看见。

老魏说他在老家榆中县的三角城见过人捉狼，早上人们起床准备下地时，一个汉子身上背了一块门板，手里攥了一个什么物件，在门板背后一看，原来吊着一只狼，狼隔着门板，一只手又被人从门板上的洞里拉着，一点办法都没有。张志德听了觉得这是一个好主意，张志德的悟性极好，他能根据别人的讲述制造出许多东西来，五十年的修水库，58 年的双轮双铧犁改成能转方向的单铧步犁，还有修沼气，在神木头修水时的用陶瓷管子饮水，尽管由于条件限制，也有些事情成功了，有些事情失败了，但这个人悟性极好这已经是被多年的实践所证明了的。张志德就凭着老魏的简单介绍，他想象出了捉狼的地方、捉狼的条件、捉狼的家具。他把自家的破房子门扇卸了下来，在中门钻了一个胳膊粗的一个洞，女人骂他是个败家子，恨不得把八辈子祖宗留下来的柱顶石都拿去干了革命呢，张志德并不生气，笑着说：“你等着，过几天我给你背回来一只狼，咱们就有肉吃了。”女人说：“我指望吃你的狼肉还不如喂一头猪呢。”意思是喂一头猪长大成年了，你也背不回来一头狼。

张志德不但把门板卸下来挖了一个洞，还在庙儿沟的沟脑里挖了一个坑，这个坑不同于栽树的坑，有点像会宁县的储水窖，口口只能容得下一个人上下，中间是一个大肚子，底下略微小一点，里头大体上能容得下两个人。

这天晚上，村上的人大多都钻到被窝里去了，张志德和老魏怀里抱着一只小猪娃，背着门板，提了一根绳子朝着庙儿沟走了。

两个人先把小猪娃放下去，接着把门板挪到坑跟前，两人也跳了进去，然后把门板挪动了盖在坑上头，门板上头的洞正好在坑的中间，老魏把手伸出去试了一下，正合适。张志德让老魏先靠在坑里的一边睡，自己守夜。坑里除了小猪娃时不时地发出一点声音外，其他安静得很。

这个捉狼的坑设计得很有意思，人守在坑里，坑口处盖上一块门板，门板上有一个小孔，坑里除了人还捉了一头小猪，按照设想，这坑里的猪只要一发出声音，周围或者远处的狼必然听见，狼吃猪是祖宗遗传下来的，就如同官员贪污钱一样，都是必须的。狼听见有猪的声音就要往发声音的地方寻找，当找到有猪的地方，这就是到了捉狼的坑边上了，当它转来转去找不见可以跳下去咬猪的坑口处，本性加上嘴馋肚子饿，促使它把手伸进门板上的洞里，想把猪抓出来，问题麻烦就麻烦在这一块了，狼的手伸进门板的洞里本来是想把猪掏出来，它万万没有想到门板后面还有人呢，等了许多时候的人早就盼着狼的手伸进来呢，这不，一个毛茸茸的爪子果然伸进来了，爪子伸进来，头没有办法伸进来，所以人一下子就把狼的爪子拉住了，不光是拉住了，而且还有一根绳子呢，用绳子把狼死死地绑在门板上，这余下来的事情就简单得多了。狼没有了战斗力，而且完完全全地在人的控制之下，人想怎么收拾就可以怎么收拾，这就出现了前面老魏对张志德讲的他们老家榆中县人把狼捉住背回来的那个镜头了。

张志德见老魏已经开始梦周公了，听了听外面静得一点声音都没有，五六里以外的扬崖湾发出来狗的叫声，张志德感觉怕是那里的狗们发现狼的影子了。狼的速度是极快的，刚刚才听见扬崖湾那边狗的叫声，说不定狼已经到了双铺子村的山边边上了。狼只要放开腰腿奔跑，就如同射出去的箭一样飞快。想到这里，张志德把猪娃子的腿拧了一下，猪娃子经不住拧，“呜哇呜哇”地叫了起来，张志德想，狼的耳朵尖得很，这里的猪叫唤，狼在马大沟、扬崖湾都能听到，狼听到猪的叫唤一定会找上门来的，所以张志德时不时地拧一下小猪娃的腿，拧完了又静静地听外面的动静，他十分盼望着狼把爪子从门板上的洞洞伸进来。

拧几下，猪娃叫唤几声，然后安静一会，张志德耐心地等待着，期盼着。

前些年，狼把人遭害得没有办法，张志德从苏家山一户养羊人家借来一副夹脑，这个夹脑是两个半圆形的铁环做成的，两个半圆形的铁环连接处是一个有伸缩力的钢卡子，这个家伙是专门用来打狼打豹子的，老百姓给这个东西取了个名字叫“夹脑”。多半是认为把脑袋都能夹住的意思。半圆形的铁环上长满了铁牙子，一旦夹住什么了，这铁牙子必定钉进肉里。使用的时候只要把两头的钢卡子压住，把两个半圆形的铁环展平，这个东西就进入了战斗状态。把这个东西安放在狼、豹子要经常路过的地方，展开来，再用虚土在上面薄薄地盖上一层作为伪装。夹脑的一头连上铁链子，还要把铁链子固定在地面上，要不然即便把狼或者豹子夹住了，它们也会带着夹子逃跑。遗憾的是下了几回夹脑，既没有夹住狼，更没有夹住豹子，却把一只狮子狗夹住了，等到主人听见狗的嚎叫，奔过去看时，狗的前腿被夹脑夹住了，而且被夹脑夹断了骨头，只有皮毛还连着，狗疼的直叫唤，主人也心疼得也在叫唤。

提起狼来张志德是恨得咬牙切齿，那还是民国十七年，他只有十二岁不到，由于海原大地震把大富豪张家震得倾家荡产，后来老前辈们又把埋在地下的金银财宝失迷了，张家从此便走上了败落的道路，他的父亲在张家排国字辈分里排行老三，不识字再加上人又老实，而且在张家不掌权，所以当天灾遭过来时，他不但没有存货，更是没有一点办法，所以当时穷困潦倒的张志德就去给地主李万年家放牛，李家的大小牛有十三头，早上，成年强壮的牛要下地干活，他就吆着年老体弱的老年牛和未成年的五头牛去放，吃过午饭，干完活的成年牛加在一块去放，这时候总共就十三头牛全了。牛喜欢吃青草，总是哪里青草长的欢，牛就往哪里追，有一天，牛追青草一直追到印度子弯里，那里是一条季节河的河床，靠北边是悬崖，靠南边是坝堤，地埂子上的青草长得又懒又欢，牛们吃得很高兴，张志德也坐在地埂子上一边看着牛吃草，一边休息一会儿。这时候不知从哪里窜出两只狼来，两只狼几乎是趴在地上前进的，而且速度极快。牛们吃草正欢，压根就没有注意到狼来了，而且牛有一个最大的优点，也是致命的弱点，遇到再危险的事，从来都不吭声，不奔跑跳跃，也不叫不喊，所以两只狼咬住一头成年乳牛时，牛连一点声音都没有出来就倒在地下了，等到张志德看见一头大乳牛倒在地上时才发现两只狼吃得正欢，张志德有牛群作帮手，不觉得很害怕，所以大声呼喊着：“打狼——打狼——”两只狼似乎不害怕小孩子，只是抬头看了看，竖起耳朵听了听，还继续吃牛肉，张志德见两只狼不理识他，就赶着一头尖牛向两只狼冲过去，狼知道弄不过尖牛，很不情愿地逃走了。张志德跑回村里叫来了牛的东家李万年的儿子，结果一头大乳牛的半条腿已经被狼吃掉了。他们把牛吆回来时天已经快黑了，张志德知道自己闯了大祸，就跪在李万年跟前，又认错又求情，谁知李万年偏偏不依不饶，举起保险棍就打，打得他抱住头左右躲着保险棍，李万年见不解恨，又按倒张志德用脚踢他的头，踢他的腔子，一个大人打一个十二岁的孩子简直不费吹灰之力，不几下，张志德被打得口鼻流血，头上好几处都肿了起来，村上的人出来劝说：李万年一边打一边叫着说："我今天就要把这棵独苗除掉。"这时候一个兽医举着幡标走了过来，他看见一个大人没命地在阴治一个娃娃，觉得太残忍了些，就扔掉他的幡标，把李万年拉了起来，李万年本来想和拉架的人较量一番呢，抬头一看是兽医王大忠，只好作罢。这个兽医不仅是这一带憔猪阉牛羊的把式，是给大牲口看病的医生，还是朝廷一品命官王进宝的后裔，这个人是名门望族的后代，况且经常还要请他给牛羊看病，所以当王大忠兽医拉架时，李万年只好停手，王大忠兽医说："你也太下茬了，这还是一个娃娃，打成这个样子了你还不放过，打死了咋办？"李万年说："打死了正合适。一命换一命，他放我的牛，狼把一头大乳牛咬倒了，他连管都不管。""他是个娃娃，他能把狼怎么样，狼没有把娃娃咬倒就算万幸了。"李万年说："咬倒才好呢，咬倒了正好替我除掉这个独苗。"

张志德非常感激这个兽医救了他。当时他不曾想到这个救了他命的兽医若干年以后成了他的妻哥。从此后张志德留下了一个淌鼻血的病根，动不动就鼻血哗哗地往下淌，没有多少日子，他的脸色发黄，人已经瘦了一圈。为了这个孩子的活命张志德父亲母亲在一个晚上偷偷地离开了双铺子村，到宁夏的中卫逃难去了。

这一带狼多，狼的故事也多。1955年，初级社成立不久，姚家沟里的姚家来人说，他家的母狗下了一窝狗娃子，狗娃子是杂毛子，而且越长越不像大狗，狗娃子小的时候毛色是纯的，如果是黑狗娃，身上的毛黑得像缎子，如果是白狗娃，身上的毛白得能耀眼，但是这一窝子狗娃毛色是杂的，说不清是白的还是黄的，有点像灰灰麻的颜色，狗娃的嘴是圆的，而这几个家伙的嘴是尖的，长到半岁的时候越来越难看了，路过的人看了都说不是狗娃子，一个人试探着说："怕是狼吧？你家的母狗是作风有问题？"后来的事实证明这个母狗确实作风有问题，竟然和狼好上了。

1956年春上，苏家山人被狼害得不得安宁，就在狼经常出没的山的要山见子处下了几副夹脑，结果第二天收夹脑的时候一个场景把大家惊呆了，只见夹脑上连着一条血呼呼的狼腿，大家仔细查看了现场，最后得出的结论是这付夹脑确实把狼给夹住了，夹脑这个东西太厉害了，只要踩上去，带锯齿的两个半圆钢圈就突然弹在一起，这种非常巨大的力量别说狼的腿了，即便是牛腿也能夹断。那只狼肯定被夹住了腿，狼的腿被夹脑夹断了，但还连着筋和皮肉，一时脱不了身子，估计这匹狼不但对它要袭击的目标极其残忍，对自己也敢忍痛割爱，一不做二不休，干脆把腿咬断了。自己逃了命，腿却留下来了，这就是狼的本性。事实证明大家的判断是正确的，半年以后有人在山上发现了一只三条腿的狼，尽管三条腿，但是速度仍然不减当年，看到人以后，知道人是不会给它好果子吃的，一闪就不见了。

张志德静静地听了一阵，外面一点动静都没有，假如有狼来，或者有路过的狼，总会发出“唰唰唰”的声音，这个声音尽管小，却哄不过张志德去，因为他的眼睛尖，耳朵灵，声音大，这在双铺村上下川道几十里都是出了名的。声音大这个特点在别的章节里已经有了描述，耳朵灵就是今天晚上听狼走路时发出的声音。至于眼睛尖，村上的基干民兵领教过，几个人站在斜山梁上漫无目的地看景致，张志德说：“你们看——西格拉滩的七现沟有一群黄羊。”大家说根本就看不见，七现沟距离双铺村二十里路呢。张志德迅速回家，取出他的快枪，飞也似的追过去，结果过了几个钟头张志德背着一只黄羊回来了。

猪娃的叫唤声把老魏吵醒来了，老魏要换张志德睡上一会儿，他起来值班，张志德不肯，让老魏继续睡觉，如果把狼的前爪子抓住了就会叫老魏的。

老魏转了身继续睡他的觉，张志德继续怀念狼的故事。

双铺村由初级社升为高级社以后，各家养的牛马骡子全部集中到高级社了，猪和羊暂时还在各家各户养着，有一天一户农民给社长张志德告状说，谁把他家的猪偷走了，张志德说偷猪的时候猪不叫唤吗？主人说没有听见过猪叫唤的声音。张志德寻思，这双铺村里还没有人会偷一头猪，况且偷去怎么办，杀了吃肉，这猪会大哭大叫，村里人谁听不见？养起来呢，村上人都会看见，一旦落个贼名声，子孙后代都没脸见人。张志德就和民兵们到处寻这头猪，当他们寻到米家沟时，老米说昨天晚上他看见一只狗吆着一头猪朝沟脑里走了，狗的嘴咬着猪的耳朵，狗的尾巴当成吆猪的鞭子，走一步打一下，猪乖乖地跟上狗走了。老米觉得奇怪，猪和狗的关系好得很嘛，天都黑了还出来耍，真不愧为庄稼人说的："猪和狗，老两口。"张志德和民兵们一听觉得不对，猪和狗虽然关系好，但黑灯瞎火地跑到这里来耍什么。他们沿米家沟往里头找，结果在一个转弯处发现了吃残的猪骨架子、猪毛，一同来的主家看了猪的毛认定是他们家丢了的猪，这时大家终于明白了是狼干的好事。狼这个家伙把猪耳朵咬住，用大尾巴敲打着猪，猪一点都不敢反抗，狼往哪里指，猪就往哪里走。

这都是活生生的故事，至于传说中的狼的故事那就多得没办法列举，公家人说狼狈为奸，农民们深深地懂得为什么狼和狈合作呢，原来狼只要坐下来，脑子里的鬼点子一套一套的，但是一旦站起来要走动或者要跑着前进时，原来想好的那些个鬼点子一个都记不得了。而它的合作伙伴狈正和它相反，狈坐下来顾不上想问题只知道打瞌睡，一旦跑起来就脑子清楚得很，鬼点子一个接一个，所以这两个家伙常常在一起合作，关系铁得很。关于它们两个合作的事在农村几乎家喻户晓人人皆知，连碎娃娃都能说个一二三。

张志德想了一个晚上狼，连一根狼毛都没有见着，白白地把小猪娃拧得腿疼了一个晚上。

接连四五个晚上都和老魏去捉狼，每次都空手而归。村上的老年人说："不要劳那个神了，狼的鼻子尖得很，远远地一闻这里有生人味，准保不会来，你们还是想别的办法吧。"

第十四章

张志德从定西地委开完三级干部会天会以后，脑子里胀得满满的，就好比老虎吃天呢，无从下口。科学实验那么多内容，怎么才能在双铺子实行？好再马国平县长把他们从定西带到兰州郊区的皋兰县参观学习了三天，这三天的参观对他的教育极大，可以说让他的思想来了一个大大的飞跃。

皋兰县是兰州市的郊区县，科学实验不但走到了全省的前边，而且他们搞的科学实验非常适用农村的情况。比如八字宪法的应用、农业机械的运用、沼气的建设；千斤亩、丰产亩的建设；挖水平沟、修梯田、修厕所、集肥等等。马县长一边带着大家参观学习，一边介绍项目的建设情况，直到最后马县长说："未来的农村是电灯、电话、楼上、楼下，点灯不用油，犁地不用牛，走路不小心，苹果碰烂头。"美好的未来让代表们激动无比，张志德恨不得飞回到双铺村子去呢。

张志德回到双铺子以后第一个项目就是建设沼气池，他在皋兰县见过沼气池，开关这么一拧，用洋火一点，蓝蓝的火焰蹿得老高，一铜壶水一袋烟工夫就烧滚了。制作简单，用料简单，不用花一分钱。他和两个小伙子在养牛的牛圈边上挖了一个一米见方的坑，然后用麦草和泥把坑的底部和四周都抹平了，等坑干透了时，他们又把牛粪，各种杂草堆到坑里，一边堆草一边往里头拨水，待废草和牛粪把坑快填满的时候，他们又在上边用黄草泥抹的盖住。周围围了许多看景致的人，有老年人，也有妇女。大家问张志德，这是干啥用的，张志德说这叫沼气，是做饭用的。大家都怀疑这个堆满了烂草和牛粪的坑怎么可以做饭，但是这是张社长领人做的，大家不能说什么，一个星期以后，他们感觉差不多了，就在沼气池的顶上捣了一个洞，用洋火一点，什么也没有发生，根本没有皋兰县沼气池的那种蓝蓝的火窜出来，乡公所书记委魏自新来了，委书记说，召从顶上的缝缝子里早都跑完了，密封得不好，于是他们重新掏出来发过酵的牛粪和烂草，按照魏书记的指点重新填上烂草和牛粪。为了不至于漏气，这一回他们用盘炕用的大块板盖在顶上，并且从谁家借来一个炉筒子安放在中间，把炉筒子的大部分插在坑里，顶上只露出一尺来长，并且把炉筒子口口用泥封死了。又过了一个星期，全村老少都来参观张志德的沼气，他们小心地用木棍子在露在坑顶上的炉筒子中间扎了一个洞，赶紧用洋火点，只听轰的一声，差一点把点火的人烧着了，一股子蓝蓝的火焰直直地从炉筒子处往外直冒，张志德他们非常高兴。一个妇女说："我去端一锅水来烧。"几个老汉说："家家都来这里做饭吗？"这一问把张志德确实给提醒了。他习惯性把左手握成拳头状，托住下巴在想：是啊，当时只知道做沼气池，这个沼气做出来了，怎么引到各家各户去呢，得用管子，用什么管子呢？哪里有那么长的管子呢？他在思考着。即便是一家建立一个沼气池，也得有管子接到锅灶上才行，况且得有开关，不然一旦用洋火点着了火，白天晚上这么烧着火也不是个办法，这一系列的问题把张志德给难住了，当然主要的难题不在于用什么管子，用多长的管子，而是哪里来的钱买管子呢，当时的农村经济条件，农民们连买油、盐、酱、醋的钱都拿不出来，根本就没有可能掏钱买管子，所以沼气的试验就是一个失败了的试验。

县上运来一车木头，让生产大队盖仓库和会议室用的，拉木头的人说要按木头的立方米收钱，一立方米是六十元，农民听不懂这一立方米是多少，以为一立方米就是一根木头呢，送木头的司机说要丈量，要计算，可是没有人会计算，张志德也没有办法，围在木头边上想来想去不知道咋办，最后从学校里请来了一个老师，这个老师用尺子丈量了木头的底下和顶上，又量了木头和长度，在地上一边划一边算，最后说："一共五根木头，四立方二。"大家不明白的他怎么算出来的，老师说，丈量圆木有一个算法就是下底加上顶乘高除二，把农民们听得云里雾里的，老师一项一项地给大家讲什么是上顶，什么是下底，为什么要乘高，为什么要除二。农民还是听不明白，一个中年男子说，你把顶上都算成料，顶只有那么细一点，这不是吃亏了吗？老师说，不会吃亏，因为顶越细，木头越长，有吃亏的地方也有占便宜的地方，围观的人说："看来我们没有文化，球事都不懂。"

丈量木头的事使张志德受了很大的启发，要搞科学实验这头一件事得懂科学，要懂科学就得有文化，要不然脑子里是空的，眼前是黑的。张志德对学文化，扫除文盲这件事情的理解好像当年释迦牟尼坐在菩提树下想明白了人生的道理一样，是一个质的升华，是一项伟大的基础工程。他想到他自己带人修沼气的失败，站在一堆木头跟前不会计算木头的数量，他悔恨自己没有文化，他干了许多笨事、蠢事，自感羞愧难当，他暗暗地下决心要学文化，要扫除文盲。张志德回家首先跟女人娃娃交代，从今天起，所有的娃娃，不管以后有几个娃娃，一律都要上学，而且至少都要中学毕业，这个惊人的决定使张志德的八个儿女都上了学，其中有两人大学毕业。张家的后辈们，正是在这样的指导思想引导下，几十年后出现了两名博士，六名硕士，十几名大学生，张家的兴旺发达，东山再起只是个时间问题。当然张志德的这个决定也使他们两口子吃了不少苦头，受了不少洋罪。要把一个娃娃培养到中学毕业，先不要说吃、穿、住、用这些只有投入而看不到回报的买卖了，就学费书本子费就让两口子捉襟见肘。由于家里没有人劳动，他们两口子没白没黑地在里地干活。用张志德女人的话说，那些年她拉扯娃娃，供学生上学连命甩呢。由于没有劳动力，挣不下工分，年底不但分不来粮油、分不来钱，还倒欠生产队的钱款，到1970年时，张志德两口子欠生产队的钱多达1.2万元，是十分害怕人的数字，两口子安慰自己说：“账多了不愁，虱子多了不痒，慢慢还吧。”当然了，洒下了汗水终归有收获，若干年以后，张志德的儿女们一个个长大成才以后，不但还清了欠队里的欠款，而且张家气势雄雄地过上了幸福日子，这是后话。

安顿完孩子们的事，张志德想到了村里的人，他决定大扫文盲办学校，因为不管男人女人，白天都要干活，那么学文化怎么办呢，就只有晚上了。办夜校扫盲本来是一件一本万利的大好事，但是农民不认可。说一句开玩笑的话，如果夜校上完课就发钱，农民一定会认可。农民就这么难，自己穷还不愿意找穷根，别人帮他找到了穷根，他们又舍不得挖掉穷根，这是十足的鼠目寸光。开办夜校的头一天晚上只来了七八个人，张志德一家一户地去动员，好几天才动员了二十来个人，双铺子村有一百多人呢。才来了二十来个，连个零头子都没来够。正在动员农民们入夜校扫盲的时候，张志德看见了米家沟的老米家里来了一个会宁的亲戚，他背来一个洋戏匣子，就是留声机，张志德发现了宝贝一样，连拉带哄把这个人拉到夜校里，然后让他给大家放了一段秦腔唱段，这一下把大家高兴得不轻。由于有了这个洋戏匣子当引子，所以每天上夜校的人有五六十，夜校一下子红火起来了。

担任夜校教学工作的是小学的老师，他从一二三四五、六七八九十开始教大家会认会写，然后又教了人、口、手、大、小、多、少、上、下、来、去。为了使大学有自学的本领，老师给大家教了拼音字母。

老师说：“玻坡摸佛。”农民说：“不怕麻烦。”

老师说：“得特那勒。”农民说：“都太难了。”

老师说：“哥克喝。”农民说：“哥渴了我喝。”

老师说：“哥务喔国。”

学生：……

老师说："奏是喔归（国）家的归（国）。"老师急了，用土话发了音。

老师又说："西义也鞋。"

学生：……

老师又说："奏是噢脚上穿的哦核（鞋）。"

惹得学生哄堂大笑。

后来双铺子村把这个笑话传颂了几十年。

办夜校，进行扫盲作用十分明显，村上百分之八十的人学会了写自己的名字，会写钱数，会认记工员记的工分本子了，过年的时候不用再跑到三十里以外的打拉池请人写对联了，自己动手就写了。字写的虽然不好看，红红的对联写着黑黑的字，粘贴在自家的门框子上，要多好看就有多好看。好看不好看的标准在农民心里头。内容就是："毛主席万岁，共产党万岁。"有的写"一二三四五，六七八九十。"有的干脆写成了上课的内容："大小多少，上下来去。"外人看了双铺子村的对联是笑弯了腰，双铺子村里的人看了不但觉得高兴，而且十分地高兴和自豪。

夜校的作用不仅仅是扫盲，更重要的是村上的人懂得了有文化的好处，所以双铺村的学龄儿童人人都在上学，大家供孩子上学的目的不仅仅是让娃娃睁开眼睛，会写名字会认钱，而是抱有更大的目标。

贯彻八字宪法在双铺农村也是费了一番周折的，张志德根本忙不过来，一会到各村检查工作，一会去马大沟、小森沟看铁炼的怎么样了，一会儿还要解决食堂的伙食问题，地印子淌的森林发生了火灾，他连饭都顾不上吃就带人上山救火去了，等救火回来时，衣服都烧成了窟窿眼睛了。八字宪法对现代的人来说是再常识不过的东西了，种田人嘛，谁还不懂得："土、肥、水、种、密、保、管、工。"但是当时的人就是死活不懂，你在前面说："密、保、管、工"，他们在后面说："我没管过。"气得张志德哭笑不得。这不，他刚刚去姚家沟检查完公共食堂，这上双铺村就出了叉子，他们在不到一分的土地上播种了 100 斤小麦，而且把土地整得跟炕上的毡一样平，张志德回来没有顾上过问，等十天左右小麦长出来了一看，妈呀，全跟头发一样密，张志德叫来队长问情况，队长说八字宪法上不是说了吗？要密！张志德问他八字宪法上怎么说的，队长说，八字宪法上说，“合理密植，”密植不就是密吗？张志德气得真想捶他一顿。说合理密植，你把合理不要了，光记得个密，这能长成粮食吗。咱们祖祖辈辈种麦子，一亩地最多下二十斤种子，哪有这么下种子的？种韭菜也不应该这么密。“你务好”，张志德交代说：“今年分粮食的时候就把这块地里打的麦子都分给你。”

麦子出土一寸高的时候，双铺村所在的地方天气还十分寒冷，常常有霜冻过来，根据张志德在定西三级干部干会上的布置和他们在皋兰参观的经验，对付霜冻也是有办法的，因为霜冻都发生在天快明的时候，所以张志德书记事先交代各个生产小队，把场上打过麦子的麦衣子全部堆到麦田的各个地角上，等到哪天接到区上、公社里有霜冻的通知时，安排各生产队晚上在麦地里值班，大约到了天快明的时候，把麦衣子点着，点着以后还不能有明火，要用土压住一点，只让麦衣子冒烟，让各个地块上堆放的麦衣子一起冒烟，这种烟串在半空中就自然形成了一个烟雾层，霜降就被化解掉了。这不但有科学道理，也有丰富的实践经验，皋兰县防霜已经多年了，一次都没有受过霜冻的侵害，这是科学实验取得的成功经验。张志德书记不放心，一个生产队一个生产队地查看了一回，各个地上都堆放了麦衣子。

一天下午，大队接到公社的通知，说明天早上有霜冻，让各大队尽快通知各生产队防霜，大队派人通知到各个生产队以后，张志德还是放心不下，亲自跑了五个生产队，当面向队长作了交代。结果，郎山的防霜冻没有防好，出了问题，几百亩麦子几乎要趴在地上了。经过询问，原来朗山的值班人员天一黑就把麦衣子点着了火，他们也不用土压住明火麦衣子着完了他们以为没事了就回去睡大头觉了，结果霜冻是天快明的时袭击过来的，小麦不遭殃才怪呢。把值班的人叫来，人家还理由多得很，说村上的老汉说了："那个办法就根本不顶事，我老汉冬天天气冷的时候，嘴里直冒热气，连我老汉胡子上的霜冻都防不住，不多时胡子上结成冰疙瘩了，你那地边上的麦衣子点着就能把霜冻防住？"值班人听了老汉的话感觉有道理，而没有相信科学。结果就造成了几百亩麦子叫霜冻了。看来要普及科学还有很长的路要走。

共和公社拨给双铺大队一台双轮双铧犁，放在大队部的院子里，围观的人像赶庙会一样，围了里三层外三层。由于经济不发达，交通闭塞，人们的文化水平几乎等于零。所以上下川道的人压根就没有见过这个物件，公社来了一个技术员，技术员讲完操作注意事项以后，拉来了两头骡子，这是下双铺村车把式老连管理的大牲口，然后套上，由大牲口拉到斜山梁后面的地里，开始犁地。技术员先做了个示范，而后几个年轻人轮流试火，不一会儿，四五亩大的一块地被试着犁完了，一些年龄大的种庄稼的把式展开手量了一下，犁沟足有一尺深，这是大家想都不敢想的。在这个地方，祖祖辈辈都是二牛抬杠，一个木头拐子上安了一个三角形尖尖，算是犁。壮劳力忙乎一天最多犁上一亩地，犁沟顶多有三寸深，而且犁过的地沟歪歪扭扭，弯弯曲曲，钓鱼岛式的板凳比比皆是。板凳就是犁沟与犁沟之间没有犁上的地方。技术员问几个老汉好不好，老好律着胡子说："祖祖辈辈都没有见过这物件。"当然后来出了一个叉子，原因是两头骡子要拉大轱辘车，拉了车就不可能再拉双轮双铧犁，魏自新书记下队的时候让双铺大队把双轮双铧犁拆掉一个犁，这样变成了双轮单铧犁，让两头牛拉，铧变成了一个，其他部分的重量没有减少，两头牛拉着双轮单铧犁吃力得直喘粗气，走不了几步就站着不动了。看来这家伙没有强有力的牲口也是不行的，最后拉回来堆放到大队院子里，成了一堆废铁，风吹雨淋双轮双铧犁上原来你的绿油漆也掉光了，铁也生锈了，往常的热闹已经不再。张志德每天上下工都要路过大部队的院子，他时不时地站在双轮双铧犁跟前看上

一会，他在思考着，在心里谋划着，张志德虽然没有上过学，但是你手却非常巧，只要有材料，有工具，经过他手做的东西漂亮而且适用。1955年的夏季的一天，天下了雨，不能下地干活哦了，张志德就用妇女梳头用废了的篦子条做了一个口琴，拴根绳子放在嘴上能弹出各种美妙的音乐。结果这件事情被村上的妇女们传出去了，人人都找张志德做，有的把自己刚刚买来的新篦子都拆开，拿来请张志德做口琴。不几天，双铺子村的妇女们人人都有一个口琴，连走路都在弹琴，口琴在双铺村的妇女们中间成了一道亮丽的风景线，惹得外村的妇女都眼馋。还有一年过年，张志德用鸡毛和竹篾子做了一只猴子灯笼，让他的儿子们举着猴子灯笼满在村子里耍，满村子的娃娃都跟上看景致。关键是猴子灯笼的两只长胳膊会动弹，举灯的儿子一走一闪，猴子的两只胳膊也一闪一闪，而且猴子手里掂着一根金箍棒，这更加活灵活现，上了年岁的人看了猴灯笼议论纷纷，问明了是张志德做的，不但啧啧称赞，还说："那是一个了不得的下家。"

张志德琢磨了一段时间后请人把双轮单铧犁的头卸下来，然后找来了一个二牛抬杠拉的老式犁，把二者结合起来，然后拉到地里试验，结果犁地很成功。但是有一个问题解决不了，因为双轮双铧犁的犁头是固定的，犁地时犁到地头上要返回来，返回来的时候老式犁很自然地就插进土地里开始犁了，而双轮双花犁了的头是固定的，过去时翻过的土朝右边倒，返回来的时候犁头上翻起来的土还向右边倒，这等于已经犁过的地沟又翻回来了，这个问题把张志德给难住了，坐在地埂子上让牛休息，自己又开始了琢磨，最后琢磨出了两套方案，一套是犁过去到地头以后让牛拉着犁空回来再接着犁过的犁沟犁。另一种办法是转圈犁，犁到地中央转不成了就停下，余下的中间这一部分用老牛拉旧犁或者人用铁锨挖，村上的人都觉得转圈犁的办法好，所以双铺子村的土地犁过以后中间都有一两分园坨坨没有犁，路过的人绝对看不明白是什么意思。

从双轮双铧犁到双轮单铧犁，再到新旧结合制作出来的犁虽然和过去的老式犁相比较有了一个质的变化，但是仍然能不能使张志德满意，每天犁完地以后，他就坐在地埂子上琢磨，有一天吃罢晚饭，他和秦旺财背上抢说是到县上去，女人也不知道他又有什么任务，因为从1948年张志德参加了共产党，当了民兵以后，家就基本上成了他的招待所。家里人对他的早出晚归，甚至半夜三更提着枪冲出去这样的事情也习惯了，他的老母亲和他的女人也就不闻不问，随着他。

张志德到靖远县头一个就找马国平县长，马国平是他的入党介绍人，又是把张志德引上革命道路的人，他们二人的关系十分要好。马国平不论解放前还是解放后，只要下乡就和通信员骑个自行车去了，身上背一个二把盒子枪，那时候的干部人人都有枪，出门肯定带枪，而且那个年代干部下乡极少有开着小车来的。都是骑自行车，区上干部和公社干部连自行车也没有，只有两条腿是最好的交通工具。

马国平县长问明了情况后，把张志德和秦旺财两个人带到靖远县农具厂，厂领导和技术员一边听张志德的介绍一边在地上画图形，他们到底弄明白了，这个农民要做一个能转动犁铧的犁。农具厂的领导和技术员加班加点地焊了架子，安上了犁头，一试验，犁头转动比较灵活，他们几个人在农具厂的院子里当场试验，结果犁一入地就往深处走，扶犁的人十分费力，后来张志德建议在犁拴绳子的地上方焊两个环，一个在高处，一个在低处，需要犁地犁深的时候把绳子拴在高处，需要犁浅一点的时候就把绳子拴在低处的环环上，经过当场试验，美得很。农具厂的人很佩服这两个农民。

张志德和秦旺财两个人从一百里远的靖远县城硬是把转头犁抬回来了，他们也顾不上休息，牵来两头牛套上绳子就犁开地了。犁头过来过去都能转动，方便得很。打个比方，一块南北走向的土地，转头犁向北边犁的时候把犁头翻土的页面拨得向右，这样翻出的土一律朝右翻，到了北头把牛回过来时，再把犁头拨向左，犁过的土向左翻，这样来回往返十分方便，他们的表演把双铺村的男女老少惊得不轻，路过的人，放牛羊的人一律围过来看他们犁地，几个老汉问张志德这叫啥犁，张志德想了想说："这叫转头犁。"头能转动就叫转头犁。

经过试验一张犁一个架次能犁三亩地，速度之快，犁地之整齐是双铺子村祖祖辈辈没有过的。后来张志德又去了一回靖远县，求马县长给他们再做几把转犁，马县长用自己的工资出钱，让农具厂给双铺村又做了三张转头犁。

由于转头犁翻地翻得深，是老式犁的一倍多，犁完的地把杂草都埋到底下去了，所以第二年麦田地里很少有杂草，连锄地的工作都省了。

张志德的转犁不但在双铺村引起了轰动效应，在共和公社也引起了轰动，马国平县长带着靖远县农具厂的领导和技术人员专程来双铺村参观，后来农具厂大量加工销售转头犁，直到六十年代几乎全国的农村都用这种可以转动犁铧方向的犁，并且起名叫步犁，发明人到底是谁，专利属于谁这都成了千古之谜了，没有人去考证了。历史就这么一波推着一波前进着的。

张志德在农村开展互助组和初级社的时候就带领村民谋划着水的问题，他们先在北滩里的礼湾台子上头的一条季节沙河里打了一道坝，目的是把下白雨时的山水拦在大坝里，供人畜饮水。这个水坝确实管用，下雨的时候聚的水一年四季都不会干，牛羊在这里喝水方便得很。以前的牛羊都是在扬崖湾的水井上打水饮用，也有一天一个来回去二十里外的马饮水，让牛羊喝水。没有水苦了老百姓也苦了牛羊了。但是这个大坝后来发生了一次事故，一个晚上，雷鸣电闪，瓢泼大雨整整下了一个晚上，双铺对面的庙儿沟里的山水从田地里往下湧淌，形成了可怕的瀑布，村里的人不敢睡觉，随时打算逃命呢。天明的时候雨停了，张志德去查看礼湾坡顶上的水坝时，水坝早被无情的山水冲垮了，原来的存水也都随着坝的垮塌而逃走了。大家边看边议论，这个水坝存的水冲下去，沿途的朗山、牛家坝、打拉池、小水、红沟、杨家沟都会受到危及，不知道当天晚上这一条季节河里发生过什么可怕的灾难，没有人知道。拦洪水的堤坝失败了。

为了防止水土流失，张志德根据靖远县三级干部会议的决议，带上初级社的男女社员又在双铺村对面的庙儿沟修起了水平沟。现在的人可能没有见过水平沟是什么样子。实际上就是又能防止水土流失、又能种树绿化荒山的一种水利建设。水平沟有两种形式，一种是圆形的，一种是长形的，大约有一丈来长，三五尺宽，内部是平整的，外沿稍微高出来一点，防止天下雨积不住水。现在许多城市又流行海绵城市，实际上是用绿化地块存雨水，解决城市气候干旱，环境污染的一种措施。水平沟是山区的海绵式存水和绿化的办法，水平沟的修建是先从山顶上修，差不多一个水平沟在同一水平线上，然后再修下一层，而且修的时候上下错开，如同垒砖墙一样，修完一座山以后远远看上去十分美丽，一层一层错落有致，每一层又在同一水平上，这家伙修好以后确实管用，双铺村在张志德的带领下把村子对面的庙儿沟两座山全部修成了水平沟，从那以后庙儿沟很少再淌那些无边无际的山水，雨水全部装到水平沟里去了。

水平沟修好以后，在种树上却犯了两个大错误。一是在树坑里没有上肥，树种下去多大，四五年以后还是多大，活下来的实在不容易，许多树都死了。从这个教训中张志德也反思了自己的工作，农业八字宪法是很有道理的，几千年来农民种地不讲八字宪法，就张着嘴，瞪着眼睛等老天爷给饭吃呢。悲哀，绝对的悲哀。在水平沟里种树犯的第二个错误是牛羊散养，农民挖完水平沟把工分挣来就百事不操心了。种树只要干够一天把一个工挣到也就万事大吉了，树活了没有，为什么不活从来没有人研究思考，连张志德都认为牛羊有放牛放羊的牛把式、羊把式呢。他根本没有想到牛把式、羊把式也是不上心的吃货，牛羊满山乱跑，把树皮啃了，把树叶子吃了，牛把式、羊把式连看都没有看见。直到有一年七月份，放羊的把式把羊赶到山坡上，自己回家吃饭午休去了，结果一百多只羊冲进张志德家糜子地里疯吃了一阵，等到人发现大声喊叫的时候，三亩地的糜子一半被羊改善了伙食。张志德看着自己家的饭碗被端掉了，蹲在地埂子上老大工夫缓不过劲来，有人说这是羊把式马虎造成的，也有人说是在入社问题上张志德得罪了人家，这一回被人算计了。

关于修水平沟这件事情，虽然有许多地方是要总结的，要吸取教训的，但终究是一个防止水土流失、植树造成、绿化荒山的基础工程。遗憾的是这件好事在1968年批斗走资派的一些人渣，借势报复张志德书记，这一件事情也被列为一条重要罪状。至于水平沟这个农业基本建设和基础水利工程，绿化工程后来就被人们忘记了，估计再过若干年，这一个土做的平台也会慢慢地从山坡上消失。

还有一个伟大的创举就是赶麻雀，这个天方夜谭式的故事听起来怪怪的，但却是十分地真实。解放初，国家号召全国人民消灭四害，也就是臭虫、苍蝇、蚊子、麻雀。前三个家伙传播疾病，固然该消灭，那么麻雀为什么被列在四害当中呢，这是因为麻雀偷吃粮食。解放初直到二十世纪六十年代，国家的粮食一直十分紧张，种一点粮食人都不够吃，哪能让麻雀吃了呢？所以就把偷吃粮食的麻雀列为四害之中。过了若干年，动物保护学家们，还有生态环境学家们站出来说话了，说当时消灭麻雀是非常错误的举动，把一个生物链破坏了，造成了今天的气候变暖、雾霾严重。我不明白这些说话的人1976年9月9日以前跑到哪里去了？那时候为什么不站出来说话？好了，咱们接着讲咱们的故事，别和他们一般见识。

现在咱把话再说回来，全国的消灭四害到了1958年成立人民公社时已经达到了一个高潮，那时候有一个十分壮观的现象，人人手里都拿着一个打苍蝇的拍子，走到哪里打到哪里，而且规定了一个人一天要打死多少只苍蝇，许多人把打死的苍蝇用纸包着，等待专门的人验收清点数目；消灭了老鼠以后把老鼠尾巴割下来，也要上交清点数目；消灭了麻雀要把麻雀的爪子割下来，一双爪子算一只麻雀，如果是单只爪子，那只能算消灭了半只。这些工作小学生们干得十分起劲，他们手快眼睛尖，消灭四害是一支主力军，1958年5月1日，全国六亿人民一起行动撵麻雀，这个行动壮观得史无前例，当然也空前绝后了，哪个朝代，哪个国家能同时动员六亿人在同一时间进行撵麻雀？绝对不可能。

双铺村在张志德书记的布置下，前一天就进行了开会动员，不但对每一个人在什么地方进行了安排，还对撵麻雀的工具进行了安排，诸如锣鼓、脸盆、锅盖、饭碗、放羊用的鞭子等等，总之只要能发声音的物件都要用上，保证人人手里有一件工具。

5月1日天麻麻亮，满山遍野的人都："噢——哦——"地吼开了。喜鹊、老哇、猫头鹰、鸽子，当然也包括麻雀们，根本就还没有起床呢，结果被这满山遍野的吼声给惊醒了，它们睡眼惺忪地从窝里飞出来，想看看这个世界上到底发生了什么事情。没想到这一飞出来却回不去了，何止回不去了，连落下来的机会都没有了，满世界都是人的吼叫声和锣鼓家什的响声。麻雀们更是成群结队地在天上乱飞，估计它们开始还觉得好玩，看地面上那么多人又吼又叫，又敲又跳，不明白这人类在干什么呢，等到搞明白了，自己却落不下来了，从天麻麻亮到太阳升起来越三杆子高，谁也没有办法落下来，有渴又饿，两只翅膀软得一点力气都没有了，刚刚找了一个有水的地方准备下降，结果人们挥着双手进行驱赶，刚刚看到树枝上没有东西，好站在那上头喘口气，结果树杈上站了一个戴红领巾的小娃娃，一边敲着脸盆子一边叫喊"嗷——嗷——嗷——"，还是落不成。

到了中午，奇怪的现象发生了，几只老哇端端地掉了下来，头扎在地上，口吐鲜血已经差不多快断气了。鸽子大概认为它们和人的关系比较友好，根本就不害怕人了，有气无力地落在人跟前，嘴张得大大的直喘气，眼睛都挣成了红的了，看样子太累了。最可笑的是麻雀们，由于它们的身子比较轻，有气无力地挥动着翅膀慢悠悠地下来了，落在地上的麻雀们一个个东倒西歪，站不稳，好像喝酒喝多了那个样。到后来人们发现马饮水的泉边上死了一层各种各样的鸟，它们累得口干舌燥，飞到泉边上明明看见水了却无力喝上一口，也有人说死了的鸟们是喝水太多胀死了。可以说从 1958 年 5 月 1 日以后，天上的鸟们少得几乎没有了踪影了，老百姓说，人太厉害的，把鸟们害得无处安身。有人说他看见麻雀在这里没有办法过日子了，就拖儿带女上新疆逃难去了。新疆那个地方开阔，有水草没有人烟的地方多，在那边过日子没有人欺负。有人说，他看见了麻雀是坐在火车上上新疆的，它们趴在火车顶上，黑压压一片，估计是火车冒出来的烟把逃难的麻雀们熏黑了。

张志德到老都忘不了撵麻雀这件事情，老人家既没有评价那件事情的正确与错误，也没有评价那个群众热潮所产生的力量几乎不可阻挡，更没有评价鸟儿们在六亿人面前所表现出来的可怜和悲剧式的结果，只是说："我那时候太年轻了，太年轻了。"

第十五章

1958年夏天，全国成立了人民公社，也就是把原来的高级社合并起来，在一个地区内，经济、农业收入基本相近，地理位置又比较近距离的高级社并在一起成立人民公社。这项工作可以说在一夜之间完成的。接下来就是大办食堂、大炼钢铁、大扫文盲、消灭四害，破除迷信普及科学等一系列的活动。当时把这一系列活动叫做总路线、大跃进、人民公社三面红旗。所谓总路线就是：鼓足干劲、力争上游，多、快、好、省地建设社会主义。中央决心在十五年内要赶上英国，超过美国。后来有人认为急了、错了、冒进了。但是他们大概忽视了中国刚刚从国民党手中接过了一个烂摊子这样一个事实，经济基础非常薄弱，这么大的一个国家，钢铁年产量仅仅只有650万吨，水泥、煤炭年产量也不到一千万吨。用形象的话比喻，全国的年钢铁产量给全国的妇女每人做一个发卡都不够，作为国家领导人毛主席心里十分着急这是可以理解的，不当家不知道柴米油盐贵，局外人站着说话不腰疼，这么大一个国家，没有工业基础，没有经济发展的基础，不要说全世界的国家看不起，就是自己要站起来也困难。所以中央当时定下来的钢铁总产量由每年的650万吨增加到1070万吨。为了中华民族在全世界面前站直了腰，让全世界的国家都看得起，自己必须把经济建设搞上去。为了达到这个目标，提出了以钢为纲的指导方针，提出了全民大炼钢铁的口号。双铺村刚刚在人民公社领导下成立了生产大队，张志德担任了脱产拿工资的生产大队的党支部书记，不久在他的领导下各生产小队办起了公共食堂，食堂办好以后，他又带上强壮劳动力去炼钢铁。

双铺大队的钢铁厂建在马大沟，这里不但有双铺村的小高炉，也有靖远县各个公社的小高炉，还有会宁县、通渭县、甘谷县、秦安县、武山县等地方的小高炉，一时间马大沟人山人海，大家先在山坡上挖窑洞，接着又在季节河的河滩平地处修小高炉，基本上是一个大队修一座小高炉，远远地望去，马大沟高炉林立，特别到了晚上，红红的火焰从炉口处和高炉上直冲蓝天，把整个马大沟照得一片红光。

为什么要把小高炉建在马大沟，原因是从马大沟爬上山去有一处铁矿，蕴藏量不大，含铁量也不高，但在这个地区是绝无仅有的，还有后来铁矿石取得枯竭了以后又翻过山去在小森沟发现了一处储藏量比较大的铁矿山，这两处的铁矿不但足量供应了“大跃进”时期大炼钢铁的需要，到二十一世纪初，这里还有人用现代机械选矿炼铁。会宁、甘谷等县都没有铁矿石，所以根据甘肃省委、定西地委的安排，马大沟就集中了上万名民工炼钢铁。

由于条件的限制，张志德带领着全大队五个生产小队的一百多个强壮劳动力，也住到马大沟窑洞里炼起了铁，那时候马家井子村有一个陈铁匠，懂得炼铁，给张志德出了不少好主意，他的最大的主意就是炼铁不能用柴草，也不能用原煤原炭，而要用蓝炭，也就是说先把原煤做成蓝炭，然后再把蓝炭填进炉子里，等烧红了，再把矿石倒进炉子里，经过试验，这个办法果真灵验。陈铁匠给张志德出的第二个主意是不用风箱吹风，而用鼓风机，在他的建议下，各个生产队把能用的木料找来，请万帮助做了一台鼓风机，这家伙用起来效率高得很，省人省力风还大，这个技术后来基本上被马大沟炼铁的各个生产大队学了回去。

后来的人可能不知道当时的情景，刚开始炼铁炉前的鼓风机简直五花八门：有用家用风箱吹的；有用扫帚扇的；有用竹竿子用嘴吹的。如果不了解当时的生产力水平、人们的文化水平以及经济落后的状况，肯定感到这是原始部落的人在干活呢。

运输铁矿石是一件非常麻烦的事情，从马大沟的山顶上运到小高炉处，路程不算远，但得从山坡上下来，又要从沟脑里出来，那时候没有现代的高架电动吊车，连牛车、毛驴车都没有，张志德想了许多办法，把生产大队的骡、马、牛、驴都吆来，把装粮食的口袋集中起来从山上往下驮矿石，后来炼铁炉用顺了，矿石供不上的时候，组织大一点的高年级小学生用书包背、用脸盆子端。许多小学生端矿石，走着走着就跌倒睡着了，可见把娃娃也累成泥了。

蓝炭炼铁的效果非常好，一边从炉口里加进蓝炭和铁矿石，过上几个小时，溶化了的矿石就变成红红的铁水，从另一边的一个小口子里往下淌，由于设备极其地差，以至于铁水流下来不成形状，结成了铁疙瘩，等到冷却了以后再挖出来，堆放在一边，这就算是铁，事实上后来经过化验，这种铁疙瘩的含铁量还不到百分之五十。

由于强壮劳力都集中到马大沟炼铁去了，所以农村的秋粮庄稼没有人收割，糜子黄了没人收割，全部淌到地下了。玉米成给了，长得十分了得，但是也烂在苞谷秆子上了，洋芋长势喜人，在洋芋地里一看，洋芋英子下面一堆一堆的土被长大了的洋芋撑开了，许多洋芋从撑开了的口子里探出头来了，但是由于没有人收，全部冻坏在地里了。

当然这其中还有一个插曲，公共食堂办起来了，人们只要开饭时间到了，尽管去食堂吃饭，连亲戚朋友有来浪门子的都可以在食堂吃饭，多么好的共产主义生活。那么受活的日子过着呢，根本就没人过问公共食堂的粮食从哪里来？吃完了怎么办？跌了年景怎么办？没有人考虑这个后果。事实上 1958 年的粮食是大丰收了的，只有丰而没有收，这就造成了后来的粮食极其地紧张，应该是跌年景的重要原因之一。直到1959年春天，大炼钢铁停了下来，人们返回来种地时，才把前一年的粮食秆子收掉。

马大沟的铁矿石取得差不多了，大量的民工拥向了小森沟挖矿石，小森沟离马大沟还有十来里路，这就更增加了炼铁的难度，运输的困难就是头一件事情。挖铁矿人的住处也是必经考虑的。张志德一边指挥人们挖矿石、运矿石，利用间隙时间在山坡上挖窑洞，是让大队的民工有一个睡觉的地方。有一天中午，他和另外两个民工正在挖窑洞，没想到发生了塌方，一下子把张志德和另一个民工埋在了土里，正在洞外挖土的一个民工见张志德和民工埋在了塌窑里，大声呼喊着“救命啊……救命啊……”这一喊惊动了周围的民工，大家七手八脚地往外刨土、救人。镢头铁锨一起上，人挤人连施展的地方都腾不开。救人心切，但是救人的方法极其不对，公社党委书记魏自新冲过来了，公社主任高德望冲过来了，两个领导毕竟见多识广，命令大家把镢头扔掉，用两只手刨。公社主任骂骂咧咧地说：“你们是救人吗是害人呢？啊？你用镢头往下挖，一镢头下去把人的脑袋挖开花了咋办？闷怂！”这一骂才把大家骂醒了，连忙把工具扔掉，用双手刨黄土，刨了一阵，刨出来一只手，大家忙着去拉手，企图把人从土里拉出来，又一次被高德望主任骂了一顿。露出来头的是另一个人，不是张志德，大家又一阵忙乱，张志德的头也露了出来，两个人都深深地喘了一口气，大家接着又从黄土中把两个人的身子全刨了出来，并且抬出了塌了方的窑洞。大家围拢过来问长问短，都说把人吓死了一回。张志德要了一口水喝了，抹了一下嘴说：“我去阎王爷那里，在大门外碰见了阎王爷，‘你跑来干什么，滚回去、滚回去，过上四五十年我再找你’。我一听老阎不要，就回来了。”说得大家哈哈大笑，一场有惊无险的事故就这样过去了。

你道张志德说的过四五十年是随便说的吗？不是。

苏家山的孟全业在炼铁炉前值班的时候，把火关上睡了觉了，等到醒来时炉火都灭了。他一寻思，这一回闯下麻达了，一不做二不休，他提了个榔头把炼铁炉子砸塌了。外队的人看见有人用八磅大锤砸炼铁炉，就喊起来了，孟全业一看事情不好，拔起腿就跑。

孟全业破坏炼钢铁的案子成了大案子，除了靖远县公安局来人查看现场以外，十几个民兵背着枪找了两个月，炼铁的事不能耽搁，于是找孟全业的事交代给基干民兵秦旺财，其他人返回马大沟继续炼铁。

本来这件事到这里就打住了，但是寻找孟全业的秦旺财差点遭人暗算，所以这里不得不给大家把这个节外生枝的事情叙述明白。当然了，叫孟全业出场和大家见个面的目的是以后还有他的节目呢。

秦旺财为了安全起见，拿了两杆枪，一杆枪是七九步枪，又叫快枪；另一支是公社书记魏自新把他的二十响交给秦旺财带上，好护身，秦旺财开头还嫌麻烦不想要，魏自新说带上，带上了好护身，秦旺财这才别到腰里。

秦旺财找孟全业随时把两杆枪的子弹都推上了膛的，只是保险机头关着的。因为除了防止孟全业突然出现，狗急跳墙以外，屈吴山、西华山这一带还有不少潜伏下来的土匪，所以他随时随地得小心。

一天晚上，秦旺财在海原县的关庄公社所在地的一个小村子里的一户人家，进去想要些吃的，如果这家人善良，他就住一个晚上。进去以后，女主人给他端了些油饼子，烧了一壶茶，让他边吃边喝，秦旺财顺手把长枪立在身边，两腿盘坐在炕上放心地吃了起来。正吃着，进来一个年岁大些的人，看了一阵不说话就出去了，秦旺财还以为是这家的主人呢，就没有在乎，继续吃喝。不大功夫，又进来了三个男人。凑到秦旺财跟前伸手就抓枪，秦旺财把喝水的茶杯子都扔到炕上，跳下炕来和他们夺枪，这时三个人一齐上来抢枪，秦旺财慌了，腾出一只手从腰里抽出二十响，在大腿上狠命地一擦，机头打开了，他举起枪向窑顶开了两枪，三个人吓得松了开手，就跳出门去只顾逃命。秦旺财追出门来对着黑影处又开了两枪，他顾不上多想，背起长枪就上了山。等站定了看时，那家的灯光还在亮着，秦旺财端起七九步枪朝着刚才那个窑洞的灯光处开了几枪，然后迅速地离开了这个可怕的是非之地。

大炼钢铁的全国性运动到1959年三四月份基本停止了。民工们各自回各自的地方去了。靖远县派汽车来收铁块时，绝大部分不能使用，唯有双铺大队用蓝炭炼的一堆不规则的铁疙瘩还有些含量，据后来的消息说，双铺大队炼出来的叫生铁，总共120吨。

第十六章

1958 年八九月间，全国兴起了大办公共食堂的热潮，这项工作在当时大跃进、大集团作业的社会主义建设时期应该说方向是对头的；从解放妇女，解放生产力的角度上是一项十分必要的措施。作为基层党支部书记的张志德不可能看问题看得很深、很远，他只能按照党的路线、方针、政策抓好所领导的支部落实好这项工作，所以张志德为了群众方便生活，没有按照县委、区委和公社党委的决定：一大队一食堂的指示去办食堂，而是在双铺大队开办了五个公共食堂，也就是说一个自然村一个食堂。双铺村、扬崖湾、朗山、姚家沟、马大沟，这五个自然村各办了一个食堂。

开办食堂的初期，大家的热情非常高涨，找一个大一点的房子盘几个炉灶，买几口大锅，火一点就开始做饭了。饭简单得很，早饭就是馍馍、酸白菜或者咸萝卜；中午吃馍馍，炒白菜或者炒洋芋；晚上一律是面条。做饭的人都是村上精明强干的妇女。那些年农村妇女不论针线还是茶饭都要能拿得出手，选人主要选家里拖累少的、人又比较干净的，不然整天鼻涕眼泪，头发披到后心，鼻涕淌到前心，袜子掉到脚心，人看了都呕心，做出来的饭肯定没有人吃，当然不会选她们做饭。

公共食堂开办起来以后，最受欢迎的是妇女们，大家齐声称赞张志德说："张书记真能行，把我们彻底解放了。"真的是这样，对于农村妇女来说，几千年都传下来的传统是女人白天围着锅台转，晚上围着男人转。这一办公共食堂好了，不用再围着锅台转了，在大田里劳动畅快、省心，根本不用操心米、面、油、盐、酱、醋、茶，做饭洗碗、喂鸡娃的事。所以妇女们高兴得很。张志德书记的威信也高得很。娃娃们也高兴，都喜欢人多热闹，打饭时挤成了疙瘩，打上饭以后席地而围坐，又说又笑，呼呼啦啦，吃得好热闹；大人也高兴，下地回来饭一吃，嘴一抹回家，球朝天一睡，百事都不操心，油缸倒了有公共食堂的人扶呢，与自己毫不相干。

公共食堂的开办，使走亲戚的人也方便了不少，浪娘家的人在娘家所在地公共食堂吃喝，娘家人来了在这边的公共食堂吃喝，连路过的脚户，往来办事的人，只要到了开饭的当口，都可以进来到公共食堂里吃饭，这个共产主义式的按需分配制度是人类历史上所没有过的。这被后来的人称之为刮共产风。不是吗？商店里都不要售货员了，谁要什么，按照商品上的标价放钱，找零钱取货走人，很少有丢东西的，这阁到现在真是不可思议的事情，但是 1958 年就能做到。

公共食堂开办了以后，操心最多的还要数大队书记张志德了，今天这个食堂的水桶坏了，明天那个食堂的锅烧漏了，张志德除了忙食堂还要在五个生产队检查工作，看看地里的庄稼如何，什么时候种什么粮食，什么时候该收割，饲养室里的马、牛、羊有没有饲料，集体养的猪发没发猪瘟，他太忙了，好再他是个急性子，加上几十年的下苦人练就了一副好身板，所以从早晨天麻麻亮一直忙到天黑了，家家都点上灯了，他才回到自己的家里来休息。他走路如飞，有一年去靖远县开三级干部会议，会议完了，靖远县的一个朋友给他送了一块乌木板子，中午吃罢了饭，他把木板往胳膊底下一夹，迈开双腿往回赶路，从靖远县城到双铺村足足有一百里，结果他竟然在点灯时分回到家了，也就是说八九个小时走了100里路，况且还夹着沉重的乌木板子。张志德还有个特点就是声音洪亮，当初级社、高级社的社长的时候，无论是早上还是中午吃罢饭，他喊叫生产队的社员上工，声音大到远在五六里以外的扬崖湾、朗山都听得一清二楚，所以朗山也好，扬崖湾也好，根本就不用操心起不来误了上工，只要张志德站在他们的斜山梁上一喊，他们清清楚楚地听见了。

公共食堂的最大问题是粮食没有来源，这个问题在开办公共食堂的初期谁也没有想到，因为县上公社里布置的时候就说是要实现共产主义，粮食由国家解决。那时候的共产主义就是按需分配，要什么拿什么，要什么有什么。等到马大沟食堂派来人反映没米没面时，张志德这才感觉发起愁来了。当时公社的书记魏自新也在村上驻队，魏自新说先从各家各户收粮食，食堂不能断粮，等过几天去县上给粮食局反映，叫他们赶快送米面上来。事实上这个问题公社书记魏自新也没有搞明白，在他看来，只要没粮食了，上面会送来的。

大办公共食堂和大炼钢铁几乎是同一时间进行的两项活动，去马大沟、小森沟炼铁的强壮劳动力也要吃饭，他们的粮食也得从生产队的仓库里拿，不管怎么说，前几年收成好一点的生产队存粮还是有一些的，公共食堂不至于散伙。糟糕的是由于劳动力抽出去炼钢铁了，1958年的粮食虽然长得很好，但是基本上烂到地里了，丰产不丰收，张志德根本就抽不出身来顾农村。1958年的粮食没有收进仓库，这就为后面的跌年景埋下了灾难的种子，也为个别人报复张志德书记提供了机会。

张志德的后人都是公共食堂的亲历者，他们在讲述有关公共食堂的历史时，绘声绘色地回忆着当时的情景：

黄黄的太阳，挂在西边的天上，把大地照的发黄。万物都无精打采，家里的狗也趴在地上，连眼睛都懒得睁一下，我不知道什么时间趴在炕上睡着了，也不知道睡了多长时间，直到肚子闹腾得不停，再也睡不着了，半睡半醒地趴在炕上不知所以然。

村子里静得出奇，大人们下地劳作去了，娃娃们都上哪里去了？还有我的小伙伴一个都不见了，山杏、狗娃、牛娃、风英、爱叶都上哪里耍去了？

“连家娃——”远远地听见我妈在喊我的小名。我只是抬了一下眼皮，懒得动弹。“连家娃——”又一声叫。跟着声音，妈已经闪进房子了：“连家娃，快夹个碗去食堂吃饭，今天是公共食堂开伙头一顿饭，吃的是灰豆面片子，香很。”说完，他妈一闪身子不见了。连家娃爬起来，用手揉揉眼睛，把当作裤带的羊毛绳子紧了紧，端了一个瓷碗，往食堂走去。

公共食堂在一个家的院子里，堂姐家厨房里支了两口大得出奇的大锅，一口锅倒两扁担水还装不满。村子里男女老少都在食堂院里，有的抽旱烟，有的片闲传，老爷爷老奶奶们用拐棍支撑着干柴一样的身子，眼睛放着期盼的弱弱的光。妇女们干脆席地而坐，也不讲究有没有土，干净不干净。农民们本来就不那么讲究，加上吃饭当口，饿的腿发软，站着费劲，坐着舒服。

“先仅老人吃，大家让一下，让一下。”队长宣布道。

“油、油、油”抬着面片盆的师傅们口里叫着，头上渗着汗珠珠子，脖子上搭一条毛巾，费劲的抬着滚烫的热面盆。这里人凡是口里叫：“油、油、油”的时候，就得赶快闪开，因为他们八成是抬着且重且危险的物件过来了，让周围的人离远一点，免得出现意外，伤着你。因为大家都明白，“油、油、油”代表着危险品来了。

老人们颤颤巍巍地走到面盆跟前，打饭的师傅给他们一个一个把面片盛到碗里，张志德和一些成年人帮助老年人把饭端到房檐下的石头台阶上，让老人们坐稳了，把饭递上去，老人们鼻子眼泪都淌下来了。

年轻人忍耐性好，就这也饿得心发慌，腿打哆嗦，百无聊赖地用筷子搞着碗，眼睛直直地盯着面盆。

“来，碎娃娃来打饭。”师傅声音还没有落，几十个娃娃从地下攒出来似的，立刻把面盆围了个里三层外三层，身上带起来的尘土，如同沙尘暴一样将人和面盆团团罩住了。

“给我先打，给我先打。”孩子们高叫着，拼命往打饭师傅跟前挤，有的筷子掉到饭盆里了，有的刚刚打了满满一碗面片，结果被挤得歪了几歪，终于泼在了衣服上，孩子哭了。

我个子小，力气也小，挤不过人家，就把碗从人与人之间的空隙里伸进去，盼着师傅能看到我的碗，给碗里舀上几勺面片。好久都不觉得碗被师傅发现，直听勺子抠着盆底发出的干叫声。没有盛上饭的孩子们失望的站直了身子，人与人之间空隙大了些许，我抽出我的碗一看，除了碗底上残留了别人打饭时流淌下来的面汤，碗里什么都没有，肚子一而再再而三地给我叽叽咕咕地叫。

第二盆在师傅们“油、油、油”的叫声中，从冒着白汽的伙房里抬出来了，孩子们又一窝蜂的拥了上去，我也大着胆子往里挤，这时他发现了一个新情况，师傅用勺子把面片舀上以后，并不是往底层的碗里盛，而是往最上的碗里盛，不管吃没吃上面片，也不管吃了几碗，只要碗在上面，都能盛上面片。发现了这个窍门后，我迫不及待地把碗从下面抽出来，使劲往上面放，结果，别人也往上面放，他的碗上一层又一层，还是被别人压在了最底层。

第二盆面片子终于又盛空了，我还是一口都没有吃到。

等到第三盆面片端出来时，饿狼似的大人们挤了过来，连家娃一个八岁的娃娃，无论如何不是他们的对手，有几次碗都伸进去了，由于他在大人背后，腿与腿的间隙里，无论如何可是师傅看不到的。不多时，面片盆子又空了，他伤心地看着别人流淌在我碗里的面汤，眼泪再也忍不住了。

我妈在厨房里忙着，听别人说我哭了，连围裙都顾不上解，冲出来问他怎么了，我伤心地抽泣着，说不出话来，好一阵才止住伤心，说：“我还没有吃饭”。妈说“你怎么没有吃上饭？”我把刚才的情景描述了一遍。我妈听了我的说法很生气，冲过去就和打饭的师傅说理，打饭的师傅看他端着空碗，眼泪珠子挂在脸上，开始有点惊讶，突然，他像发现了美洲新大陆一样，大声叫嚷说：“你敢说你没有吃上面，你看看你的碗里，汤还没有喝干净，你这娃这么小就学会编谎了，嗯？你老实说。你吃了没有？”我说：“没有，面汤是别人碗里淌到我的碗里的，”“别人的面汤怎么端端地往你碗里淌，怎么没有淌到我的碗里头？”

我见师傅眼睛睁得跟核桃一样，破锣嗓子声音又那么大，吃饭的人都把目光扫到他身上，觉得心中五味杂陈，又委屈又伤心，加上饥饿的难忍受“哇”一声，大声哭上了。

妈见我真哭，也不和师傅讲理，拉上我往厨房里走，目的是到厨房里找一些吃的东西。

可惜的是食堂今天第一次开伙，师傅把握不好数量，不但面片吃空了，连米面都没有了，好多大人也没有吃饱，只好夹着碗回家。我妈满怀信心却没有找到吃的东西，非常失望地说：“连家娃，咱们回去吧，早点睡觉，睡着了就不饿了。”

公共食堂第一顿饭就这样深深地刻在张志德这个八岁娃娃幼小的心灵中，以致到了几十年后，每每想起那次吃饭，心里就伤感的无法自己。

……

公共食堂刚办起来时吃啥有啥，到1959年上半年时只能是有啥吃啥，年底的时候基本上是吃啥没有啥。食堂不得不定量供应，限量供应。到后来只能一天供应两顿合合面糊糊了。张志德的四爸就是为了喝上一碗糊糊而光荣地上了西天了。

北风裹着雪渣子在地上打着旋，还时不时卷起些尘土，吹得人连眼睛都睁不利索。地上并没有落多少雪，天气却生冷。双铺子那地方尤其害怕这种天，真正下大雪的时候反倒不冷。这种似下又不大下，不下又在下着，而且从北边刮来的风能刺入骨头，大家编了顺口溜：“北风卷着雪花子，冻出人的屎渣子。”今天公共食堂吃的是荞面糊糊，按照人均供应量，加上水的数量，由食堂核算以后，决定一个人打多少。一般三口之家能打一马勺，装在碗里也就三碗的样子，一人一碗，一点都多不出来。

每一回打饭，村上的男女老少脖子伸得像咕噜雁，眼睛睁得像鸡蛋，看看能不能多打一点，或者捞一点稠的，实际上这都是徒劳的。

张志德书记的叔伯弟弟1958年被招到宝鸡山砖瓦厂当了工人去以后，一年回不了几次家，他的女人昨天回娘家去了，张书记的四妈走不动，打饭只有靠他瞎子四爸。

张志德书记的四爸一只手拄着拐棍，一只手提着一只陶瓷罐子，用拐棍探着路，深一脚浅一脚地来到了食堂院子里。庄里人很尊重老汉，见瞎子老汉上了年纪，眼睛又不打硬，都让着叫他不要排队，到窗口直接打饭算了。张老汉是一个刚强的老人，当过红军，走南闯北吃过许多苦，又在人前头说过媒，当过司仪，他的身份练就了他的性格，所以他绝不加队到前头，那样，叫别人心里看不起。

轮到张书记的四爸爸打饭了，他把罐子递进窗口，又对管理员交代说：“小心一点，不敢倒掉，瘦老婆子还在屋里等着呢。”他的瘦老婆子就是张书记的四妈。

管理员十分小心地从窗口把黑瓷罐子递给老汉手里，也吩咐到：“老人家走稳，提好。”老汉回应道：“知道了，小心着呢？”

老年人和年轻人，小孩子的本性都是一样的，大凡有了高兴的事，不论老人、中年人、年轻人，还是小孩都有些飘飘然。

老人家今天领了荞面糊糊，觉得罐子沉沉的，两个人吃三个人的定量，他就感到特别高兴，老人一高兴，走起路来就很有力量。

正在走的来劲的时候，一不小心，一块石头把张志德书记的四爸绊了一下，手里的糊糊罐子甩飞了，重重地落在了远处的地上，摔碎了，人也扑倒在地上，手里的拐棍断成了两截。

老汉顺势趴在地上，双手哆嗦着在四处摸索，当摸到泼在地上的糊糊和碎罐片时，他先是愣了一下，又摸，还是碎罐片片，老人索性趴在地上，用手往自己跟前刮，低下头用嘴吸。地上尘土很厚，老汉基本上连土吸进了嘴里，花白的胡子上沾满泥土和成的糊糊。

猛然间，他老人家的手被什么碰了一下，老人迅速抓过去。这是一片大一点的罐子碎片，巴掌大小，带有弧形，里面还些许留了一点糊糊，老人用手在地上搜寻着，摸索着，只要他感觉到是糊糊，都抓起来放到碎片里。

约莫过了半个时辰，老人再也吸不到东西了，也抓不着什么了，老人斜趴在地上开始嚎了：“苍天啊，莫非你要杀我张国治吗？我死就死了，家里的老婆子怎么办？苍天啊，你睁开眼睛吧，啊——哈哈，噢——呼——”老汉哭得老泪纵横，胡子上的泥土和糊糊跟着老人的抽搐一起抖动。

老汉的吼声沉闷而凄凉，庄里的人似乎都屏住了呼吸，在听一个老人哭喊嚎叫。

张志德书记听见了四爸的嚎声，放下手中的活计，跑步追到四爸倒在的地上，先把老人扶起来，再接过四爸手中盛有泥浆和糊糊的碎瓦罐片，小心地放在一边，看见远处四爸的拐棍断成了两截，取过来想让四爷拄在手上，可惜，拐棍断了不说，无论那一头都没法再使用，就干脆丢在地上。

“四爸，不伤心，咱们回去，到我屋里去，有我吃的，就有你和我四妈吃的。”

老汉在侄子张志德书记的劝说下，止住了伤心。张志德书记帮他端着罐子碎瓦片里盛的带着泥土的糊糊，扶着老人家回来了。

天空的雪花还在随着一阵紧似一阵的北风的飘落着，丝毫没有减弱的意思，天地一片混沌。荒凉的大地，昏暗的天空，让人心里压抑难受。

老人家回来就病倒了，不吃不喝，发着高烧，时而清醒、时而糊涂，就这么反反复复一个月了，他的老婆子只能偷偷地抹眼泪。儿子从砖瓦厂请了假回来，照顾老人家，张志德书记只要有时间就基本上就守在老汉身边。

老人家名字叫张国治，在张家国字辈里排行老四，张志德的爸排行老三。清朝末年，张家家底厚实得很，四院青砖瓦房，数百万两银两，上千只牛羊，在方圆几百里都是数一数二的大户人家。我太爷管家管的严，四个儿子谁都不许分家。民国九年海源大地震，地上的人死了一层，民国十八年，西北地区跌了年景，老祖宗张宗仁去世以后，老大儿子张万太让兄弟五个人分开过了。后来，张家的国字辈成家了，老三张国富害怕儿子遭人暗算，就和女人带着唯一的儿子张志德逃难到了宁夏的中卫，这事在其他章节中已经说过了。后来老四张国治投了红军，因为丢不下他的女人又回来了。

过了一个多月，有一天，老汉突然清醒得很，早上自己起了床，说他饿很，张志德把留给儿子吃的荞面打成糊糊，又给里面加了一些干白菜叶子，端给他四爸吃，老人家能吃东西了，全家的心都舒展了。他老婆子脚虽小，走路却十分有力，能听见蹬蹬蹬的响声。

仅仅过了两天，到第三天下午，老人家突然又发起了高烧，嘴里说着胡话，说他是黄帝的儿子张挥的后代，黄帝埋在陕北的乔山，他好了要去上坟。又说他的女人是马饮水王家姑娘，是朝廷一品命官王进宝将军的后代……

第四天下午，太阳快落山的时候，老汉断了气。死的时候全家人几乎都守在他老人家身边，也可能由于咽气的时候难受，老人家断气以后两只眼睛扔睁的大大的，张志德用手压了好一阵子，这才闭上了眼睛。

儿媳妇手忙脚乱地给老人洗脸、梳头、梳胡子，又把指甲剪了，四奶奶抽泣着从什么地方取出一双新布鞋，给老人家换上，算是给老人换了上路的衣服。

出殡的那天，生产队里拉来一只小羊羔，说是给老人过丧事用的。在杀羊之前，全家老少一齐跪在老汉的遗体旁要举行一个领羊仪式，仪式由张志德主持，孝子们都跪在地上观看。

领羊仪式是那个地方流行的一种为死者送行的仪式。拉来一只羊，站在灵堂旁边，一般都是晚辈年长者主持领羊仪式。主持人先点上香，烧些黄表纸钱，磕三个头，然后对羊说些什么话。

张志德按照这个程式做完了，跪在地上说："四爸，今儿个儿孙们都来了，生产队里还看你老人家情分上送来一只羊羔。坟地我们都给你老人家选好了，在张家湾湾子，本来该请你老人家进咱祖坟，阴阳先生看过地方，说今年西边不利，先把你老人家安顿到张家湾湾子，等三年纸烧完我们把你老人家迁到咱们祖坟上，这个事情你老人家放心。"

"拴拴工作都好，我四妈都硬帮。"张志德接着叙述道："你老人家放心的走吧。"

老人家的儿子张志元也符合说："大，你放心吧，我长大了，家里有我呢，你老人家放心吧！"

羊还是一动不动。

领羊的事有些不可思议，如果主持仪式的人说道某个问题正好是老人生前极为惦记的事情，说准了，这只羊就浑身筛糠似的抖动，这时候跪在地上的孝子们就一齐哭喊，磕头。如果主持仪式的人说不准，这个仪式很可能无限期的拖延下去。双铺子村村里就曾经发生过领羊仪式上孝子们跪了一天一夜，主持人挖空心思，周围的人打圆场，说尽了事情，费尽了口舌，羊就是不动，这样的难看的事。

《儒村外史》中的严监生快断气的时候，那一口气就是拖着不肯断，周围任何人都说不到点子上，正在僵持不下的时候，严监生的老婆来到了床前，严监生一看老婆，对老婆举了一个指头。老婆和他生活了一辈子，对老先生的性格了如指掌，看见严监生举起一个指头，回头看了看摆在桌上的两只蜡烛，顿时明白了，走过去吹灭了一支蜡烛，待老婆子回到床边时，严监生已经闭上了双目断了气。

“四爸……”张志德又说了，“你老人家是不是操心家里没吃的，你放心地走吧，食堂每天还给我四妈，他碎妈供应一点口粮，我们到亲戚朋友家再要上一些，跨过年马上就打春了，瑞雪兆丰年，前几天下了一场透雪，地里墒情好着呢，明年粮食肯定好，到时候顿顿吃白面馍馍。”

羊羔丝文不动。

张志德又上了三炷香，重新点了黄表纸，磕了三个头，说：“四爸，你老人家放心吧，拴拴的媳妇已经有了，来年肯定生个儿子。”

羊还是不动。

老婆子坐在炕上直抹眼泪。张志德回头看见了，心里一亮说：“四爸，我知道你老人家的心思，是对我四妈放心不下，她老人家有我们呢，咱们张家是大户，上百口子的大户，一人给一口都把老人养活了，你老人家走后，我四妈就跟我过，有我们吃的就有我四妈吃的。”

张志德的话还没有说完，小羊羔浑身抖了起来，而且止都止不住。

跪在地上的孝子们见张国治老汉把羊领了，唔唔哇哇地哭上了，有的大声呼喊着：“爷、爷你好可怜呀。”有的连哭带说：“四爷你可怜呀！你走了我们咋办呀？”

张志德的一个小儿子，一边哭一边说：“四爷，你死了，谁领上我们去要饭呀？”

张志德的后人们始终弄不明白，他们的老先人为什么把我们安顿到这一块地方。

双铺子这个地方属于大西北的三西地区，人稀地广，靠天吃饭。天下雨了，庄稼就成，粮食就盈余，天要是不下雨，粮食连种都种不下去，更不要说生长了，苦叫得很。民国九年，来了个海原大地震，据说震级为8.5级，是有记载以来，我们国家最为猛烈的一次大地震，方圆二十七万人死于一旦。老百姓说："遍地是死人，到处是狼烟。"民国十八年，这里三年大旱，地里寸草不生，民众四处逃难。自从发生了两次灾难以后，人们变得善良多了，人开始爱人了。

毛泽东主席、周恩来总理在世的时候，对那地方很是关心，把那个苦地方叫"三西地区"，就是甘肃的河西走廊，甘肃的定西地区，包括会宁、甘谷、秦安、靖远，还有宁夏的西海固地区，所谓的西海固地区实际上是说宁夏的西吉县、固原县、海原县，简称西海固。双铺子村和海原是紧紧相连，买东西要票证的时候，宁夏是少数民族地区，非常照顾，许多紧缺物资在那里敞开供应，不要票证。比如白砂糖、茶叶、煤油。村里人经常三个五个步行到宁夏海原县的盐池乡买东西，一个下午打一个来回松松活活，总共只有十来里路，在农村不算啥。

双铺子村的地多得很，不要说荒地和未开发的生地，就是开发出来的，老百姓叫熟地，平均到人头上，一个人十来亩很正常。地多了一年只种一茬粮，而且轮流种地，今年种这块地，明年再种另一块。把这一块地犁好，打磨平整，让它缓上一年，翻过年再种。

那里穷的主要原因是水少，在张志德当书记前，就等老天爷下雨，只要下了雨，粮食肯定长得好得很，老百姓说："今年粮食成给了。"表示粮食大丰收了。当然那时所谓的大丰收，是一亩平均打400斤就是了不得的产量了。我们国家在布置第一个五年计划时，把亩产粮食定了个目标，叫作过黄河、跨长江。具体说就是黄河以北亩产400斤，黄河流域到长江以北，亩产600斤，长江以南亩产800斤。这在当时已经是相当好的产量了，达到了这个产量是要开庆丰收大会的。黄河以北水浇地亩产才400斤，双铺子那里基本上是旱地，亩产400斤当然是好产量了。

听老辈人说：在上往年，双铺子村雨水广得很，慢慢的不知为什么，天变干旱了，风沙大，动不动黄风土雾就从北边卷过来了，一时三刻天昏地暗，等风停了，庄稼全倒在地上了。

老百姓可怜得很，不明白老天为什么变得这么无情。他们不懂得科学，也没有人给他们讲环境治理的课，所以天旱的时候，除了抬头看黄黄的太阳，再就是唉声叹气。

平常年份，村里人吃水靠一个涝坝，天下雨时把水堵到涝坝里，天晴时人也吃，牲口也吃。但是天旱的时间长了，涝坝也干了，蛤蟆儿子死在干枯了的涝坝底上，黑压压的一片。

不知村里谁出了个点子，说以前之所以雨水多，是庄上有个庙，那是玉皇大帝的办事处，解放后把庙拆了，玉皇大帝生气了，坚决不给双铺子村下雨了。怎么办？还是把玉皇大帝的办事处修起来，把神仙请回来。

张志德自从当年砸了神仙庙以后就不相信什么鬼神，什么玉皇大帝的那些个劳什子。他带着劳动力去神木头修水，他们苦干了一年时间，把神木头足足有六寸水引到双铺子村里来了。

紧接着，张志德又领着村里的人修了几百亩水田，修了一个大型涝坝，每天把水流到大涝坝，一个晚上就能放满，第二天再打开闸门流到水田里浇地，水田每个人平均到一亩地呢。这下好了，人人有一亩水浇地，产量提高了不待说，旱涝保收是肯定的，从此不再那么害怕天旱了。

除了每人一亩水浇地，村里又修了二十来亩菜地，所有城里能种的细菜，双铺子村里都能种。有粮吃，有菜吃，村里人眉开眼笑，见了张志德就夸奖，他的威信高很，这些都是后话。

但是入社的问题使农民很头痛，大家把牛羊，土地全部交给公家，连个白条子都不打，农民刚刚有了土地，有了简单的生产资料，养了牛羊，现在要入社归公，打死也想不通。

本来，1958 年的粮食是成给的，老天爷给的雨水多，粮食长的一人多高，麦穗有一拃长，糜子、麦荞麦把粮食秆子都压弯了。问题是村里没有人收粮，只要是能动弹的，不是去洮河修水利，就是到小森沟炼钢铁，连上小学的学生都在矿山上背矿石，在炼钢的土高炉前拉风箱。村子里留下的基本上是老弱病残，粮食成熟的时候没有人收，要么掉到地下了，要么叫麻雀开了会，可以说连种子都没有留下。

丰产亩，千斤亩建设后，县上、区上、公社里来了工作组，一块地一块地进行估产。这个估产是很坏的事情，作为基层干部把产量估的高高的，是想让上级知道自己很能干，而区上和公社里的干部则把收缴公粮的多少，看成是自己政绩大小，因此，亩产估的高，总产量必定高，总产量高，公粮就缴的多，公粮越多越容易升官。而县里下达公粮征收任务时的依据就是估产的产量，人有多大胆，地有多大产的口号就是那个环境下出笼的。浮夸风甚嚣尘上，席卷全国。那里提出钢铁产量日产一千吨。修洮河水的指挥部在过完春节就提出五月一日让洮河水流到崛吴山，让各学校排练节目，学生做新衣服、新裤子，准备开引水庆祝大会。妈呀！谈何容易，洮河在甘肃省的临洮县，离我们靖远县三百公里，离双铺子家怕快四百公里了。引洮河的人有十六万人，但是，却没有什么先进设备，仅凭炸药，钢钎子，十字镐头和元锹怎么能那么神呢？牛皮吹的太大了。

就是这个估产把村里人害苦了。秋天本来没收到粮食，叫做丰产没有丰收，粮食都烂到地里了，结果公粮任务下达的特别的重，没有办法，生产队把仓库打开，把历年的入社交上来的存粮、种子粮、饲料粮全部上交了。

庄里人有一个被误导了的底数：都公共食堂了，即便咱们食堂没啥吃，杨家湾、马大沟、上双铺、神木头，随便去那个村子食堂吃饭，反正又不花钱，打个条子算什么。吃饭不要钱，放开肚皮吃了，还要那粮食干什么，交就交了吧，交了省的老鼠害，吃饭有食堂呢？

真正到了没有米面做饭了，村里人才认得锅是铁的，全村上下开始紧张起来了。

县上供应粮叫救济粮，一个月送来一卡车，到后来卡车顾不过来了，用骆驼拉车送粮。

村子里的食堂真是山穷水尽，到了老鼠都不进来的天地了。每天磨出粗粮放在锅里煮，打饭时几乎全村人出动，脖子伸得长长的，眼睛睁得大大的，就看打多打少，打稠打稀。

有时候，食堂干脆不煮糊糊了，把粗粮称分给各家各户。许多人吃了糜子面窝窝头巴不出来，就是那个时候发生的。

公共食堂这个新生事物终于没有办法解决自身的矛盾和外部的困难，到1961年10月就彻底地解散了，双铺子村又恢复了往日各家烟囱里往外冒烟的景象。

第十七章

听见急急慌慌的敲门声时，张志德才刚刚睡下。

“谁?”张志德问道。

“我。”小森沟煤矿的庞希贤。

“啥事?”

“赶快，巷子塌了，堵住了两个人。”

张志德一听煤矿塌了，知道事情不好，他连灯都顾不上点，就连穿衣服带开门，已经消失在黑夜里了。张志德是一个急性子，况且眼下这个事也不是个能缓的事情。

小森沟煤矿是双铺大队的煤矿，坐落在英黄水西边的半山腰上，这块地方本来是马饮水大队的地盘，应该归马饮水管理才对，但共和公社考虑到双铺大队的自然条件不好，土地贫瘠，没有森林，更没有副业收入，所以1962年公社重新划区域的时候就把这个煤矿划归双铺大队管了，这样，煤矿的收入可以使双铺大队的五个自然村的村民分红，见到实实在在的现钱，不至于出现集体向个人打白条的情况。当然这仅仅指的是大多数工分多的人，对于像张志德这样的人家，全家七八口人，娃娃全都在学校里念书，全靠两口子劳动，本来就挣不了多少工分，再加上张志德只顾工作把记工分的事根本就没有往心上放，所以年终一查，他虽然天天早出晚归，工本子上却没有记多少工分，他女人气不顺就和他吵，找下乡的魏自新书记告状，总算追记了一部分工分。但是还是欠队户，原因是家里人口多，分红时按照人三劳七的比例分红，没有工分就分不了红，况且按人头分粮食，这个粮食也要换算成钱呢。

说到小森沟煤矿，大家千万不要以为这个煤矿能收入多少钱，这是一个小得不能再小的煤矿，矿洞只能进出一个人，矿上只有十个工人，都是从各个生产队抽出来的，煤矿根本就没有什么设备，全人工劳动。背煤的人背一个双肩夸的背篼，嘴里叼一盏把儿灯，猫着腰钻进洞里，在几百米深的巷道里先把煤挖下来，再装到背篼里，然后一走一呻吟地背出巷道，为什么背煤的人要一走一呻吟呢，这在重体力劳动的场所，都有这种现象。在四川的大江小河里拉纤的人，全身一丝不挂，肩膀上背一条麻绳的十几个人，或者几十个人往上游拉船，脚下踩着疙里疙瘩、犬牙交错的石头，手里扶着岸上的石头，艰难地前进着，他们每走一步嘴里就大声发出声音：“哼呦——嗨，哎嗨嗨——，哼呦——嗨，哎嗨嗨。”在朝天门马头上背麻袋的人也一样，一走一哼。据说一边走一边哼，这样能释放疲劳，减轻压力，1957 年，张志德和高级社的农民在北滩里修水库，在修筑拦洪大坝时，农民用石头夯子砸土，八个壮劳力用力向空中抛出石夯时，一起喊：“哼呦——嗨，哎嗨嗨，谁家的花婆娘好呦……”不光能减轻劳累，还能调节文化生活，农民就这样，下里巴人是不会唱“阳春白雪”的。

从矿工进出煤巷时嘴里叼一盏把儿灯就可以看到煤矿多么落后，连电灯都没有，照明用清油灯，灯上拴一根铁丝，进矿时叼在嘴上，腾出两只手来还要爬行。背煤的人从巷道里基本上是爬着前进的，背篼里一次能背一百来斤煤，一天两个来回，这样计算下来，每天煤矿的生产量顶多两千斤，也就两吨左右。那时候的煤不值钱，一吨煤的国家牌价是三十六元，两吨煤共计七十二元，一年下来，煤矿的收入两万多元，别看这二万多元，在那个年代是相当大的一笔收入。打个比方，一斤鸡蛋五角钱，一斤小麦一毛八分，一斤大肉五角二分钱，所以这两万多块钱对双铺大队来说绝对是一笔大的收入。

那时候的农民没有经济来源，每年按照估产交公粮购粮，公粮相当于农业税，完成任务不付钱，购粮是在公粮任务完成以后农民卖给国家的粮食，一斤按照一角八分钱付给生产队。再就是种点油菜榨油卖些钱；种点籽瓜子，倒出来的瓜籽交给国家，返回一点钱；养的羊春天把羊毛剪下来出售给国家，农民劳作一年，到头来也分不了多少钱，一个工分才能分一毛九分钱。

小森沟煤矿是旧社会留下来的一个老煤矿，据老辈人回忆，清朝时候这里就有煤矿了。人们最早是在宝鸡山开煤矿，后来又发现老爷山上有煤，也开了煤矿，慢慢地在小森沟的山上也发现有煤，所以在这些山坡上到处是一片一片的黑色，一个一个的洞洞，都是上往年的煤矿留下来的痕迹。解放前好些个年，小森沟煤矿都废了，没有人再挖煤了，一来时世太乱，人们没有心思干那个又脏又累又危险的劳什子。二来也卖不下钱，卖上一年命，挖出来的煤没有人要。三来小森沟的煤质量很不好，煤干石多，含硫量大，用专业术语形容就是热量低，才 2000 多大卡。解放后也没有人再挖煤了，因为煤矿成了国家的资源，个人无权开采，直到 1958 年大炼钢铁时，才在这里重新开始挖煤，原因是炼钢铁要用煤，大炼钢铁结束以后，共和公社看着双铺大队可怜就把小森沟煤矿交给了双铺大队。大队正发愁没有经济来源呢，这下可好了，一年苦干到头来还能挣上两万块钱，这绝对是笔大收入。有了小森沟煤矿以后，大队从五个生产队各抽两个劳动力，共十个人挖煤，煤矿正式开工的那天，大队书记张志德在矿上，按照民间的风俗习惯，十一个人先在巷道口上了香，磕了头，又叼着把儿灯钻到矿井深处，也就是即将动家伙的掌子面跟前，大家一齐跪下来，烧了香，烧了纸钱，磕了三次响头，求得煤神爷，土地爷保佑。这个议程是煤矿的规矩，不管那家煤矿，在开工前必然要举行这个仪式。共产党的党支部书记本来是不信迷信的，但是为了大家好，他也随和着拜了一次管理巷道的神仙。这次开工仪式张志德对煤矿有了一个基本的了解。在他心里想，那叫什么煤矿，纯粹是一个大一点的老鼠窟窿，人进出的时候连腰都直不起来，有些地上坡度很大，洞又低又窄，人只能爬着前进，他进了一回巷道才知道人们为什么把把儿灯叼在嘴上。

所以说庞希贤一说煤窑的巷道塌了，张志德立即就觉得问题很严重。他们一边飞快地往二十里以外的小森沟煤矿跑步前进着，一边气喘吁吁地一问一答。

“谁在井下？”张志德问。

“把儿头和一个民工在井下。”庞希贤答道。

“谁是把儿头？”

“朗山的牛如虎。”

“就两个吗？”

“就两个。”庞希贤回答完了又觉得没说清楚，喘了几口气补充道：“其他人都在上面。”

“咋知道巷道塌了？”张志德问。

“大家背完第一回，喝了口茶接着又下井，结果走到道路上发现没有巷子了，再一看才知道巷塌了。”

“你们没挖吗？”张志德问。

“正在挖呢，我赶快回来就叫你。”

张志德和庞希贤几乎是跑着来到小森沟煤矿的，到洞口他们才明白，由于洞口太小，每次只能容一个人在塌方处操作，其他人背塌方的土连转个身都困难，最后不得不一背篼一背篼地往洞口外传土，张志德让大家上来缓一缓，喝口水，吃个旱烟，他和庞希贤进去看看。

塌方处大约在距离洞口百十来米处，虽然巷子被塌下来的顶部堵死了，但塌方并不是石头，也不是煤矸石，基本上是黄土加煤面子，张志德举起把儿灯照了一阵，对庞希贤说："咱们两个刨吧，我在前头挖，你往后面抛，挖一点算一点，不然时间长了，里面的人就捂死了。"

由于巷道太小，两个人直不起身子，张志德跪在地上用短把子铁锨挖，庞希贤嘴里叼着照明用的把儿灯，两只手紧紧握住元锹往外抛土。不大功夫，张志德觉得前头一空，原来塌方的土被他们挖透了，庞希贤高兴的忘乎所以，把手里的铁锹扔了，连爬带滚地跟着张志德往洞里钻，两个人边往里面爬边喊着两个人的名字："牛如虎、周成栋——"

"牛如虎、周成栋——"

走着走着，张志德觉着脚底下一绊，差点把他挡倒了，再弓下腰一摸，哎呀是一个人，庞希贤用把儿灯一照，原来正是他们要找的牛如虎，由于巷道塌了方，牛如虎他们四处找出口，结果力气也用完了，空气也用完了，把儿灯灭掉了，把儿灯一灭，巷道一团漆黑，他们害怕体力消耗干，就躺下来休息，说实话多半是躺下来等死。把儿头的高明处就在这里，要是一般的人，只要发觉巷道塌了，八成都急疯了，不是叫喊就是哭嚎。把儿头不会这样，他们只要发现巷道塌了方，首先找出口，万一找不见出口就找水和吃货，然后躺下来休息，静静地等待着井上的人来救命，这就是把儿头的高明之外，也是他为什么能当煤矿的把儿头，而别人却不能当的原因。

听见张书记的声音，牛如虎和周成栋两个人一骨碌坐起来了，然后哭着问他们在巷里几天了。张志德说快两天了，这下好了，巷道打开了，咱们赶紧往出走。

结果呢，四个人没走几步，突然把儿灯灭了，巷道里立即一团黑，四个人没有了照明，真有点丈二和尚摸不着头脑了，根据牛如虎的判断，巷子的某个地方又出现了塌方，不然的话这把儿灯不会灭掉，大家都觉得有道理。

庞希贤和周成栋听到巷道塌了，心里慌得很，张志德嘴上不叫唤，心里也发毛，脑子里突然闪过一个念头，这回出不去，老婆娃娃咋办，老婆跟上他一天福都没有享过，五个娃娃还小……他立刻收住可怕的思路，说：“咱们原路返回去找出口吧。”

大家摸黑用手试着哪里的土松软，凡是土松软的地方肯定是原来的巷道。摸了好一阵没有一个松软的地方，大家又摸进了一个岔道，走着走着觉得有一个地方松软，大家都认为这是原来的出口，张志德说：“从这儿往出刨，我用铁锹在前头挖，你们跟在后头往出抛土。”庞希贤争着要在前头挖土，张志德说：“你们还年轻，还是我来吧。”在这个生死攸关和紧急处张志德并不像有些电影小说中说的那样：“我是共产党员，我是党的支部书记，我来吧。”紧急情况下，人们的行动，语言都是思想的真实反映，所以这个危难关头，张志德说的是真情实意。

张志德在前面用小铁锹连挖带往外抛土，后面的人用手往处抛土，四个人如同流水作业一样，一个一个往后传送着抛出来的土。抛了一阵，张志德停下来休息喘一口气，回头问庞希贤：“你们把抛出来的土呢？”庞希贤说：“我前面用手抛，后面用脚往后蹬。”牛如虎说：“我也往后面蹬。”周成栋说：“我也一样”。张志德问周成栋：“你后面的口子还开着没？”周成栋听了张志德的问话，没有直接回答，停了一阵说：“妈呀，这回把稀的和下了，我只顾往后面蹬土，结果土把巷子堵住了、封死了，这可咋办？这可咋办？”周成栋连连说了两个“这可咋办？”

庞希贤和周成栋一听抛出去的土把巷道封死了，不但前进不成，连退回去的路都没有了，他们四个人只顾往前挖，挖出来的洞只能供一个人爬着前进，人到慌忙的时候脑子就不够用了，大家从来没有想过这个洞万一挖不通，怎么退回原来的巷道去呢，他们连转身的余地都没有了。张志德转不过身子，其他几个人也转不过身子，把儿头牛如虎试着转个身子，但是却转不过身子了，牛如虎平时表现得较为冷静，遇事也不慌张，这回一回不过身子时他感到问题严重了，爬在土洞上吼大声嚎开了，他这一嚎不要紧，把其他两个人也传染得嚎上了。张志德心里也非常毛，但是安慰大家说：“先不要哭，把力气攒着，咱们商量看咋办。天无绝人之路，大家先静下来。”

商量的结果是大家继续沿着这个方向往前挖，既然是松土，说不定就是塌了的巷道，尽管转不过身子了，但是呼吸的空气还是有一点的，说明洞子还没有完全封死，空气还能流动，也够四个人用，再说了，既然土是松土，大家沿着这个方向往前刨，上面呢的人肯定要往里挖，他们要想法子救人。只要上面往里挖，里头往外刨，四个人活着出去是有希望的。商量到这里时大家止住了哭，紧接着张志德又往前抛土了，后面的三个人也手脚并用往后刨，用脚蹬，如同地里的黄老鼠打洞一样。

不知道挖了多大工夫，张志德觉得胸闷气短，呼吸困难。这是很正常的一个现象，先不要说在巷道里出力干活哦，光是巷道里仅有的一点空气也没有多少，再深的巷道里面的空气是有限度的，况且他们在里头已经若干天了，氧气也用得差不多了。张志德呼吸困难，其他四个人也困难，周成栋说：“我们怕要死在这窟窿里头了。”他这一说不要紧，庞希贤和牛如虎吼大声哭开了，张志德虽然不哭，但是爬在土洞里大口大口地直喘气，不大功夫他昏迷过去了，其实这几个人由于心情紧张，空气不够用，都昏迷过去了，张志德昏过去以后做了一个梦，梦见红红的太阳挂在天空，天蓝得刺人眼睛，树叶子绿得人都想咬着吃几口。

又不知过了多长时间，张志德慢慢地醒过来了，不但醒过来了，而且觉得呼吸不困难了，也不觉得胸闷气短了。他下意识地使劲摇了摇头，感觉到这不是在阎王殿里，也不是在做梦，而是真真切切地还活在人间。“我说过嘛，天无绝人之路。”他回头叫了一声庞希贤，庞希贤答应了一声，叫了一声周成栋，周成栋说：“张书记，咱们这是到那达了？是不是在阎王殿里了？”说明周成栋也醒过来了，又叫了一声牛如虎，牛如虎说：“我们是不是在睡梦里？”

“刨！”张志德知道大家都缓过来了，又觉得呼吸不困难了，浑身来了劲，抓起小铁锹继续往前开路。

正刨土间，猛地觉得铁锹一闪空，接着他整个人都闪了下去，张志德再一次昏死过去了。

等到张志德醒过来时，天蓝得让人睁不开眼睛，太阳红得连着都不敢看，漫山遍野都是村木树的叶子，绿得能往下掉水，他试着动了一下头，头还比较灵活，又动了动胳膊腿，活动也自如，他转头看了一眼，原来其他三个人也躺在他身边。

“庞希贤——”张志德喊了一声。

“哎，在这儿呢。”

“牛如虎——”

“哎！”

“周成栋——”

“哎！”

“你们都活着呢吧？”

“活着呢、活着呢。”

说着几个人聚成了一堆，他们开头笑，笑着笑着吼大声哭了起来，大概是喜极生悲吧。

四个人的哭声惊动了山上的羊把式，这个羊把式已经在山顶上观察了好大一阵功夫了，开头觉得不对劲，半山坡上怎么躺着几个人呢？他们是干什么的呢？是放羊的人吗？不是。放羊的人周围有羊，这四个人周围什么也没有。是甘谷、通渭逃难的人吗？不像，逃难的人大都拖儿带女，而这四个人是壮劳力。羊把式一边看着一边思考着，猛然间他想出来了，前几天听说小森沟煤窑的巷子塌了，里面堵住了几个几个挖煤的人，莫非是他们吗？但是也很快又自己否定了自己的推断，因为巷子塌了都五天了，家里人都在煤窑门口杀了公鸡把魂领回去了，三天上已经把丧出了，没有尸首，就做一个假人下葬埋了。人都埋了，怎么会出现呢，不可能，不可能。

羊把式越思越想越觉得不对劲，他提着鞭杆子下到半山坡想看个究竟，刚走到四个人跟前，只见四个人团成一堆子又笑又哭，他不明白为什么，等四个人静下来时，他才看清这四个黑脸汉子是挖煤的，开头他以为是碰见鬼了，不敢说话，等他确认这四个是真正的活人时大着胆子问："你们是谁？"

"我们是炭巷上背煤的。"

"是不是双铺子煤窑上塌在里头的？"

"是的、是的。"

"哎呀呀，你们不是都死了吗，家里人都给你们准备烧头七纸呢，你们咋从这里出来了？"

"我们也不知道咋出来的。"

"你们双铺子的炭巷在西面子呢，你们咋从东面子出来了？"

"我们也不晓得，我们只觉得回到世界上了，这是哪里还没有明白呢！"

羊把式从身上解下自己的水葫芦让他们五个喝上些水，又从背在身上的小布袋里掏出两牙子锅盔，让他们四个人压个饥，四个人这才觉得有渴又饿。

张志德问羊把式："这是哪个地方？"

羊把式回答说："这还是小森沟的地盘，只不过是你们的炭巷在西面山背后呢。"

羊把式的回答把五个人也给搞糊涂了，等喝了些水，又吃了几口锅盔，身上又有了劲，能站起来，也能走动路了，他们爬上半山腰，这才明白过来，他们在巷道里黑灯瞎火地胡乱找出口，找着找着从岔道上进去了，这个岔道是旧社会背过煤的旧巷道，也废弃不用了，大家觉得土松软，实际上就是沿着这个废巷道回填的土中找出口，这个废巷道正好被当年挖透了，出口就在小森沟煤矿所在山坡的背面，四个人命大，不该死，所以虽然他们在中间挖出口时发生了惊险的一幕，也使他们在慌乱中连退路都没有留下，他们也曾经绝望了一阵子，但是他们都从阎王爷的手心里逃脱了。

等张志德领着三个人回到小森沟煤窑时，煤窑的人一直认为他们是鬼，忙着跪下磕头，让他们赶快走开。

第十八章

1959年开始，全国大面积地遭受了自然灾害，特别是西北地区，三年时间老天爷基本上没有下过雨，地里根本就不长庄稼，加上国家要勒紧裤腰带还上苏联老大哥的债务，农民交公粮交购粮的任务特别重。地里不长粮食，公购粮的任务又不减，农民没有办法可想了，就吃树皮草根。开头吃榆树叶子、榆树皮，后来榆树皮剥光了就剥别的树皮吃，几乎所有的树干上都没有了皮。吃草根也是从好吃到难吃，开头挖地里的野菜吃，拾山坡上的地软软吃，这些东西吃完了就产草胡子吃。草胡子苦得根本就不能进到口里，但是饿得没办法，不吃活不成。农民把草胡子铲下来，放在锅里炕干了，然后用石窝子倒细了吃，许多人家吃了草胡子巴不下来，胀死的人不在少数，村子一个姓高的吃了草胡子巴不下来，找不到医生，就叫兽医看，结果还是胀死了。张志德一家人吃了带皮的糜子面，全家人巴不下来，用毛驴驮到打拉池医院才把命救活。

关于这个挨饿的问题，作家杨显惠写了两本书，非常详细的描述了当年的情景，一本叫《定西孤儿院记事》，一本叫做《夹边沟记事》。看了这两本书就对当年的情景有了大体上的了解。

由于饥饿，人们无计可施了就得逃活命，所以当时要饭的人成群结队，老百姓说："武威张掖古浪，饿断人的苦肠。"那里的人受不了饥饿，拖儿带女上了新疆。在三年自然灾害时期，新疆的情况比内地要好，虽然也困难，主要是把新疆的粮食大量地往内地运送，救济内地的饥民。逃难的人到了新疆的人日子就好过一点，女人娃娃不至于饿死。后来情况好转了，这些从甘肃河西走廊逃荒到新疆的难民再也不想回去了，所以现在新疆人说话的口音大部分带着浓浓的甘肃味，不知大家注意到了没有。

灾害最严重的甘谷、秦安、通渭、会宁的农民漫无目标地四处逃难，他们走到哪里要吃到哪里，要吃完了找一个避风的地方随便就席地而卧，缓上一晚上。大人能坚持，娃娃饿了直哭，后来一些娃娃饿得哭不动了，也有些娃娃叫大给吓得不敢哭了："不要哭，再哭收容队来了。"娃娃不明白收容队是干什么的，用他们仅有的一点知识想到大概这收容队和狼、豹子差不多，会吃人的呢，所以大人一吓，他们马上就不敢哭了。

收容队都是各个县或者公社派出来的人，他们背着快枪，推着独轮车，独轮车上装着各种杂粮磨成的和和面，这些面是用来给收集到一起的灾民们往家乡返回的路上吃的，一天只供应一顿糊糊，灾民们不愿意回到饿殍遍野的家乡去，所以瞅准了机会就逃跑的。灾民一逃脱，收容队的人就背着快枪在后面撵，灾民拖儿带女行动不便，大部分都逃脱不了，又被抓了回来，所以那些年代，双铺村差不多每天都有收容队的人赶着灾民们缓慢地向靖远方向移动着。

也有集体暴动的，大家一哄而散四下里逃窜，收容队的人毕竟只有五六个人，顾了这个顾不上那个，没有办法抓回来逃窜的人。有时候抓住几个年岁大的人，被抓住的人躺在地上装死，收容队无可奈何，只好自己走路。

有一天早上，张志德起来准备上工，推开门他看见炕眼门子跟前卧了三个人，到近处一看是一个女人怀里抱着一大一小两个娃娃，两个娃娃瘦得皮包骨头，和装粮食的口袋一样薄薄的身子，好像没有骨头也没有肉，衣服破烂得满世界都露着棉花。女人也看见了张志德，小声说："大大，多少给上些吃的，把命吊一哈。”小的一个娃娃听见有人说话，哭了几声，那个哭声和猫的叫声差不多。

张志德心里发酸，转身进到碎房子里问女人，家里还有啥吃的，女人说前一向娃的姥姥给了几碗和和面，一直没有舍得吃，给碎的一个留着呢。张志德说给门口那两个娃娃给上半碗吧，女人本来舍不得，结果一听门口是女人和碎娃娃，心软了，用吃饭的碗挖了半碗和和面出门准备给炕眼门子跟前母子三人，正在这个时候张志德的老二连娃怎么听见了，也顾不得穿衣服，一个蹦子从炕上跳下来，冲出房门从妈妈的手里夺过了半碗和和面，这个举动把大家吓了一跳，接下来小的一个娃娃吓得哭了，张志德的女人也哭了，只有张志德一会看看炕眼门子跟前的女人娃娃，一会看看自己的儿子连娃，心里难受得不知如何是好。

张志德去打拉池公社里开会的几天，发生了一件令他永远忘不了的伤心事。

收容队收集了大约有 300 人左右的要饭的人，有大人，有娃娃，有男的也有女的，穿得破烂的不能看。有背铺盖卷的，有挑着担子的，担子两头系着两只竹箩筐，前头装着一个娃娃，后头装着一些杂物。有的背着一个两边都开着口的长褡裢，手里端着一只碗。所有的人面部表情凝重而却都阴沉沉的。这些人都是甘谷、通渭、静宁、会宁一带要饭逃难的人。收容队之所以把他们收容回去，是因为国家有政策，所有的人都不准外出讨饭，要在家乡种地恢复生产，听要饭的人说他们那里苦叫死了，从 1958 年起就没有收过一颗子粮食，连地面上的草根树叶树皮都吃完了，为了活命，拖家带口地出来要饭逃个活口。

这几百人的队伍因为有老有小，行动非常缓慢，大约在半下午的时候停在双铺村的一块平地上休息，准备用公共食堂里的大锅给这些人煮一锅糊糊，粮食都是收容队用独轱轮车推来的，当然也不是什么好东西，都是杂粮磨成的和和面，而且是连皮的面。

村上的人团在周围看热闹，他们看看这些被收容来的人，再回头看看他们自己，和这些人没有什么两样，唯一的区别是他们是自由的，没有被民兵用枪押着。

不大功夫，糊糊做熟了，用公共食堂的水桶挑过来，难民们见了食物就拥上来，伸着空碗等待着收容队的工作人员给他们分发，有的饿极了，把碗直接伸进桶里舀糊糊，被收容队的民兵用枪把子捣了一下，又赶快把舀到碗里的糊糊倒进了桶里，然后用舌头舔着碗边上的糊糊。

大家排好了队，一人一碗发给每个难民，娃娃们由大人代领。很快地，两桶糊糊发完了，桶里底子用勺子能刮出些许。

一个难民领着一个三四岁的女娃娃，凑到跟前，把碗伸过来。“大大，再给上几口，娃娃还没有吃饱。”要饭的人嘴软得很，见了男的不论大小一律叫大大，见了女的一律用叫妈妈。

村上的一个半大子娃娃小声给大人说：“这个娃娃叫石翠，她大她妈养活不了她了，送人又没人要，打算今晚上给她喂饱了饭，走到朗山台子时天快黑了，然后扔到山里去。”几个女人听了赶紧背过脸去抹眼泪。有两个碎娃听见了，赶紧从人群里钻出来，快步地往家里走去，大概他们也害怕他们的爸和妈养不活他们时，把他们也扔掉。

村里一个老奶奶拄着拐棍，迈着十分不稳的小脚向人群中挤过去，老奶奶好像知道将要发生的事情，走到那个女娃娃跟前，从大襟衣服里掏出来一块糜子面馍馍，塞到女娃娃手里，用干瘦的手在女娃娃的头上抚摸了一阵说：“娃娃，吃吧！”等她转过身时，眼泪已经流到了下巴颏上了。

难民们重新被赶起来，许多老年的难民一时半会站不起来，好不容易站起来了，却迈不开步子，年龄大了腿脚不灵便，加上长年累月吃不饱，腿脚就更加不听使唤了。

队伍缓慢地向西延伸着，村上的一些人跟在后面，不知道是送行，还是想知道那女娃娃的结局。

西边的太阳快要落下山去了，残阳留下的余晖不是明亮而是灰蒙蒙的，缓慢的难民们消失在远处，看不见人了，只能看见尘土在人群走过的地方飞扬。

张志德从公社开完会回来时，村上的几个人对他说，那天晚上特别怪，山上的几个狼在“唔唔……哇，唔唔……哇”地嚎了整整一个晚上，村上所有的狗也朝着天叫了一个晚上，直到鸡叫三遍的时候，才安静下来。

张志德问知情的人，女娃娃扔到哪里了，说可能在朗山台子南面的山里，张志德说了一声：“走。”约了两个人向那个地方奔去，那个地方大体上在朗山台子南边的山沟处，再往南就是屈吴山了，野狼成群结队，大白天都敢把牛羊放倒，何况晚上呢，他预感到形势不好，但又不甘心，还是找了一回，结果什么也没有找到，这事已经过去三天了。

张志德是九死一生的人，受尽了磨难的人，什么苦都能吃，什么罪都能受，唯独拖儿带女要饭这个事他受不了，原因是他十二岁的时候也逃过难，要过饭，而且他的父亲连饿带冻就死在了宁夏中卫的莫家滩。

又有一个冬天的早上天麻麻亮，张志德照例起得很早，他准备在地里先视察一遍，看有什么活计需要干，然后再回来给村民们安排工作，他刚一推开门，地上躺着一辆木轱辘独轮车，再仔细看时，炕眼门子跟前卧了好几个人，他定眼看时，有一男一女两个大人，女人的一边趴一个男娃娃，还有一个娃差点看不出来，原因是这个娃娃大半截身子在炕洞里，外面仅仅露出来肩膀和头，大家就这么互相依靠着相互取暖，在这个冰冷的地上坐着，张志德看得心里一阵发酸，伸手摇了一下这个堵风寒的男人，他猛地睁开眼睛，连连说：“对不起，对不起，把你家打搅了。”脸上布满了歉意的神色，张志德看见这一家子老小的处境心里就难过，把他们一个个叫起来，然后让他们把娃娃抱到炕上暖和暖和，大冬天把娃娃冻坏了。

张志德家的这个碎房房你当有多大，满打满算不到二十平米，进门的左手盘了一个大炕，一家七口人就挤在这个炕上，进门的右手靠墙角处盘了一个锅台，架了一个中不溜的铁锅，算是给全家做饭的工具，紧靠着锅台还支了一块木板，全当是案板，不知道这个案板用了多少年代了，仅从案板经常切菜的地方已经深深地凹进去的情况看，至少用了三五十年了，大体上应该和这个房子是同时代的物件。张志德的这件碎房房子是民国二十六年盖起来的，他们老少三个人逃难到了中卫莫家滩后，日子一天一天过得好起来了，他的父亲虽然死了，但是一个回民帮了他们大忙，安排张志德拉长工，让张志德的妈妈给这家人帮着做饭，洗衣服，这个东家特好，平时管母子两人吃，管他们母子二人住，到年终了不但给一担麦子，一担大米，还给两块银元。几年下来他们不但攒了一些粮食，还存了十块银元。他们打算就在这里过日子。遗憾的是马步芳、马鸿逵四处抓兵，东家说，你们母子赶快回靖远吧，要不然抓兵抓走了，你妈也可就活不成了。这样他们孤儿寡母就又回到双铺村上来了。

张志德母子两个人回到双铺村却没有地方住，好心的四爸张国治收养了他们，等安定下来以后，张志德约上他的表兄进地印子淌里砍木料，准备盖房子，又没白没黑打土糊基，在不到半年的时间，斜山梁的西侧紧贴着山脚处竖起了一间碎房子，所以那间碎房子无论如何快二十年的房龄了，当然房子里的那块凹凸不平的案板也差不多二十年了。

张志德的女人是王进宝将军的后裔，是大户人家出来的，很是懂得人情世故，对要饭的逃难人更是疼爱有加，只要有要饭的站在门口，她多多少少总要给上一点。公共食堂开火以后，家里没有留啥吃货，开饭的时候全家一人一碗糊糊，这个时候如果要饭的出现了，她也要把自己碗里的糊糊匀上半碗给要饭的吃。穷不帮穷谁帮穷，况且她的丈夫和公公婆婆曾经要过饭。所以张志德把炕眼门上的这一家人领进屋子的时候，女人赶快把自己的娃娃往炕里头推了推，腾出地方让一家五口人上到炕上暖暖身子。食堂开饭的时候，张志德家除了给娃娃一人一碗糊糊外，两口子两个人的糊糊基本上让这一家人喝了。第二天，这一家人执意要走，不能再连累张志德一家子，男主人甚至于跪在地上感谢张志德两口子的救命之恩。

张志德家日子过得艰难得很，但是看了这一家子五口人觉得放他们走等于把他们往死路上赶，特别是三个娃娃，老大顶多九岁，老二也就六岁，老三算下来不超过三岁。这么一个大冬天，天寒地冻，又没有吃货，放他们走了怎么办？张志德说让他们再住一两天，他想和生产队的领导们商量一下，把这一家人留下来让他们入社，也吃食堂，这样等于救了一家人的命，一家人齐齐地跪下来给张志德两口子磕头。一家人不但用磕头来感谢这个救命恩人，也被张志德的决定感动得痛哭流涕，男主人说他们是通渭人，姓冉，从通渭出来的时候是三月份，现在跨过了夏天，已经是寒冬腊月了。他们两个大人活成活不成都不要紧，想把三个娃娃拉扯到世上。冬天到了，他们都觉得怕活不过去了，没想到遇到贵人了，口里连连喊着："大大呀，妈妈呀，我们全家当牛做马也要报答你们的救命之恩。"张志德连忙扶起来，说："咱们两个年龄相仿，你叫我大大，折寿呢，再说了，生产队里收不收，还得给他们做工作，我是大队书记，生产队的事由生产队委会说了算。"

第一个回合说下来，生产队坚决反对，原因是增加人口要增加粮食，食堂今天保不住明天呢，村上的人眼睛都饿得绿了，哪来的粮食养要饭的人呢，没有同意。

第二个回合谈下来，生产队答应让冉家五口人先住一个冬天，等到天气暖和了，地里的粮食长大了时，让他们走人，原因是三个娃娃太可怜，要不是这个原因的话，仅两个大人坚决不留。

听了这个消息，把冉家一家五口人高兴坏了，连三岁的碎子子儿子也笑了。

没地方住，就先住在张志德家，食堂开饭了，打糊糊时各家打各家的糊糊，回来各人吃各人的，晚上睡觉时张志德带上老冉到生产队的牛圈里和养牛人一块挤，家里的炕上挤了九个人，就这么过了将近半年。

一家五口人终于被救活了，几十年以后冉家老两口相继过世了，冉家老大在农村过得像模像样，老二老三都在靖远县参加了正式工作，每每人们问起他们的身世来，一个个哭得说不下去，他们共同的一句话就是："张志德书记救了我们全家的命。"

第十九章

张志德调离了家所在地四区共和公社的双铺大队到五区的乔山大队担任党支部书记去了。

那时候的地方组织有县，县以下设区，一般一个县设立四到五个区，每个区下面又设公社，公社下面再是大队，大队下面是农村最小的行政机构，名叫生产小队。双铺村是靖远县四区共和公社下面的一个生产大队，这个大队下面有五个自村，下双铺村、上双铺村、马大沟村和朗山村、扬崖湾村、姚家沟村。五区设在 40 公里以外，有种田公社，复兴公社两个公社。乔山大队是五区复兴公社的一个大队，下设五个村，有乔山村、焦家口村、方家沟村、苏家山村、马井子村五个村。乔山大队下面的自然村相距很远，所以管理起来要比双铺子村难度大得多，要把五个自然村走一遍，没有两三天工夫是不行的，不像双铺大队，五个村基本上是村连村，最远的村不过四五华里路程，一个上午到全大队走一趟也很轻松。

张志德是脱产干部，拿工资的干部，这是 1958 年国家实行人民公社以来，全国所有的生产大队的大队长和大队党支部书记全部是吃皇粮的国家干部。张志德是国家干部里最基层的脱产干部，所以行政级别是二十四级，月工资是32元。国家的这个政策一直延续到1962年七千人大会以后，全国实行了调整、改革、巩固、提高的八字方针，大批大批地减少脱产人员，全国的大队一级的脱产干部全部回乡参加生产劳动、记工分，按工分分粮分红，张志德从1962年起又变成了农民身份了。

张志德为什么会调到五区去呢？在选举出席靖远县人民代表大会时，张志德落选了，四区的领导认为，张志德这样的老共产党员，十多年的干部连出席靖远县人民代表大会的代表都没有选上，说明这个人的群众基础相当差，所以鉴于这个原因，区上就借用交流干部的机会把张志德调到五区的乔山大队去了。

为什么在选举出席靖远县人民代表大会的代表这么一个小小的事情上会把张志德选掉了，许多人都不可理解。张志德是1948年加入中国共产党的地下党员，又是靖远县民兵团的基干民兵，不但在打土匪，闹解放上很有贡献，就是在建国初期组织农民打土豪、分田地、减租减息和土地改革运动中也是共产党的得力干将。1953年靖远县第一届人民代表大会时，张志德被选为常委。后来成立互助组，成立初级社，成立高级社，成立人民公社，一直都是共产党在基层的代表人，党的路线、方针、政策，毛主席的指示在双铺子大队的贯彻落实都要靠他这个骨干分子去传达、去布置、去落实。特别是在动员适龄青年参军保卫国家方面、在动员农民入社方面、遇到的阻力相当地大，张志德硬是凭着对党的一片忠心，不怕困难、不怕阻力，一家一家地做工作，这些很具体的工作确实是出力不讨好的，有的农民甚至给他记了仇，他也不去思考这些后果。还有兴修水利、普及科学、扫除文盲、大办学校、消灭四害等等这一系列的工作，张志德从来都是拼命工作，不计名利，不计报酬地干，他常说大河有水小渠里就不会干，锅里有饭碗里才能有饭。他从加入中国共产党那一天起，就一直想着大河和锅里的事，却从来没有思考过小河和碗里的问题。要么怎么会出现他没脱产时没白没黑地干活，一年才记了一百二十个工分的笑料呢。

选人大代表是从基层选起，村上、大队不用说，肯定能把张志德这样一个人物选上的，在四区组织的选举活动中却出了一个叉子，县上分配给四区的名额是十三个，而四区的候选人是十五个，从十五个候选人中选出十三个正式代表，这叫做差额选举。这种选举的目的在于充分发扬民主，防止领导一手遮天等等群众的非议。就在以公社为单位进行讨论时，双铺子村的另一个代表四处活动，到处宣传说张志德多好多好，苦大仇深，跟上共产党给人民办了不少事情，请大家一定要把张志德选上。结果这个人的私下活动让其他公社的代表们认为这是张志德派来的说客，目的是在游说、宣传、拉选票来了，这八成是张志德派来的，这件事情让其他公社的人非常反感，到正式投票的时候张志德却落选了，同时落选的还有一个人，这个人是一个上中农成分，大家认为他的成分太高，不适合出席靖远县人民代表大会。张志德的落选不光他自己没有想到，四区的许多人都没有想到，到后来人们终于明白了，张志德的落选原因就在于那个到处游说的人，从表面看那个人的游说是为了选举张志德，而目的在于引起别人的反感，选掉他，最后的结果正好是那个游说者所想的目的。你别以为农民没有文化就没有水平，他这个手腕相当的高明，高明到了连朝廷里勾心斗角的人都不得不佩服。从这个手法上完全可以总结出官场上除了微妙、肮脏、残忍之外，别的没有什么内容。

你道这个使手腕的人是谁，正是张志德的结拜弟兄老六。有人不理解了，都是苦大仇深的穷苦人，都是独苗苗，又是拜把兄弟，如何使出这般手段来呢，这就要从《唐山大地震》说开去。

解放军报社有一个名记者叫钱纲，1986 年在纪念唐山大地震发生十周年的时候写了一本书叫《唐山大地震》，书里描写了这么一个故事：当人们顾不上性命的时候，相互非常亲热，一个伸手救一个人的性命，让住处、让吃货、让穿戴。到后来余震快结束时，各人挖出来的东西归各人，这时候人和人的关系就变得生分起来了，到后来物质渐渐丰富起来，有的人甚至抢夺一点救灾物资而相互斗殴打架，到了六亲不认的地步了。

这个故事把人的自私的本性写透了，现实生活中人与人的关系无不是这个样子，所以老年人说：“人咬熟人，狗咬生人”，个中的道理实在透彻至极。

绕了这么大的一圈，无非是想让朋友们明白为什么张志德在选靖远县人民代表的时落了选，而且使手段的人不是别人正是他的拜把兄弟老六。这里有三个原因，其一，1952 年，弟兄两个都看好了斜山背后的一块地方，都想把以后过世了的母亲埋在那块风水宝地，占住了风水宝地就意味着祖孙后代人丁兴旺、财源滚滚、高官辈出，结果两个人都看好了这块风水宝地，二虎谋山的结果是弟兄两个立下誓言，谁家老人先过世这块地方就归谁，没有占住地方的人绝对不再说三道四。到 1953 年张志德的老妈妈因病去世了，张志德按照事先选定的地方，把母亲埋在了那块地方，打墓的时候，张志德还专门去给六哥说了一声，不管老六高兴不高兴，作为弟兄一场，再加上有那誓言在前，说一声是非常必要的，这一点张志德做得绝对在道理处。但是从以后的眼神、表情可以判断出来，老六在这件事情上心里很不暖和。其二，解放后老六分了三亩坝地，不但土地肥沃，而且浇水很是容易。只要河里淌山水，老六的土地一定能浇上山水，所以庄稼年年长得很旺盛，不但土地好，打土豪时还给老六分了一头骡子，这简直是一个宝贝，有地有骡子发家只是时间问题了，但是 1955 年建立初级社，1956 年进入高级社时，老六的这两件宝贝都被入了社，这件事情老六怎么也想不明白。打土豪分田地，百姓就从这个地方认识共产党的好处的，刚刚说过的话，没几年就变卦了，老六的心里很不美气，而且这个不美气的事情是老七张志德带人干出来的，老六想不通一块长大的拜把兄弟怎么跟他过不去呢，这个仇恨的种子又深深地埋在肚子里了。其三，他们都是一块参加民兵的，都是基干民兵，一块打土匪闹解放，斗地主分田地，出力都是一样的出力，这今天老七怎么就成了人物了，而我老六还在捋牛的后半截子呢，这就太不公平了吧。这第三颗种子应该叫妒忌，所以慢慢地两个拜把子弟兄心里就产生了距离，表面上嘻嘻哈哈，背后心里都明得跟镜子似的。

那么，话说到这个份上，大家应该就明白了张志德为什么会被选掉，老六为什么会使出这等漂亮的手腕。当然了，除了落选这件事之外，还有许许多多恩恩怨怨的事，不仅仅是结拜弟兄老六有，其他人也有，所以张志德这个书记当得非常困难，张志德的人生道路也非常曲折，掏尽了心窝子却落不了好，张志德的女人经常数落他说："割了卵子献给了神，人也疼死了，神仙也得罪哈了。"

区上领导认为张志德连个县人大代表都选不上，说明他在群众中没有什么威信，没有威信就当不好领导，再说了，没有选上代表，张志德也没有脸面再在四区的双铺大队当书记了。为了便于工作，区上决定把张志德调到五区的乔山大队当支部书记。区上的领导也是一片好心，既给张志德一个台阶下，又保护了张志德的面子。

张志德调任五区乔山大队不久，家里发生了一件十分了不得的大事，生产队和公共食堂把张志德家里的口粮给斩断了，按照1959年10月份的供应标准，每个人每天是8两原粮，张志德家里一个女人加上五个娃娃共六口人，按照定量标准六口人每天的口粮是四斤八两，这四斤八两每天分两次从公共食堂打饭。说是打饭，实际就是连皮子磨成的粮食煮成的糊糊，上午10点多打一次糊糊，下午5点多打一次糊糊，打回来糊糊全家老少围在一起分发到各人的碗里喝。自从办起了公共食堂以后，各家各户的存粮无论是原粮还是加工过的米面，一律交给公共食堂，那时候不论干部的认识能力，还是老百姓的认识能力，都一直认为到了共产主义了，走到哪里吃到哪里，什么时候饿了什么时候吃，以后还要发展到想吃什么就有什么的程度，所以家家户户都没有存粮。生产队里有一个检查团，各家各户交完粮食以后，检查团还要深入到各家各户翻箱倒柜地进行检查，一颗子粮食都不准自己保存，不光是各家不准存粮，各家的锅、壶、马勺、炒菜用的铁铲子一律拿去炼了钢铁，实话说，即便是有一点粮食也没有办法做熟，干部催的紧，农民也交的齐，根本不考虑后果是什么。

村上的检查团不光检查各家各户有没有存粮，还偷着看谁家的烟囱里往出冒烟，如果发现谁家的烟囱里往出冒烟，检查团的成员就上这家里来了。张志德有一个老五，是1958年出生的，经常饿得哭，张志德的女人就把打回来的糊糊留上半碗，娃娃哭的时候放到熬药的砂锅子里给娃娃热一下让喝，烟囱里冒烟的事叫检查团的积极分子乔生检看见了，冲进来眼睛瞪得跟牛蛋一样，揭开砂锅看见里面是食堂供应的糊糊，虽然没有说什么，但从他的眉眼能看出来他心里很不美气。

张志德的女人为了养活这一群娃娃，什么办法都想尽了，有一回从娘家拿来几个洋芋，热糊糊的时候给里头切了几块洋芋，正好检查团看见了，站在山坡上放哨的老大看见检查团的往这里运动，就喊了一声“妈”，妈听见了后知道有人来了，就三下两下把洋芋从砂锅子里捞出来，藏在麦草底下。冲进来的检查团积极分子乔生检揭开锅盖看见的还是半碗糊糊，又一次赴了个空。张志德女人给几个大些的娃娃交代了，凡是灶上生火时就让一个娃站在山坡上放哨，一有动静就喊一声“妈”，同时给一岁多的老五交代，以后不能叫洋芋，叫“个巴”。幼小的孩子不理解这个社会怎么了，只记住了“个巴”就是洋芋。

一天晚上，村上堆放场上的小麦被人偷了，从外形上看，偷小麦的人也没有偷多少，顶多一簸箕，因为小麦堆放在场上后，用木锨和扫帚把麦子堆整理得光光的圆圆的，而后在麦子堆上盖个大印，这个印是木头刻出来的，上面写了一个大大的“存”字，看场的人一看麦子堆上的印就知道粮食偷了没有。从那天晚上麦子堆上的字的变化和麦子凹下去的坑可以认定，麦子丢了顶多一簸箕，但是这件事情在生产队里却引起了轩然大波，生产队的领导，会计、出纳、记工员、妇女队长、食堂管理员、看场员，还有许多村民都集中到打麦场上，大家吵吵嚷嚷地议论着，也有的指手画脚地估计着，胆子大的几个女人见人们不注意时偷偷地往自己的口袋里装几把麦子。人们饿极了，见到粮食就急。

生产队长晏玉清打着手电在四处查看，乔生检大声叫唤说：“往这边来，这边有麦颗子。”当时由于人们着急找谁偷了麦子，没有思考黑灯瞎火的，乔生检手里又没有手电，怎么就能看见地上的麦颗子，晏玉清和查看的人沿着乔生检指的方向一步一步地往前挪着，往地面上照着，果然乔生检说的这地方有麦颗子，大家议论着谁可能偷了麦子后，由于害怕一边走一边掉，所以路上肯定淌下了不少麦子，按照这个思考人们沿着有麦颗子的路往前寻找，乔生检在远处引路，一边引路一边叫喊：“往这儿来，这儿有麦颗子。”晏玉清打着手电往地下照看，地下确实有不少麦颗子，沿着乔生检引到的方向，查看的人一直追踪饿到张志德家的窑门口。

张志德的女人由于饥饿早早就和几个娃娃睡了，按照她的说法，睡着了就不饿了。正睡间怎么就听见有人响动爬起来开门看个究竟，结果和查看的人撞了个正着，乔生检说：“你装什么呢，看你干的好事。”女人问：“干的什么好事？”乔生检指着门口的麦子说：“队上的麦子叫人偷了，路上淌了不少麦子，这不，我们一直顺着路上的麦子寻到你家来了，你看看，你们的窑门口还有麦颗子呢。”晏玉清用手电照着门口的麦颗子，张志德的女人低头一看，门口果然有许许多多麦颗子。“我和娃娃天黑就睡了，连门都没有出，谁偷队上的麦子了？你们不能血口喷人。”

“搜”不知人群中谁喊了一声，这一拨人不管三七二十一就冲进窑洞开始搜麦子了，把五个娃娃吓得挤在炕角处哇哇直哭，张志德的女人没有办法，站在地上让他们在窑里乱搜寻，他们除了在腌咸菜的罐子里搜出来一碗多连着皮的荞麦以外，任啥也没有发现。搜寻的人不甘心，瞪着眼睛说：“明天你到队部来说清楚，偷来的麦子藏到那儿了？”

张志德的女人确实也想过去场上或者生产队的仓库里偷麦子、偷洋芋，但是她还没有来得及实施她的计划，别人已经把屎盆子扣到头上了，女人冤枉得抱住一岁多的小儿子直掉眼泪，大的几个娃娃不明白这个家里到底发生了什么事情。

第二天晚饭以后，生产队通知在队部开社员大会，通知会的人还专门交代让张志德的女人参加会议。

第二十章

还不等生产队长晏玉清宣布完今天晚上社员大会的内容呢，络腮胡子乔生检便已经按捺不住了，从黑牙中拔出旱烟锅子，握在手上一点一点地指着张志德的女人说："张婆子，你今天晚上必须给大家交代清楚。"

被叫做张婆子的是张志德的女人，今天晚上的社员大会是专门批斗她的会议，又叫做批斗大会，也有叫轰人的大会。会场设在生产队的一个窑洞里，这个窑洞是东西走向，用土胡基箍成的，门在南边正面开着，窑洞里东西两头各盘了一个大坑，平时社员开会就坐在两头的坑上，许多人依墙蹲在地上。今天晚上的批斗大会地上蹲的人站在靠墙处，给地的中央留出来一大块空地，被批斗的张志德的女人就站在地中间的空地上，往日的批斗会都是一些地主、富农、反革命分子、坏分子、右派分子，也批斗过一个中年妇女，那个妇女和别人胡搞，被当成坏分子批斗过。

张志德的女人从昨天晚上生产队来人搜麦子后就一直不明白自己压根就没有去过场上，更没有偷过麦子，为什么这伙人这么冤枉人呢？他自始至终不想说话，任由社员大会怎么批斗吧。

"说"扎扎胡子乔生检吼开了："你家院子里的麦子是哪里来的？是不是你

偷场上的。”张志德的女人心里发恨，不想回答。

社员们窃窃私语：“啧啧，这年头了还有麦子，不是存货就是昨晚上偷场上的。”“是不是张书记把社员入社交上来的麦子存到现在了，发霉了吧？”

“交代，老实交代。”

“坦白从宽，抗拒从严。”

吼声一阵高似一阵，震得窑洞顶上的灰尘刷刷地往下落。

张志德的两个大一点的儿子也被叫到会场上来了，一是生产队通知的，端人家的碗就得受人家的管，如果不按生产队的通知参加社员大会，第二天马上就扣全家一顿供应粮，谁敢不参加？老大在打拉池上中学，老四老五太小，留在家里看门，只有老二和老三参加了今天晚上的社员大会，老二只有十岁，老三只有七岁。

开头两个娃娃还看景致，觉得村上的男女老少都来了，平时难得见到这么多人，虽然肚子饿得咕咕地叫，但精神上还比较兴奋，眼睛东瞧瞧、西看看，并没有在意生产队里开的是什么会。当听到扎扎胡子乔生检吼到：“张婆子，站出来”时，才惊讶地发现这个被叫做张婆子的不是别人，正是自己的妈妈，吓得两个娃娃不知如何是好。

“快交代，麦子哪里来的？”

“是不是偷队里的？”

“快说。”

张志德的女人心里非常冤枉，也十分愤恨，在一片叫喊中一动不动地站着，两只手一个劲地揉衣服襟子，仇恨的眼睛盯住队长晏玉清，一句话都不说。

“怎么？你要顽抗吗？”

“轰！”

“对，不交代就轰。”

“我看你这个张婆子今晚上怕要和大家对抗是不是？”一个站在门口的人从牙缝里往外挤着话。

“你也有今天，啊——你老汉不是能不够吗，啊？今天的气眼儿怎么不嚣张了？”说话的人根本就没有弄明白气焰嚣张这句成语怎么解释，四个字怎么写，只是听过别人说过，就拾人牙慧地这么用过来了，而且以为气焰就是气眼儿，所以批评张志德女人的时候十分得意地说了这么一句十分洋气又很有文化知识的一句话“气眼嚣张”。

“解放时，你家掌柜的闹土改，把人家的土地和牛羊都分了，这话咱们今晚就不说了。1950年把我家兄弟送上朝鲜去，嘴里还说是抗美援朝，保家卫国，明明是往死路上送嘛，亏得我家兄弟命大，活着回来了。说，麦子哪里来的？1956年你们掌柜的让大家把土地、农具、牛羊都交到队里，1958年还让大家吃食堂，你们把庄里人整成啥了？啊——快交代，麦子哪里来的。”晏玉清是生产队长，坐在坑中间慢条斯理地说了这些语无伦次的话，话虽然前言不搭后语，但他的意思已经表达得十分透彻和明白了，而且当领导的架势已经充分地展示出来了。

“我王山林辛辛苦苦跌绊了快十年，统共养了十来只羯羊，你家老汉一句话就入了社，你家老汉怎么不来呢？不能了吧？能够了吧？”

“轰——”一个声音高叫着，接着把张志德的女人推搡了一个趔趄，那边的人接着又推过来。你推过来我搡过去，拳头和泥脚一起上开了。

“妈——”张志德的老三见妈被人轰得站不稳，赶上去想保护妈妈，却被一只大手提了起来，顺势扔到了坑上。

“交代，老实交代，你家窑门口的麦子到底是哪里来的？”

“说，是不是从场上偷来的？你把偷来的麦子藏到哪里了？”

“坦白从宽，抗拒从严！”地上的一个汉子挥舞着拳头呼喊着。

“坦白从宽，抗拒从严！”社员们也挥着拳头呼喊着。

张志德的女人一言不发，连头也不肯低，更不流眼泪。她不会流眼泪，她自从嫁到张家门子里来以后就没有享过一天福，做家务拉扯娃娃，喂猪、喂鸡还要下地劳动挣工分。跟上张志德吃了不少苦，也受了不少罪，虽然她嘴上不会说什么道理，但她的脑子里十分明白，将来会变好的，她就凭着这个盼望而坚强地生活着。她的男人跟上共产党干革命，得罪了不少人，所以家里时不时地遭人暗算。互助组的时候，有人把家里的一头小牛娃子打死了，她哭了好几天，她要指望这个小牛娃子将来给她家干活呢。到高级社时，好不容易喂了一头猪，都长成半大子成年猪了，还不等长大呢，又被人下了毒给毒死了。糜子长得正旺盛呢，心里想这今年的秋田成给了，不知道谁把羊赶到地里吃得糜子只剩下光秆秆了。

张志德的大侄子张玉玺看不下去了，披着棉衣猛地站起来，气势汹汹地走到那一伙轰张人的人跟前，说："对了，对了，乔家主，我三妈再有错，你们也不能动手打人、往我三妈脸上吐唾沫。入社的事，当志愿军，大炼钢铁，这些都是共产党毛主席的号召，我三爸只是一个执行者，你不能公报私仇嘛。"

张玉玺的话似乎把大家给镇住了，会场上的火药味不那么浓了。

"交代不交代？"那个扎扎胡子乔生检披着衣服走到张志德女人跟前，张志德女人抬眼看了一下，这一看倒把人家给惹火了。"看什么看，记住了将来要报复吗？"说完抡起大巴掌朝张志德女人打过去，女人用胳膊抵挡着，一下、两下、三下。扎扎胡子乔生检一边打一边还"嗨、嗨、嗨"地出着气，打了一阵，他觉得不解恨，顺手脱下踢倒山的布鞋，提在手上朝这个女人头上猛打。由于用力过猛，身上披的衣服都掉到地上了。

"住手！"一声大喊把整个会场都震住了。张志德的侄子张玉玺把嘴上叼着的卷烟拔下来狠狠甩到地上，冲上去，夺下乔生检举在半空的鞋子，夺下来扔到门外说："乔家主儿，我三妈犯什么错了？犯了法也有国家来法办，轮不着你动手，你们说我三妈偷了队里的麦子，你有什么证据？打着手电顺着淌在路上的麦颗子找到我三妈家是不是？有人还看见你在前面散麦颗子，队长和寻麦子的人顺着你散的麦颗子找到我三妈家的窑门口了，你今天要是个人，你当着这么多的社员把话说清楚。”

张玉玺的举动使扎扎胡子乔生检收敛了一些，但是嘴上还不干不净地不饶人：“大汉子，你个杂种说话要有根据，谁在前面散麦子了，谁看见了，啊？”他似乎得住理了，回头问社员们：“谁看见我往张志德家的路上撒麦颗子了，站起来证明。”

主持会议的晏玉清看见对立起来了，害怕把事情闹大，万一动手打起来，轰人的斗争会开不成，还有可能出事情，就大声制止说：“坐到各人的位置上，听我说。”乔生检和张玉玺都横眉冷眼地看着对方，好像两只老虎争山地盘一样，看了一阵都不情愿地回到自己的位置上蹲了下去。

“根据生产队队委会的决定，从明天开始把张志德家的供应粮斩断。”

散会的时候已经鸡叫头遍了，张玉玺把他三妈从会场上背着回来。被人打了的女人倒在炕上两只手捂着头，一句话都不说。几个儿子团在妈妈的周围，用手抚摸妈妈被打过的地方，眼泪一串一串地往炕上掉。

黑色恐怖从现在开始了。这天是 1960 年 10 月 16 日。

第二十一章

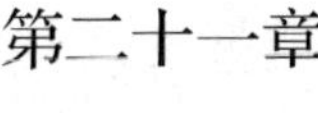

第一节

1980年国家民委主任张秀一故地重游回到他曾经工作过的靖远县，特别在双铺子村打听了张志德，由于他只记得张志德有一个老母亲，就到处打母子两个，结果村上的年轻人没有人知道，张秀一失望地回去了，2013年，张秀一的子女们按照父亲的遗言，再一次来到双铺子村，这一次终于有了意想不到的结果。

他们在一间非常普通的平房里见到了张志德的大儿子玉瑚。玉瑚吃完了饭，把饭碗里里外外用舌头舔了一遍，然后又小心翼翼地把掉在饭桌上的米粒、菜渣渣一个一个地拾进嘴里吃了。这个动作是当今社会看不到的，除非是上了年纪的人，或者是遭过大难的人。一行人问道："你过去受过难吗？"玉瑚回答说："过去的事情都过去了。"客人见他表情复杂，就追问："能说说吗？看在咱们两家大人的情分上，请你说说过去的事情。"玉瑚看了好大一阵子客人，然后把头背到天上说："泪场的说不成"，接着他就不说话了。客人们感觉他伤心得太深，一时半会缓不过来，所以就不再去催他，任他去思考。过了好大一阵子他才慢慢地说；“要不是你家老人和我爸的交情，我对任何人都不想再提起那个年代的事情。都过去五十多年了，当事的人死的死了，老的老了，年轻人没有那个经历，也不想听我们给他们说那些颇烦人的事情。”

那是1960年的冬上，人家把我们家的供应粮给斩断了。我爸在五区工作，我们兄弟五个不知道家里为什么会变成这个样子，大家只有一个念头就是满世界寻找吃货。

有一个星期天，我放学回来背口粮。

上午吃过饭，我哥带着我的两个弟弟，三个人到北滩里的地里挖黄鼠仓，说是黄鼠，实际上是黄老鼠，官名叫田鼠。

田鼠好玩得很，一副可爱的长相如同松鼠一般，比松鼠小一号，主要是尾巴小，没有松鼠那样的毛茸茸的大尾巴，其它都一样。尤其令人喜欢的是那家伙吃东西喜欢用两只后腿坐在地上，上身端端地立起来，双手抱着东西吃，而且十分灵活地转动着小脑袋，眼睛炯炯有神，它给人一种传神的目光。从眼神中你能读懂他们幸福还是可怜、期盼还是仇恨。我们村上的小娃娃时常抓住它们，喂一些它们喜欢吃的猫尾巴草，过几天它就和你混得熟得很。有的小伙伴把黄鼠装在衣服口袋里，有的在黄鼠脖子上拴一个细绳子，走路时牵上。还有很熟的则放开它，你在前边走，它肯定会很听话地跟在你后面，就好像现在的人养猫、狗等宠物一样。娃娃们喜欢，大人们也喜欢，时不时坐下来和娃娃一起玩上一会黄老鼠，在饿鬼包围之中能笑一声。

黄老鼠还有一大特点，仓储的本领很大。到了夏天、秋天，地里的庄稼成熟了时，黄老鼠便开始忙碌了，它们先是挖洞，挖进地下有五六米远的时候分两三个岔道，岔道再进去一米左右就是它们的生活区，其中仓库最大，能装进一大背篓带壳的粮食，另一个洞是它的窝，如同现在人的卧室。条件好一点还挖一个洞是空的，不知道做什么用，我们小的时候说是黄鼠结婚娶媳妇用的新房，这是玩笑话，估计不是会客室就是儿女们的住所。黄鼠拉粮食是给冬天准备的口粮，到了冬天全家在洞里不出来，有仓库的存粮就过一个冬。村上人经常挖黄鼠仓，大家都有这个经验。老宋一个上午能挖满满一背篓黄鼠仓，弯着腰背回庄里，惹的庄里人眼睛都直了。他有挖黄鼠仓的技术，所以他们家的日子就好过一点，厨房的烟囱里经常冒烟。许多年以后，老宋变成老汉了，两只手害了什么疮，溃烂的连饭碗都没有办法端，可怜得很，村上人说："那是老天爷的报应，年轻的时候害的黄鼠太多了。"

我们弟兄三个背了一个背篓，拿了一把铁锨，弟弟玉江还提了一把小铲子。到北滩以后先在种过粮食的地里找黄鼠洞，从洞口的土堆上可以判断洞内有没有存粮，如果土堆太旧，说明黄鼠已经搬家了，不在这里住了，洞里肯定没有粮食。如果土堆太新，说明是黄鼠的儿女们分家以后独立生活了，洞内也不一定有多少存粮，我们专门找那些不旧不新的洞，而且从洞口处看看有没有黄鼠留下的脚印，如果有脚印，再加上留下麦衣子，拉麦穗子和糜穗子时在洞口的路上磨出来的印印，还有洞内留下麦子粒，糜子粒之类的证据，二话不说，尽管挖就是了。

"哥，这有个洞。"弟弟魁娃眼睛尖得很，发现了一个有情况的黄鼠洞，我们趴下身子看，果然洞口留下了黄鼠拉仓时留下的麦子粒，而且不止一颗麦粒。我把上衣脱了，在手上吐了两口唾沫，抓起铁锨就开挖了。沿着洞的方向往里挖，挖进了约有三米左右时，我跪在地上，用手从洞里掏了一下，果真又掏出来几粒麦子，"玉海、玉江，你们看，这个洞里肯定有黄鼠的粮仓。"他们接过我手中带土的麦粒，高兴的直拍手，我又接着开挖了。

又向洞里挖进了一米多时，我有点累了，坐下来休息，两个弟弟把洞口上盖的土抛开，让洞口显得明显一些，便于我休息好了接着挖。

就在这个时候，洞里一个黄鼠探了一下头，弟弟玉江说："哥，黄鼠，黄鼠在家呢。"当我和两个弟弟再看时，探头的黄鼠已经返回窝里了。我说："咱们让开一点，让黄鼠跑出来。"说完我们三个人蹑手蹑脚地离开了黄鼠洞。

我们趴在三四米开外的地方，静静的观察动静，大气都不敢出一口。

约莫有一袋烟的功夫，黄鼠真的探出了半个身子，幸好我们趴的低，它没有发现我们。小脑袋非常灵活的转动着，四下里观察形势，看看是否有威胁它们生命安全的因素。

观察了一会，黄鼠又退回去了，玉海弟弟向我和魁娃使了一个眼色，用头表示了一个动作：不许动。我和玉江弟弟对看了一眼，明白了他的意思。

又过了一阵，我们惊讶的发现，一堆黄鼠从洞里出来了，数了数，一共有四只，仔细看时，领头的是一只大黄鼠，后面跟了三个小小的黄鼠，不用问，一眼都能看出来，这是一家子，领头的大黄鼠肯定是妈妈，后面跟的三个小黄鼠应该是她的儿女们。

大黄鼠站在高一点的地方四下里张望，三只小的战战兢兢地躲在身边。突然大黄鼠似乎发现了我们，目不转睛地向我们趴的这个地方观察，我看见那目光像人一样，一种非常凄凉的悲伤表情，又非常无奈，大约看了我们有一两分钟，终于领着儿女们没有返回洞里，却向别的地方走了。

弟弟玉海说："哥，黄鼠走了，我们接着挖吧，洞里肯定有粮食，刚才我们都找到黄鼠拉仓时留在洞里的麦子了。"

我坐起来了，低着头，一句话也不想说。我从黄老鼠逃走了的情况想到了我的爷爷、奶奶领上我爸去中卫逃难的情形，又想到了我妈妈为了拉扯我们被人斗争打倒的情形，这一窝子黄老鼠就跟我们家一样样的，大家都是为了活命，我们何必害它们呢？我慢慢地站起来对两个弟弟说："咱们回吧。"

我一只手扶着斜挂在肩上的空背篓，一只手横抱着铁锨，低着头，迈着十分沉重的脚向家里走去。两个弟弟跟在后头不知所措，也不敢说话，就这样沉闷地走着。

我脑子里闪现出我碎爸一件事：

1959 年的冬天，有一天下了大雪，厚厚的积雪把房子、大地盖得白茫茫一片，啥都找不见，我们坐在热炕上取暖，等着食堂开饭呢。碎爸进来了，说：“嫂子，把我哥的羊皮袄给我，牛圈的麦草窖里麻雀开会呢。”妈说：“你又不去开会，要皮袄干啥？”话还没说完，爸爸已经披着没有面子的白羊皮袄闪了。

碎爸是我四爷的儿子，比我大七岁，我们这里把父亲叫大，把父亲的哥叫大大，把父亲的弟叫碎爸。从我记得事起碎爸就和我们一起玩，从辈分上讲是我碎爸，从玩耍上讲，完全是我们的娃娃头。碎爸脑子很灵，鬼点子多得很。在打拉池上学，饿得没法上课，学习不好，我四爷问他原因，他回答说学校门口两只狮子能吃能巴，每天他和同学们给狮子轮流喂草料，打扫狮子巴的粪便，忙得把学习耽误了。

不大功夫，碎爸抱着羊皮袄从门里挤进来了。刚进来就用脚向后一勾把门关上，说：“玉瑚、玉海，赶快把门和窗子堵住，”我们照他的吩咐做了。“拿个麻绳子来。”他指挥着，我们照着做，一不小心，皮袄里飞出五六只麻雀，吓得我妈直捂头。

我们七手八脚的把碎爸抱在皮袄里的麻雀全部拴在麻绳子上，麻雀一刻不老实，扑扑腾腾，扇得屋里尘飞土扬。

“嫂子，好吃得很，我一会在炕洞里烧几个你尝。”

果然，不大功夫他就从炕洞里挖出四五个黑疙瘩，用嘴吹着，用手拨开烧煳了的羽毛，撕下一只腿喂到妈的嘴里，我们每人分得一个黑疙瘩，小心地剥皮吃起来。

原来，老天爷下了厚雪，大地都被雪盖得严严实实，飞禽走兽没有吃食的地方了。庄上养牛的牛圈里存放喂牛的麦草的窑洞有好几个，每个窑洞都是畅口子。里面堆了半窑麦草。麻雀们发现了，不但在窑洞里可以取暖，而且有麦粒可以吃，所以聚拢在一起，大家一边吃一边叽叽喳喳叫喊，我们习惯把那个场面叫麻雀开会。

麻雀开会被碎爸发现了，拿着我爸的皮袄轻手轻脚走到洞门口，举手一扬，麻雀胆子小，抢着向外飞，正好飞到我碎爸张开的皮袄上，中了我碎爸的诡计，我碎爸再把皮袄一收，几十只麻雀做了我碎爸的战俘。

我妈说："拴拴，你把麻雀放了吧。"拴拴是我碎爸的小名，我爸的小名叫拴成，按照家族排名习惯，碎爸就叫拴拴。"你把那么多麻雀捉住烧的吃了，人家麻雀屋里咋办？麻雀的女人娃娃谁管呢？你看咱们庄里金华家两个娃娃可怜的，当爸的饿死了，当娘的过不下去了，寻了无常，丢下两个娃娃，一个八岁、一个才五岁，从早到晚就听见两个娃娃嚎。两个娃娃一天只有八两粗粮，你看把两个娃娃饿的，胳膊腿跟麻秆秆一样，脸上一点颜色都没有了，眼睛都沽进去了，我担心两个娃娃今年冬天都熬不过去。"

妈说的又叹气又抹眼泪。

碎爸口中应承着，却不见动作。

……

玉海弟弟拉了拉玉江的衣服襟子，把我从回忆中惊醒过来。弟弟指了指我，我偷着看他们，大家的脸色都难看极了，每走一步路都十分沉重的样子。

快到村口时，我们弟兄三个都哭了。

第二节

张志德的二儿子早早地就起来了，他十分懂事地把窑洞的地扫干净，又担了一回水，他妈还没有起来，他妈睡在炕上已经半个多月了，除了下炕挣扎着给几个娃娃烧一下糊糊，就基本上睡在炕上，眼睛闭得紧紧的，两只胳膊无力地垂在炕上，嘴里时不时地发出哼哼、哼哼的呻吟声，家里的气氛在她的影响下显得异常的冷清，有时候树上的猫头鹰咕咕喵……咕咕咕喵……地发出凄惨的叫声，令人生出无名的害怕。

张志德的女人在社员大会上被人轰斗暴打了以后就一直睡在炕上，她除了身体的伤，还有饥饿和心上的愤恨，她无力支撑这个家，五个孩子就这么一天天混着，她的老五才一岁多，常常饿得哇哇直哭，当妈的心疼娃娃哭，就拉过小儿子，解开衣襟子，掏出干瘪的奶头喂给儿子，儿子吃了一阵吃不出内容，结果哭得更加凶猛了。

“连娃，你过来。”张志德的女人招呼着二儿子说：“今天你和魁娃给妈抓些药去。夜儿阁，周大夫来了，给妈开了一服中药，说在打拉池药铺里能抓到药。”说完扶着炕沿下来，两条腿筛糠一样地抖动着，慢慢地弓下身子在灶眼里掏出来一个烤熟了的洋芋，掰成两半，给连娃和老三魁娃一人一半，又掏出来一些碎钱，说：“这是两块八角钱，这是药方子。”

弟兄两个还没有走出院子，半个洋芋已经吃完了，两个娃娃实在是饿的太久了。他们不停地咋着小嘴巴，品着洋芋留在嘴里的香甜。

这是十月份的天气，双铺村属于半山区，七八月份的三伏天晚上睡觉必须盖上被子，所以进入阴历十分月已经冷得很了，基本上是滴水成冰的天气。

两个娃娃穿得十分单薄，一人一件烂棉袄，一年四季都穿在身上，里面没有衬衣也没有背心，冷了紧一紧衣襟，找个绳子把腰里扎住，把手筒起来。热了解开扣子，如果没有人的时候则把衣服脱光，享受一下大自然赐给穷人们的凉快。村里的老年人说过：“冷是穷人的罪，热是大家的福。”今天这两个娃娃终于懂得了罪是什么味道。裤子是一条道补了又补的裤子，他们的妈妈给丈夫做一条新的，丈夫穿烂了补一补给大儿子穿，大儿子长大了穿不成了就退下来给二儿子穿，以此类推，最后补成了万国旗了，连原来裤子是什么布根本就找不见了。鞋子是一年四季都不离脚的破布鞋。前面穿得开了口子，脚指头露在外面，他们的妈妈一边补一边骂他们身上长着牙呢。吃衣费食。“妈是没有，妈如果有布有钱，别说两年供你们穿一双鞋子了，一年供你们两双鞋子都不害怕。”孩子们倒是没有那么多的思想，把鞋子前头烂了大拇指头探出头来对妈妈说：“我大舅出来了。”露出两个指头说二舅也出来了，鞋子前面全烂得张开了说五个舅舅全部跑出来了，不懂事的孩子苦中寻乐，把当妈妈的听得眼泪直流。

张志德的二儿子连娃和三儿子魁娃双手筒在袖筒里，快步向打拉池走去。

打拉池是共和公社所在地，距离双铺村有三十里，那时候不通气车，也没有正式公路，只有胶皮轱辘的马车和大轱辘的牛车压出来的便道。打拉池是共和公社所在地，自然就是这一片地区的政治、经济、文化中心，镇子比双铺村大得多，有一条街道，两边高高的台阶上一家连着一家的铺子，有面馆、肉店、煤店、车马店、百货店、粮店等等。还有摆在尘土飞扬的露天地里的摊子，弹棉花的、修鞋的、买卖牛羊骡马的，特别到了初一十五集市，大街上挤得人都过不去。他们的四爷领着连娃在这一带走过亲戚，说走亲戚名声好听一点，实际上就是要饭混肚子。有一回走到打拉池一家卖面的店铺，他们的四爷活着的时候说：“掌柜的，来两碗炒面片。”吃得爷爷孙子大汗淋淋，香甜无比。可是他们的四爷现在在哪里呢，老人家已经死了好几个月了，老人家被埋在坟地里能知道这两个孙子今天单独去打拉池吗？要是他老人家还活在世上，今天绝对不会让两个孙子去抓药，而且会让两个孙子把小手伸进他的怀里取暖。

弟兄两个人沿着马路快步向打拉池走去，他们时不时地用嘴哈哈小手，用这种办法来取暖。过了马大沟就是朗山，下了朗山台子就看见牛家坝，再往前走十来里路就到打拉池了。在距离打拉池不远的一个高坡上，有一个特大的大涝坝，把上游的泉水集中到这里，然后再打开闸门把聚起来的水往地里引导。闸门就在去打拉池的路上，连娃给弟弟讲：“每次走到这里，我都要提醒四爷说：‘小心点四爷，水渠里有水。’四爷眼睛看不见，就用拐棍小心翼翼地试探着水渠的对岸，试探着挪动着脚，估计好距离了，一个箭步就跨过去了。有时候我先跳过去，然后让四爷把拐棍伸过来，我拉住他的拐棍他一个鱼跃就过来了，我们配合得相当地好，从来没有掉到水里过。可是咱们的四爸就马虎得很。”说着说着弟兄两个已经顺着水渠上结成的冰上过了水渠，连娃继续给弟弟讲四爷过水渠的故事：“有一回四爸领上四爷去打拉池看病，没有说清楚水渠有多宽，四爷一下就跳进水里了，鞋和裤子全都湿了，一路上骂个不停，回来还给大家讲述他的遭遇，气得胡子都抖动着，发誓以后再也不让四爸领他出门了。”

就这么弟兄两个说着走着，十岁的连娃领着七岁的弟弟魁娃向打拉池走去，太阳出来了，刚出山的太阳还不攒劲，所以冷得很厉害，魁娃说：“哥，大哥说过，太阳冒花子，冻出屎渣子。”连娃佩服弟弟的记性好。或许太阳出来照暖了大地或许他们走热了，总之弟兄两个说说笑笑，也不觉得冻耳朵了。

打拉池的街道上满世界都是人，有拉着骡子毛驴的，有吆着猪的，有的用平板车拉着盖房子用的椽子，街上的镰刀、铁锨、木杈、木锨，还有犁地用的木犁。他们这才明白，今天打拉池是集市。

弟弟魁娃走一走停住脚步看一看，把一只手指头塞进嘴里吮着，不知道是饿了还是馋了，或者是冷得手没地方取暖吧。哥哥连娃下意识地摸了一下他妈缝在棉衣里子上的一个小口袋，钱和药方子都装在里面。

挤过人群，弟兄二人来到药铺，药铺坐落在街西头的一间大门面里，抓药的人多得很，药铺的人都忙忙碌碌。有两个人展开药方子用小戥子称，称完了分别倒在三张麻纸上，表明这个药方子要抓三服。有的用铁窝子捣着药，叮叮当当地响个不停。还有一个人坐在板凳上，两只脚来回蹬着一个铁轮子，轮子在铁槽里来回辗动，把弟兄两个看得呆了。

好不容易才轮到他们，连娃把药方子递进柜台，那个人看了一阵说：“娃娃，抓不成，缺的药太多。”连娃问缺多少，柜台里说：“缺了一半，抓回去也没有用。”弟兄两个看了看柜台里的人，又互相看了看，没了主意。

“我把缺的药划出来，你们到别处看有没有。”说着用水笔在药方子上划了一阵，弟兄二人接过药方子都看不明白，字太草，大夫把药的数量写成一个“刀”字，在“刀”字上加了一个点，有的加了两个点，有的加了三个点，他们只能认出来刚才柜台里的人在方子上划的圈圈。

他们从人群中钻出来站在门口直发呆，门口坐着一个吃旱烟的老汉，鼻梁上架着一副老式石头眼镜，见两个娃娃发呆，就停下抽烟问：“娃娃，给谁抓药？”“给我妈抓药。”老汉问：“怎么没抓上？”连娃回答说：“药铺的人说不全，缺的太多。”老汉接过药方子端详了一阵说：“娃娃，你们到兽医站上看看，那里也有中药，兽医和人医都一样，只是量大一点。”两个娃娃听了老汉的话，来了精神，顺着老汉指的方向，从人群中挤了过去。

遗憾的是兽医站也没有这些药，兽医站上的人建议他们到靖远县城里去看看，那里说不定药全。两个娃娃发愁了，靖远县还有七八十里路呢，他们两个娃娃没有办法去。

“哥，咱们回吧。”弟弟魁娃带着哭腔给哥哥连娃说：“我饿得很，腿都软的走不动了。”连娃抬头看了看天，太阳已经偏西了。哪能不饿吗？两个人早上出门的时候，他们的妈妈把一个洋芋掰成两半，一人才一半，这半个洋芋已经支撑了大半天了，肚子早都叫唤开了。

当弟兄两个走到正街上时，各种叫卖声不绝于耳，弟弟说：“哥，你看，”连娃顺着弟弟指的方向看，两个人把羊皮袄的袖子互相对着袖子“这个整，这个零。”原来他们在讲价钱，做买卖的人怕伤面子就用这个办法讲价钱。

又走到一堆人跟前，弟弟魁娃不走了，两只眼睛连眨都不眨一下，直直地盯着看。原来这里在卖油饼子，卖主嘴里叫着，“三块一个、三块一个，不要挤、不要挤。”周围被油饼子发出来的香味笼罩着。他们还是在吃公共食堂初期吃过油饼子，一个人发三个，全家领了二十一个油饼子，妈让他们美美地吃了一顿，从那以后他们再也没有那个口福了，每天只能从公共食堂打半脸盆糊糊，这十多天连糊糊也不给了，舅舅听说他们的妈妈叫人打了，背来些洋芋来看他们的妈妈，姨姨也给他们拿来一些谷子和莜麦子，他们就这么凑合了十多天了。

弟弟看了一阵，又回头看哥哥，不住地咋着小嘴，连娃伸手摸了摸口袋，心里想：给妈的药没有抓上，这钱也不能动，万一用了，妈会打的。

连娃狠了狠心，拉着弟弟往回走，弟弟虽然不说话，却走的极不情愿，路过一家卖白面馍馍的小摊，筛子里装了多半筛子白面馍馍，连娃也觉得这种白面馍馍多少年都没有吃过了，还是 1957 年过年的时候，他妈蒸了好多白面馍馍，上面点着红红绿绿的花。还有那一年他妈领着他去姥姥家，姥姥家给大舅舅娶女人，蒸的各种各样的花馍馍，有小兔子、小鸡娃，还有小桃子。

“两块钱一个，两块钱一个。”主人不住地叫着，连娃实在忍不住了，挤过大人，用手指试了一个馍，温温的，软软的。一个人在他的小手上打了一下说：“娃们家闪开。”连娃挤出人群说：“魁娃，咱们买一个吃吧。”弟弟巴不得呢，当连娃把钱掏出来时心里害怕了，妈妈给他们的钱全部是一角、二角的零钱，最大的一张不过五角，他们的妈妈多不容易呀。妈妈为了拉扯我们弟兄，无冬无夏穿一条单裤子，一个冬天赶着牛拉着石碌碡打磨土地，上午两头牛，中午回来牛休息了，下午再换另外的两头牛，换牛不换人。全庄上二千多亩地就他一个人去打磨，大在外面工作顾不上这个家，家里家外，全是妈妈一个人。半个月前生产队的那些坏人又把妈妈打倒了，要不是舅舅，姨姨接济我们，全家早都饿没有了，连娃下了最大的决心战胜了自己，从人群中挤出来，装好钱和药方子，拉着他弟弟魁娃冻得发红了的小手，头也不回地向双铺村走去。

弟兄两个快走出打拉池街道时，弟弟魁娃吸溜吸溜地哭开了，开头连娃的心还比较硬，拉着弟弟硬往前走，越走越没有决心了，他的弟弟才七岁，别说一整天不吃东西了，就是吃了饭，来回六十里路也是一件十分艰难的事，回头看看他的弟弟，冻得发红的脸蛋上流淌着两行泪水，小小的个头比他自己整个小了一个头，一双鞋子前头都烂开了口子，光光的脚指头露在外面，连娃的心像猫抓一样难过。

他站定了说："魁娃，你在这儿等着，不敢乱跑。"他让弟弟等着，自己折回头，钻进刚才买白面馍馍的筛子跟前，从棉衣口袋里掏出钱来，数了两块钱交给主人，抓起一个白面馍馍就冲出了人群。

弟兄两个把白面馍馍分开吃了，其实要不了几口就吃下去了，魁娃不住地吮着指头，似乎上面沾着馍馍的香味永远都留在那里。

天妈妈黑的时候，弟兄两个才进家门，他们的妈妈挣扎着坐起来给他们热糊糊，他们一边吃着，一边小心翼翼地给妈学说抓药的经过，主要是药缺的太多，人家说抓回来也没有用，说完了又补充说："我们两个还跑到兽医站去了，那里的人说，药方子上缺的药他们站上也没有。"他尽力想通过这种表功的方式掩盖他的过错，因为他把妈的药钱买了白面馍馍吃了。

等他说完了，他的妈妈说："把药方子和钱压到我的枕头底下，过几天你爸回来了，再想办法吧。"

第三节

提起那个年代的事情，他哽咽得几次都喘不过气来，根本就没有办法讲他的苦难经历，经过客人的再三劝慰，他断断续续地讲了家里供应粮被斩断以后的几件事情。其中就说到了过年红烧老哇肉的故事。

妈把老哇肉烧在砂锅子里，放在炉子上用慢火在炖，不但放了盐、花椒，还有姥姥给我们的酱，老人家用粮食做的，味道好得很，烧肉的时候放一些，肉里就会发出来浓浓的香味，能把人熏得醉倒。

不一会，香味就窜出来了，我们兄弟几个十分高兴，盼着能吃到香香的红烧肉，过个好年。

往年过了腊月二十三，家家户户都扫房子，杀猪宰羊，蒸馍馍，年三十写对联放鞭炮，一股浓浓的年味向每个人袭来，大人娃娃都喜上眉梢。

今年不一样了，过了二十三没有一点动静，大人脸上灰灰的，脸拉的长长的，一脸不高兴。娃娃没了往日的热闹，一个个爬在炕上，从早到晚盼着等着食堂的两顿糊糊。我们家更堪，因为救济粮被斩断了，食堂连糊糊也不给我们，这几个月来全靠我妈东家要，西家借，凑合着过日子。转眼到年关了，家里怎么过年，我妈成天发愁的唉声叹气的。

我爸在五区忙他的事，他是大队书记，共产党的干部，是共产党的干部就要操心人民群众。五区和我们四区一样，跌了年景，人们的日子好不到哪里去，大回来时常说五区人也苦得很，快过年了，许多人家连一两面都没有，我不能只顾小家忘了大家。所以我爸年三十了还没有回来，家里就我妈主持工作。

我们看着妈一脸阴云，唉声叹气的样子，心里明白她的难处，我妈很艰难哪！

我想起了我爸对我说过的话："你们要帮助你妈，上回你妈在斗争会上被人打时，你弟弟魁娃赴上去护你妈，这就很好。你已经长大了，周瑜十八岁领兵打仗呢，肖华十八岁当军长呢？你再过些年也就十八岁了，你是一个男子汉，男子汉就要把这个家撑起来。"这话我爸给我讲过好多次了。其实我爸不讲我们也知道可怜我妈。

1956年，高级社时，土地入了社，社员干活时在一起，集体出工记工分，我跟上我妈下地玩耍，社员们都在锄麦子。当我看见我妈十分费劲时，心里盘算着给妈做些什么，就偷偷地顺着麦子行行走到对面，然后锄地迎接我妈。由于年龄太小许多时候盯不住麦子行行，等到满头大汗锄到大人们跟前时，才发现接错了行，给别人帮了忙，妈妈看着我满头大汗，抹了一把说，我娃休息吧，我能成。但是我还是不甘心，过了几天想出了个办法，让妈妈丢下这边，往前走上十来丈，丢下的部分我接着锄就不会错行，这样妈妈第一个到达地的顶头的地边上，可以坐下来休息一会，这就是我对我妈妈的可怜和孝顺。

到后来我觉得我能行，就跟队长说："我也要挣工分。"队长看我这个娃娃可爱，就点头了。从此，我也和大人一样，从早上把太阳背到晚上，队长每天给我二分工。大人每天十分工，妇女们每天八分工，给我二分工已经是很照顾了。

后来我妈冬天打磨地时，我帮助妈拾柴禾，背回来烧灶喂炕，妈虽然苦得很，但看到我十分懂事的样子，也高兴不少，穷人的孩子早当家嘛。况且，我爸讲过，男人要把这个家撑起来。

后来我小弟弟没有奶吃，我和大弟弟每天去羊圈，等羊回来挤奶，无论刮风下雨，三九寒天，一天都没有误过事。

我到九岁时和我的弟弟魁娃、牛娃商量了一下，分了个工，每天下午我负责家里的挑水，一共挑四担，我家三担，我四爷家一担，我弟弟魁娃负责家里的烧炕，牛娃弟弟虽然只有三岁，我也动员他帮妈妈烧火拉风箱。他才三岁玩心还很大，加上饥饿，他不很高兴，我便用我爸教育我的话说："你是男子汉，要把这个家撑起来，要帮妈做点事。"弟弟虽小，却很听话，听了我的一番话也不再顶嘴。

今年跌了年景，我们家又遭了大难，我们跟妈一样，心里难受的没办法，不知道这个年怎么过。

弟弟说："哥，咱们套老哇去吧，老哇肉好吃，上会四爷领你去红沟要吃走了以后，碎爸带我套了一只老哇，我们放在炕眼里烧了吃，很香。"

弟弟的这个主意倒不错。

套鸽子、套老哇是我们庄上半大的小伙子干的事，常常利用天下雪了，飞禽没有口粮，小伙子们用扫把扫开一块地方，下上网子，撒上些秕麦子粒等能吃的东西。只要飞来鸟，准能套住。

我和弟弟找来马翼巴毛，搓成细细的绳子，泡在点灯用的清油里。之所以要泡一泡是让绳子增加光滑度，如同给汽车上润滑油一个道理。我们又找来麻叶，搓成一根稍粗一点的绳子，这跟绳子是用来连接马翼绳套环的，一般的一根长绳子上同时连接十来个套环，套环的一头固定在绳子上，另一头做成一个活的扣子。

做好了套绳，我们拿着，埋在老哇经常休息的山崖上，这个山崖离我家不远，用现在人的话说，在我们的视线以内。埋套绳是很有讲究的，因为跌了年景，所有的动物眼睛都发绿，见了吃的东西，拼上命也要吃到嘴里。人把地上的东西吃完了就在水里，天上寻食物。我们那里没有水，只能在天上寻飞禽，时间长了，鸽子、老哇、麻雀都精得很，你的套子下不好，他死活不上套。还有鸽子比老哇精，鸽子吃东西不喜欢用爪子刨，只要看见了就用嘴吃，即使看不见，它也用尖嘴剖，很少动爪子。嘴是一个尖的，而且前小后大，即便把套子动了也套不住。老哇麻雀笨得很，有事没事落下来先用爪子刨一刨，也可能是祖传的习惯，也可能是饿了的原因。它们只要用爪子刨，爪子攒进马翼绳做的活口套子里，越刨越紧，终于套住飞不走了。长大了以后我明白了一个人生的道理，某人一不小心落入别人设的一个圈套里了，可能这个比方就从套老哇处来的。

我们把整个套绳两头用钉子钉在地上，用面面土把每个套子轻轻压住，上面撒上碎草草，不至于让老哇识破看出这里有人下了套子。如果它们识破了，它们连同它们的儿女、亲戚朋友都不会来上套了。下完了，我们找来几颗秕的粮食，撒在上面，做完了这一切，我和弟弟回到屋里细心观察着。

好大一阵子，飞来几只鸽子，我们高兴得很，屏住呼吸等待鸽子降落，要是能把鸽子套住，那肉更好吃。谁知道鸽子没有降落到我们下套的地方，而是在一边来回走动，嘴里还不时发出咕噜咕噜的声音，我们急得眼睛都快从眼眶里蹦出来了。突然，鸽子呼啦一下飞走了。原来，一只老猫偷偷爬上了山崖，把鸽子吓飞了，看来，老猫也在给鸽子打着主意呢。老猫没有达到目的，沮丧地下去了。

又过了一会，果然飞来了一群老哇，不偏不倚正好降落在我们下了套的地方。真是些马虎鬼，降落下来也不看着地上有没有什么异常，抢也似的用两只爪子交替着刨开了。

老哇是什么鸟，许多人不一定见过，北方的村庄里多得很。我们家乡的天上的飞禽种类不是很多，秋天，排成一字形或者人字形的那是大雁，一般是路过，并不降落。猫头鹰落在树上，况且人家的食物是老鼠之类的动物，对粮食没有兴趣。再就是鸽子，官名叫和平鸽，还有小麻雀。喜鹊是长长的尾巴，黑白相间的羽毛。老哇实际上是乌鸦一个分支，全身乌黑，尾巴很短，有时几千只上万只成群结队飞过来，把太阳都能堵住。它们在天上盘旋一会就落在山上悬崖边上，嗄儿嗄儿的叫个不停。我们把这种情景叫开会商量大事呢，老哇商量给谁家娶媳妇呢、谁家嫁女儿呢、谁家盖新房子呢，所以他们七嘴八舌热闹得很。有时候几千只老哇突然同时停止了吵闹，刚才还热闹非凡的老哇一声不响，大家突然间一言不发，不知为什么，过了一阵子又猛然间嗄儿嗄儿地嚷开了。

这不，真的套住了一只，套着的一只拼命挣扎力图挣脱套在它腿上的绳子，结果这一挣扎，把其他的老哇吓得够呛，连蹦带跳地飞走了。我们高兴极了，直奔山梁而去……

还不等老哇肉烧熟我们都睡着了。我们睡在烧肉的小窑洞里，院子里还有一间四面漏风的破烂房子，妈和最小的弟弟住。

我们正睡的迷迷糊糊的时候，听见妈叫：“连娃、魁娃，快起来，”我们以为老哇肉烧熟了，妈叫我们起来吃肉呢。弟弟爬起来一边揉着眼睛一边笑呢？

“连娃、咱们的肉呢？”妈这一问把我们都吓了一跳，肉不是烧在炉子上吗？我们定眼一看，炉子上只有红红的火却没有了砂锅，我们都不知所措，呆呆地看着妈。

过了一阵子，妈问：“你们没有听见有人进来吗？”

“我睡着了。”

“我也睡着了。”我弟弟十分害怕的跟着我回答。

听完我们的回答，妈一闪出了窑门。我们的脑子一片空白，谁也不说话，过了好大一阵，妈回来了，“肯定叫人偷去了，肯定叫人偷去了。”妈像祥林嫂一样，不住地重复着这句话。

“妈，我们睡着了，没有听见，不怪我们。”弟弟祈求着妈。

“我娃乖，妈不怪你们，妈不怪你们。”妈伸手把弟弟抱在怀里，眼泪像断了线的珍珠。我见妈哭了，我们也跟着哭。妈是很坚强的人，生产队斗争她，社员大会上轰她，狠毒的人踢她、打她，被人打倒在地上口鼻都流血了，她也没有哭，今天她却哭了。

供应粮被斩断了，老哇肉又被人偷走了，这个年我们过的相当地凄惨。

连娃伤心得说不下去了，用两只手把脸紧紧地捂住，身体在索索地抖动。

第四节

老二玉海讲述的另一件遭遇是他要饭时差一点被狼吃掉：

我四爷死了，没有人陪我们要饭了，我们伤心得很，老五碎高娃时常一个人坐在炕上，面对着窗户默默地流眼泪，妈看见了假装没有看见，怕把问题说穿了弟弟的面子挂不住，所以任其自然。

过了几天，我实在忍受不了那种饥饿的煎熬，把家里装米的坛子，盛面的罐罐齐齐地找了一遍，结果，除了失望什么都没有发现。在房顶上找也找不见东西，我之所以上到房顶上，是因为五八年秋天，我妈把队里分来的花生放在屋顶上晒过，我们爬上去偷吃过，但那时候仅仅是馋而已，并不是饿。现在故地重游，是抱着一线希望，看看能不能找见遗漏的花生。还有，我妈和我爸把白菜根、莲花白根、半截子红萝卜等顺手扔在房顶上。妈妈说，跌了年馑有这些东西，喜鹊、老哇就能把命吊住。由于我们弟兄饿得时间长了，那些可以吃的东西早被我们吃掉了，现在再上屋顶也是白上，除了惹出饿虫在肚子里闹事之外，什么作用都不起。

一天中午，天有些灰蒙蒙的，我们把这种天叫迷糊子天。我学着四爷的样子，提了一个装过炒面的小布袋，手里拿了一根麻秆，算是棍子。我爸说过，出门时一定要提一根棍子，有用处得很，狼来了挡狼，狗来了打狗，万一走不动了还可以当拐棍拄。若干年以后，我在外地工作时才知道，南方人出门手里也不空，只不过他们手里拿一根绳子，除了打狼、打狗之外，还可以背东西，拉东西，帮助爬山过河，万一走投无路时还可以挂在树杈上了断自己，我们家乡人叫寻无常。

我按照四爷以前带我走过的路一直往前走，不知道走了多长时间，过了好多个庄子，硬是没有敢进一家人家，也张不开口要饭。我该怎么说呢？学着四爷的样子“他姑舅爸在家吗？”可是我不是四爷，即便主人在家，也认不出我是谁。站在人家门口像狼山庄里抢饭的要饭人一样，肩膀靠在门框上，口里可怜地叫：“老爸爸、老妈妈，给上些吃的，吊一下命吧，可怜可怜吧？”手伸得长长的，脸上的表情十分难看，我试了几次都做不出来。

我四爷要带着我，我绝不受这个难肠，他老人家指点着：这是谁家，大门口有一个石台阶。那是谁家，一连挖了三个窑洞。小心点他家有狗，狮子狗，凶得很……我顺着他老人家的指点只管找亲戚家，从来没有尝过单独要饭这么难。

再往前走就是一个叫做白土梁的庄子，这个庄子比较大，四爷活着的时候带我到这里来过，在一个叫什么常什么年的亲戚家住过一夜，那家人富得很，给我们吃的是油馍馍，还有炒韭菜，呀——真香，我一辈子都忘不了。

我正在想入非非的时候，只听呼的一声，从院里赴出两只大狮子狗，血盆大口中四颗虎牙尖尖的露在外面，还不等我反应过来，狗就跃到我脚底下了，“妈呀，妈呀。”我被狗吓得不知怎么办，血拥上了头，全身发抖，手里的麻秆子也不听指挥了，口中的叫声也是紧张到极处时发出人性本能的号喊，接着我就吓得倒在地上，准备让两只狗咬掉几疙瘩肉。

我们家乡属于那种荒山野岭，又是山高皇帝远的地方，家底厚实些的人家都养着狗，而且都是狮子狗，头大大的，毛长长的，尾巴朝上卷成一个圆圈，凶得很。天热时狗趴在地上呼哧呼哧地喘气，一旦有个风吹草动，两只耳朵就立起来了，尤其是家里来了生人，他肯定赴出来，而且气势凶猛地给主人尽职尽责。如果主人不管，狗肯定会赴倒行人，咬上几口，轻者叫狗咬流血，重者多半把腿上的肉撕掉了。这种狗后来我才知道叫藏獒，值钱得很，现在一只藏獒能卖百十万块钱。这当然都是后话。

当然，狗再怎么厉害，我只是听说，谁家的狗把谁谁谁咬伤了，在家里缓了半个月。谁谁谁叫狗把衣服撕的稀烂，好再没伤着人。我们从来没有听过谁家的狗把大人咬死或者把小孩吃了的传闻。再加上我叔伯大哥家就养过一只狮子狗，我们小的时候，对我们很友好，从来没有咬过我们，连张开嘴巴吓唬我们的事都没有发生过，往往我们摸摸它的头，它还给我们顺从的摇尾巴呢，有这些心理防线，我对狗的害怕程度绝对没有像狼那么害怕。

听见狗的叫声和狗追出门的声音，再传出了一个娃娃的哭喊声，那家女主人知道事情不妙，一边喊着“花子、花子”一边从大门里追了出来。

没想到我吓得倒在了地下。咬紧了牙，豁出去了，知道今天这一顿狗咬是躲不过去了，闭上两只眼等狗上来呢。结果，我这一倒地反倒把狗吓了一跳，两只狗先是一愣，接着倒退了几步，不叫也不赴来，只是虎牙露在红红的嘴里，发出呼呼声。

女主人看见一个孩子倒地上，浑身沾满了土，又见脸色苍白，全身抖着，她有些害怕，以为狗把祸闯大了。说真的，如果真把我咬伤了，这家人脱不了干系。女主人把我扶起来，问：“娃，把哪里咬了，叫我看。”我直摇头，还没有办法说话。女主人把我的全身上下摸了一遍，不放心，又把裤腿拉起来，看看是否把腿咬伤了，当确认狗没有咬着我时，回头对呼呼作响的狮子狗吼道：“快回去，看把人家娃吓成啥了。”两只狗知趣而又无奈地走开了。“你谁家的娃娃，要饭也不看看有没有狗，万一把你咬着了咋办？”说完女主人把我的麻秆交给我，拔打了我身上的土，刚进门不一会又拧着身子闪出来了，手里拿着三颗热热的洋芋塞到我的要饭小布袋里，说：“赶快回吧，天都快黑了，家是哪里的？”我回头看了一眼女主人，心里十分感激，又看了看趴在地上喘气的两只狗，逃也似的离开了。

我来到一个土窑洞门口，向里面看了看，里面空空的，而且不大，还有一个炕，我心里想，八成是看瓜的人住过的。我坐在窑洞的炕上，这才想起来，口袋里还有吃的，拿出热热的洋芋，迫不及待的吃起来。

我一边吃一边想，我今天还算走运，叫狗吓了个半死，却要到了三个洋芋，真香啊！我又想起我的四爷，他老人家领上我要饭，我从来都不发愁吃不上，喝不上，只要我给他把路领好，我就能吃上。许多时候，我们爷孙还又说又笑，他时不时给我讲些故事，都是他年轻时候的经历。为了打发时间，抵抗饥饿，四爷还给我们耍魔术，拿来一双吃饭用的筷子，一只拿在手上，另一只横搭在这只筷子上，一只手装模作样的在抽丝一样抽，横搭在上面的筷子蹦蹦跳跳的在跳动，我们惊呆了，不知四爷施的什么魔法。我们都想知道谜底，四爷越不告诉我们，最后达成了条件，我们每天给他老人家抬一桶做饭的水，他就给我们教会用筷子抽丝的魔术。

当然，给四爷抬水这件工作，我们长大了一些以后主动承担了。穷人家的孩子早当家，我们那时候虽然十岁左右，孝顺老人我们是懂得的。

我想到了四爷的情景，眼泪不由自主地涌了出来。还剩了一个热洋芋，我舍不得吃了，得留下给我妈和我的弟弟。

有了两个洋芋垫底，全身都舒服了，当我靠在窑洞的墙上时，两只眼睛开始打架了，头也由不得自己歪来倒去，我太困了。

隐隐约约我感到有什么东西在微微的发声，我抬起眼皮，窑洞外面黑咕隆咚的，不知道太阳什么时候落山了，也不知道天黑了多长时间了。猛看见两只红红的眼睛放着绿绿的光，我感到事情严重。听我爸说过，晚上看见红眼睛放着绿光的东西，肯定是狼，千万要小心。我爸说过，狼吃人时先咬住脖子，等把血吸干了才吃肉，所以万一在野地里碰见狼，千万把脖子护好。

妈呀！我碰见狼了，我真的要死了，没有被狗咬死，今晚上要死到狼嘴里了。

我屏住气在等待动静，头发端端地竖起来了，浑身都感到发麻。

狼也在看着我，我们两个在对视着，我的眼睛不敢眨一下。我猛想起我爸的话，抬手抱住脖子，等待着说不清的事情发生。

没想到我这一动，把狼吓了一跳，只听呼的一声，狼没了踪影，这时我才喊出声来："救命啊，来人啊！妈呀！妈呀！"

第五节

在电话里联系到了在外地工作的张志德的二儿子玉海，因为当过领导，所以就比较健谈。说起过去的事情，字里行间都透露出伤感的心情。

"老二，你得经常回来看看，人常说叶落归根，你出门 50 多年了，如今年岁大了，回来吧。”我说：“哥呀，本来生我养我的故土我不能忘记，但是我每每想起过去的苦难，我就觉得心里像猫抓一样。”

自从我们家安了电话，我哥和我弟就经常给我打电话，哥在我们几个弟兄中间是老大，我是老二，但在我们家族排行中他是老三，我是老四，我们上面还有两个叔伯哥哥。

我从 1963 年上中学开始就离开了家，中学毕业后又当兵四十年，如今退休已经好几年了，六十大几的人了。我对家乡的思念是另一种感觉，用现代人的语言叫很受伤，不愿意提起，也不想回去。

我哥说：“都过去了，不要再想那些事了，斗争妈的人大都入了土，妈还活的好好的，在斗争会上动手打妈的人死了都快二十年了，死的时候很可怜，突然间不会说话了，炕上吃炕上拉，爸看过几次，拉着爸的手只会哭不会说一句话。挖了奶奶坟的人手烂了好多年，跑遍了大小医院谁也没办法。如今手上包一个大绷带，拴根绳子吊在脖子上，怪可怜的。你打听一下，你们那里的大医院，如果有办法给联系一下，帮忙看看，人到难处了，咱们得帮一把。斩了咱们粮的几个人都作古了，其中有一个年岁大，儿女们不愿意养活，老两口饿死到炕上了，等村上人发现时都臭在房子里了，地上的蛆有一寸厚，苍蝇多的能把太阳遮住。哎！人哪，还是多做些善事的好。”

我回到家的第一顿饭是嫂子给我做的白米饭，像城里人一样炒了好几个菜，吃完饭我哥习惯性地用舌头把碗里头舔了一遍，我自始至终睁着眼睛看着我哥的一举一动。完了，问道：“哥呀，咱们家的粮食够不够？”我哥说：“老二呀，你怎么尽问外行话呢。咱们家自从你当兵，老五工作以后，彻底翻身了，欠队里的钱还清了，几个弟弟，侄子把媳妇娶上不说，家家都盖了新房，买了小汽车，粮食堆天攘地，吃不完发愁得很，卖又没人要，卖不出个价钱。哎，要是过去——”

说到这里我哥停住了话头，把目光挪到窗子外。停了好几分钟，才回过头来了说："过去咱们这里靠天爷吃饭，搞深翻土地，合理密植，还有丰产亩千斤亩过黄河跨长江，把人累扎了，粮食还是不够吃。可现在打了好几口井，咱们这里水地多得很，一人有一亩半。爸年轻的时候做的神木头的水后来又改成塑料管子，吃水的问题彻底解决了，兰州来人化验了，说含多种矿物质和微量元素。兰州人、白银人开着汽车来拉水。老二，你知道咱们现在一亩地打多少粮食不？"我说不知道，我哥说："一千二百斤。"这是盘古治世开天辟地以来没有过的。咱们家好四五年都不种庄稼了。几个弟弟要么种一点经济作物和油料作物，要么把地养着。我哥显出日子富欲以后的骄傲和自豪。

老二，我给你说个故事：兰州来人到咱们这里拉水来了，我们坐下来拉家常，我说：过去，我们日子过的艰难，吃不饱饭，经常吃糠咽菜，你们城里人白米细面，我们羡慕死了，如今我们生活过好了，吃上白米细面了，你们城里人可满世界寻着挖野菜吃。过去我们穿衣服是新三年旧三年，缝缝补补又三年，衣服烂的走不到人前头，你们城里人又是卡几又是华达尼，大人娃娃里新外新三面新，如今我们也有了新衣服穿了，再也不怕露出肉来了，你们城里人倒好，专门把衣服挖烂，剪开，把白生生的腿露出来，把后背腰露出来，把肚脐眼露出来。过去我们没有水吃，到山里找泉水，你们城里人日子过得滋润得很，龙头一开，自来水都能淌到锅里，把我们乡下人眼热的要死，如今我们日子过好了，我们也有自来水了，谁知道你们却开上汽车满世界寻泉水，还说是什么矿泉水。过去我们巴完屎没有啥擦屁股，到地里抓一块土疙瘩擦屁股，你们城里人上完厕所用卫生纸，现如今我们日子也过好了，上完茅房也用卫生纸了，谁能知道你们却用卫生纸擦开嘴了。

我当过老师，说话有意思得很，把兰州来拉水的男男女女说的前仰后合的，眼泪都笑出来了。

我哥眉飞色舞地给我学着他和兰州人的说笑，自己却不动声色，我想大概是他经历的苦难太多的缘故。

“哥，” 我接过我哥的话茬子说，“咱们小的时候的事情你还有印象吧？”“嗯。” 我哥只一个字，然后又陷入了沉思。

“有一天晚上，妈安顿我们睡下了，然后从灶火门口的地上用炒菜用的铲子挖开了一个洞，从土里掏出十来个洋芋。我看的真切，饿虫、馋虫一齐冒出来了，使劲挤着眼睛假装睡，却怎么也睡不着。

妈把洋芋切成片，然后点着麦草火把锅烧热，再把洋芋片放在锅里烙，烙好了装在一个小布袋里，又把小布袋埋在麦草堆下面，做完一切已经很晚了，我多么希望妈能给我一片烙熟了的洋芋片吃一下，可是没有，妈始终没有看我们睡在炕上的弟兄。

妈也上到炕上了，可是妈没有睡，把烙洋芋片时用的煤油灯端过来放在窗台上，取过我们弟兄的衣服一针一线地缝补上了。

我的希望彻底破灭了，无可奈何的睡着了。

“连娃，快起来，去给咱们打饭吧，食堂怕快开饭了，吃了饭你哥还要上学校呢。” 我哥在三中上学，三中离我们家三十里路，在当时交通不便，来回都是两条腿，差不多每周回来背粮，家里有什么背什么，大部分时间背杂粮炒面，有时候也背些生洋芋生萝卜什么的。生洋芋自己下课了在食堂烧一烧吃，萝卜只能和同学换着吃了，这个星期回来，家里的供应粮被斩断了。

“妈，你怕是饿糊涂了吧，生产队把咱们粮食斩断了，你忘了吗？”

妈愣了一下，不再言传。

过了一会妈把麦草下的小布袋拉出来，交给哥说：“你先背上这些洋芋片片上学吧，到学校省点吃，家里也断粮了，下周回来妈给你烧莜麦面糊糊。” 哥低着头嘴里支吾着应付着。

妈刚把哥打发走，我一个蹦子跳下炕，朝哥追了出去。

当我在村口追上哥时，他手里提着装有烙洋芋片片的小布袋，低着头只顾朝前走。

我追到哥跟前一把抓住小布袋，想抢回来。

我哥怕是意识到了粮食的宝贵，小布袋系系缠在手腕上，然后提在手里，当他发现我跑来和他抢小布袋，两只手拼命地抱住不肯松开。你想想，这只小布袋里装的绝不是烙洋芋片片，这是他一个星期的生活资料，是他的生命。

他抢我也抢，两个人在地上厮打了起来，我用牙咬他的手，他用脚踢我，两只手死死抓住装洋芋片片的小布袋不肯放手。

“土匪，你把粮食都背走了，家里人吃什么？”

或许是我这一句话伤到了我哥的疼处，他不再抢了，两只手无力地塔拉下来，目光呆呆地看着我。

我见哥不再和我抢小布袋，三下两下地解下小布袋来，头也不回往家走去。

我哥不说一句话，回头只顾往学校走去。

过了些日子，我去姥姥家要吃的，姥姥问我，是不是把我哥的口粮抢了，我问姥姥怎么知道的，姥姥说：“大队长从打拉池回来的路上碰见你哥，说你哥哭着去了学校，”姥姥说：“娃娃，你也太下茬了。”

我哥默默地听着我的讲述，不说一句话，完了轻描淡写地说：“我怎么记不得了。”

我的哥呀，五十多年的良心谴责着我，折磨着我，我总想找一个合适的时间，合适的地点向哥赔个不是，让他不要再记恨我，没想到他老人家却记不得了。

我的天神呀！

第六节

在白银市平川区的广场上他们找见了老三玉江，大家说明了来意，玉江说："不想再说那些事情，都过去几十年了，况且我大哥不让我们再提那些想伤心的事情。""你大哥的家法还很严啊？""我爸我妈过世，我大哥就是我们家的掌柜的。长子如父嘛，我们都得听他的。"经过再三的劝说，玉江还是说了一些那些年的事情。

大约是1960年，12月的天气，在我们家乡已经是冷得很了，土地都冻的硬邦邦的，万物都龟缩在窝里，特别是我们喜欢的黄鼠，劳作了一个秋天，该挖的窝挖好了，该拉的仓都拉满了，一家子卧在暖融融的窝里，不愁吃不愁穿，要多幸福有多幸福，我们要是和它们一样就好了。

一天下午，天擦黑的时候，妈从地里回来了，放下拾来的柴草，从大襟子衣服下面的口袋里掏出来个黑疙瘩，我们在灯下看了好大一会，终于认出来了，这是一个冻成黑色的洋芋，我问妈："妈，哪来的。"妈说："放猪的田胜给的。""田胜哪来的？""田胜说他给队里放猪，发现猪在挖过洋芋的地里用嘴拱一阵，吃一阵，可香了，赶都赶不走。每天早上猪圈门打开，还不等关上门呢？猪跑的不见了影子。找来找去，原来猪把嘴吃馋了，一放开就往种过洋芋的地里疯跑。跌了年馑，猪的日子也难熬。

"能不能吃？"我睁大眼睛问妈，妈说："怕能吃吧，猪吃了都没啥事，人吃也不会有什么的。"

我和老四玉彦在炉子上支了个小砂锅，把黑黑的冻洋芋放进去，煮了约莫有一袋烟的功夫，我们都认为熟了，因为大人们煮洋芋时也就这么大的功夫。一锅洋芋都能煮熟，何况我们才一个洋芋。

我们从滚烫的水中抓出黑洋芋，怕烧着小手，赶快丢在炕上，用嘴对着手吹气，让抓过洋芋的手凉一些。弟弟急得用手去摸一下发烫的黑洋芋，赶快又把小手缩了回来。

过了一会，洋芋凉一些了，我放在手里感到沉沉的，掰开一看，里头和外表一样黑，我分一半给玉彦弟弟，然后试探着用牙咬了一点。人们常说第一个吃螃蟹的人必定是英雄。我不知道第一个吃螃蟹的人是不是也和我们一样，在跌了年馑的情况下，饿急了才冒着生命危险吃了第一只螃蟹的。为了活命吃了螃蟹，反倒成了英雄，真是歪打正着。

根据我8岁的经验，坏了的东西发臭，也发苦，但是这个黑洋芋却不是那样的坏了，既不臭也不苦，咬在嘴里柔柔的，筋筋的，也感到香香的，“妈，能吃。”玉彦弟弟见我吃了一口，又听见我给妈说能吃，也大着胆子吃起来，一边吃一边咂着嘴巴，说：“好吃，好吃”。

妈看着我们弟兄两个人狼吞虎咽的把一个黑疙瘩吃下去了，脸上露出了极为复杂的表情。

“妈，我没有闹死，还活着呢。”鸡叫头遍时，弟弟先醒来了，给妈说着他的感觉，因为昨晚上吃了坏洋芋。从妈复杂的面部表情中读出了她的含义，弟弟紧张得一个晚上都没有睡好，生怕发生意外，好不容易坚持到鸡叫，赶快把喜讯报告给妈了。

鸡叫头遍在我们家乡是一个非常吉利的时辰，大人们给我们讲古经讲鬼神，都把鸡叫头遍作为故事的转机，鸡叫头遍证明太阳快出来了，黑暗即将过去，光明就要来了，牛鬼蛇神都该走了。

妈说：“睡吧，我娃不会死。”我吃了坏羊于也很紧张，害怕被坏羊于毒死，所以一个晚上也没有睡着，听了弟弟和妈妈的对话，我终于放心了，虽然没有发言，但也庆幸自己没有因为吃坏洋芋要遭受不测，听到妈的说话，我才长长的出了一口气，翻了一个身，这才睡了。

第二天中午喝完糊糊，我叫上弟弟，到村子外的地里寻找田胜放猪的地方。田胜放的猪一共十来头，是生产队里集体养的，个人不许养牛、羊、猪、鸡，只好由生产队集体养。夏天养猪喂些青草还能凑合，到了冬天猪没啥吃，就难养得很，队里安排个人每天放猪。其实猪放出去也没有啥吃，冬天的地里一片凄凉，连个草叶子也没有，所以放猪也是白放，幸好挖过洋芋的地里有拾不干净的，挖不干净的洋芋，猪找见了，拱开冻土，拱出来就吃。

生产队田胜放的猪都是黑颜色的，所以我们站在高处就能看见，我们弟兄二人用眼睛扫了一周，终于发现在米家沟的山坡上有十来个黑点点，我们断定猪就在那里，于是向那个地方赶去。

田胜腿不好，走路日天晃地，我们不好说人家的生理缺陷，把矛头转移到客观上，起外号叫个“路不平”。叫“瘸天胜”也好，叫“路不平”也罢，他都不生气。放猪也是个累人的活，所以他便在一个高处躺着，任猪在地里寻食吃。

我和玉彦弟弟跑到猪跟前时，田胜发现了，头也懒得抬，问了一声：“你们两个不好好念书，跑来干啥？”田胜是我们家的什么拐弯亲戚，和我平辈，所以我们叫他哥，叫哥还在前面加上名字：“田胜哥，我们跟上猪拾几个洋芋吧。”田胜哥说：“猪都吃完了。”

我们也不管完了没完，也不管田胜哥让不让拾，就开始目光四射了。当我们看见两头猪一起拱一个地方，断定那里必定有洋芋，抢先追过去，赶开猪，用小手刨土。

我们后来终于明白，猪的鼻子灵敏极了，那里有好吃的全都能寻着，原来老天爷制造猪时给它一个长鼻子，是有用处的，让它在跌了年景时能寻着吃食，不至于饿死。

开始，土有些冻硬的样子，我们找来尖尖的石头挖，大约挖了有半尺深，一个圆圆的发黑的东西露出了头，再往下挖了一阵，一个大大的洋芋出土了，我们两高兴的不知道说什么好，死死地捂在手里，害怕它重新回到土地里，也害怕它被猪抢去似的。

过了一阵，我们又发现个猪扇着大耳朵，用长嘴拼命地拱地，我们又发现了新大陆，把猪赶开，又挖出一个老洋芋。

这一天我们跟上猪一共挖出了大小五个洋芋。

妈把洋芋洗干净，切成块，下在莜面糊糊里煮成了黑糊糊。

那顿吃饭大家吃得十分高兴，连最小的弟弟都吃得直咂嘴巴。

几十年以后我在外边工作了，有一回我回家问我妈和我大哥，冬天坏在地里的洋芋还能不能寻见，我想吃。

妈说："快把人饶了吧。"

大哥说："我们试过，现在冬天的坏洋芋又臭又苦，进不了嘴，根本没法吃。"

妈说："跌了年馑怪事多，那时候，坏的发了黑的洋芋都能吃，说明老天爷不收咱们娘母子。你爸跟上共产党干革命把人家阎王爷得罪了，阎王爷和咱们有冤呢，不收咱们。"

第七节

我们弟兄一个比一个小三岁，吃公共食堂的年月我们总共弟兄五个，我大哥，十三岁；再往下的弟弟以此是一个比一个小三岁，我排行老六，四岁多。

最小的弟弟老五才一岁多些，不到两岁，不太懂事，饿了只知道哭，只要眼睛一睁开就唔唔地哭，家里整天都笼罩在一种哭叫的声音之中，哭累了含着自己的手指睡着了，口里还时不时地吸吮着、咀嚼着。

我上面的几个哥哥年龄大些，懂事些，再饿也不哭不喊，干熬着。老三魁娃哥说："牛娃，我想了个办法，实在饿得很了，就喝些水，要不然难受得很。"

我只有四岁多一点，有时饿得很了也哭一会，但他们哄一哄或者也照着三哥的办法，给我也灌些水，止我的哭声的效果还是比较灵的。胃里本来就空空的，什么东西都没有，灌些凉水从体积和重量上讲是装了不少，但没有任何作用，三哥走路时，肚子里咕嘟咕嘟地直响，他站住听时，却不响了，再一走，又一响，他觉得十分好玩。后来，他发现跳一跳，肚子里的水也能发声，用小手拍拍肚子也能发出响声，所以每当喝了凉水，他就自顾自的玩上一会。但是纸里终究包不住火，饥饿不是水能压住的。到头来他还是淌眼泪了。

以前家里每天还可以从公共食堂打回来多半脸盆子和和面糊糊，一个人虽然只能分上一碗，但是终归还有。自从我的妈妈被人打倒以后，生产队里把我们的供应粮斩断了，全家人承受着饥饿的煎熬，不论白天还是晚上，我们定定地趴在炕上不敢动弹，也动弹不了。一个个饿的眼睛都塌了下去，胸前一根一根的肋条都暴露在外头，看得清清楚楚。实在要是饿得受不了了，就下去喝上半马勺冷水，结果下炕容易上炕难，硬是没有力气爬上炕来，我妈妈不得不给炕沿下面垫上几块胡基。我们爬在炕上几乎看不到还有几个娃娃，还以为是装粮食的几条空口袋呢。

有一天，他们发现我的肚子鼓鼓地回来了，爬到炕上不大功夫就睡着了。我们以为他自己喝饱了凉水，肚子有东西了，没有饿的感觉了就睡着了，大家都没有在意。接下来，每天到中午饭吃完我都鼓着肚子爬上炕睡觉，不喊饿了，也不哭了，我的几个哥哥觉得奇怪，他们闻了闻我的嘴，又摸了摸小肚子，除了鼓鼓的感觉以外并没有什么异常情况。他们互相交换了眼色，决定看个究竟。

第二天中午时分，我乘着他们不注意的时候，顺着我们家的窑洞墙边慢慢地向前运动着。我从小就营养不良，长的又瘦又小，身体靠着墙边，不注意看你还真的发现不了我，他们也不惊动我。

他慢慢地走到我们家的房屋后，有顺着猪圈墙溜进了猪圈，挤在猪们中间不动了。

过了一会，食堂做饭的人挑了一扁担猪食，那叫什么猪食，完全是糜衣子，还有涮锅水，星星点点夹杂着一些糊糊疙瘩。这种猪食要放到现在，猪根本就不吃。现在生活水平提高了，猪们也难伺候得很。一般的饲料、粗粮猪连闻都不闻，要吃细粮加上细菜呢。

食堂的人就顺着墙将两桶猪食倒进了猪圈边上的猪食槽里，十几头黑猪相互挤着、叫着，两只扇子一样的耳朵上下煽动着，拼命地抢食吃，倒完了猪食，食堂的人挑着两只空桶回去了。

这时，我也挤进猪群里与猪们争抢着吃食。

我的几个哥哥惊呆了，不知叫好呢还是不叫我好呢。

过了不大功夫，猪们把槽里的猪食吃的一干二净，我也站起来翻过猪圈墙，又沿着我们家窑洞的墙边往回运动。

等他们几个回到我们家的破房子时，我已经又睡着到炕上了。

我吃猪食的事在我心目中留下了十分痛苦的记忆。虽然现在不缺粮食吃了。但我心底里总害怕发生饥荒，断了粮食。所以只要有机会就叮咛家里人，一定要存些粮食，万一跌了年馑断了粮，你们才认得锅是铁的呢？

第八节

“我小的时候，我们家的日子过得太可怜了，我成天饿得哭，我都两岁了还不会走路，如果想到某一个地方去，要么爬行，要么靠屁股和腿的互相替换向前挪进。从我们家到前院子四奶奶家也就二三十米距离，我要爬行好久才能到达目的地。也许是我饿得太厉害了，也许是年龄小的孩子鼻子特别敏感，四奶奶在炕洞里烧一个洋芋我都能闻见，于是我不告诉任何人，偷偷地溜下炕向前院爬去了。”

老五玉祥回忆着当年供应粮被斩断的情景时如是说。

我妈懂得我，只要看见我偷偷溜下炕，心里明白我准是闻见四奶奶家有吃的东西了。

有一天，我从四奶奶家里回来时，手里拿着半个糜面饼子，爬上炕来一个人偷偷地吃着，连大气都不敢出。我大哥发现了，慢慢凑到跟前，盯着糜面饼子两只眼睛都直了。我哥不善言辞，又是家里的老大，他再饿从来不说饿。后来我终于明白了，他是家里老大，老大在一个家里吃的苦最多，受的委屈最多，做的贡献最大，获得的认可最少。吃公共食堂的那几年，他正在打拉池三中上学，每周回来背些糜子炒面，背些洋芋片片，就能将就一个星期，饿得脖子长长的像只大雁。

大哥盯了一会对弟弟说："来，哥哥给你咬一个月牙。"

我眨着眼睛问："咋咬？"

大哥说："用糜面饼饼咬。"

一听用糜面饼饼咬月牙，如同要我的命一样，赶紧把糜面饼饼藏在身子后，我以为这样最保险、最安全。

"拿过来，哥给你咬，咬一个月牙，好看得很。"

我经不住大哥的哄骗，把糜面饼饼递给了他。

大哥说："你看，你这个糜面饼饼只有半个，如果把中间咬一口，就像月牙了。"

"那你咬个月牙我看。"我同意了。

"哥咬了你别哭，噢。"大哥很有同情心。

"不哭。你咬吧！"

大哥先在中间咬了一口，觉得不太像，又在两边补咬了两小口，一个月牙成功了。

我没有明白过来问题的核心在哪里，只是看见一个糜面饼饼子变成了月亮，接过来高兴得很，左看看、右看看，两只小手捧住我心爱的月牙。

大哥不忍心当着我的面咽下嘴里的糜面饼饼，转过身子闭上眼睛吞了下去。

我妈进来了，我高兴得举着月牙叫妈看，妈问哪来的糜面饼子？我说：“四奶奶给了半个，我大哥给我咬成月牙了，妈，你看像吧？”大哥害怕妈妈看出破绽，一拧身子出去了。

妈说：“像个月牙，像个月牙，你赶快吃了吧，小心一会月牙没有了。”

“月牙咋能没有呢。”我不理解地问。

“一会月牙就叫天狗吃了。”妈胡乱地应承着。

天狗果然进来了。

我的四哥牛娃从外面回来了，满身沾着黄土和柴草，一走一筛哗。实话讲，我们兄弟们和我妈的穿衣比现在街上要饭的差远了。牛娃哥只有五岁多。

我这一回学聪明了，这叫做吃一亏长一智。我害怕糜面饼饼再变成更小的月牙，连吞带咬，把月牙形的糜面饼饼吃进嘴里了，由于吃进去的东西太多，把两边的腮帮子鼓得圆圆的，像个小猴子。

“吃的啥？”老六牛娃哥见我的嘴在动弹，问了一句。

“娃没有吃啥。”妈妈替我打着圆场。

“没有吃啥。”我也配合着妈的回答。

“张开嘴我看看？”牛娃哥不相信，非要看个明白不可。

“张开嘴。”牛娃哥哥服气，命令似地说。

“啊——”我终于张开嘴了，嘴里还含着没有来得及咽的糜面饼饼，却已经嚼成了一团糊糊状了。

牛娃哥哥伸出食指来，以迅雷不及掩耳之势，从我的嘴里抠出一团糊状的糜面饼饼，又飞快地塞进自己嘴里。

我发现自己嘴里的食物被人掏走了，生存的意识促使我奋起反抗，伸出小手在牛娃哥哥的脸上狠狠地抓过去，牛娃哥哥的脸上被抠出了几道血印子。

牛娃哥哥哭了。

我也哭了。

第九节

生产队里把我们家的供应粮斩断时，我才两岁，那种要命的记忆让人太伤心了。老五玉祥如是说：

问：天王盖地虎。

答：宝塔镇河妖。

问：正晌午说话谁也没有家……哈哈。

答：马哈、马哈。

问：脸红什么？

答：精神焕发。

问：怎么又黄啦？

答：防冷涂的蜡。

问：照这么说你是许旅长的人啦？

答：许旅长的司马副官胡彪。

这是智取威虎山里的杨子荣与土匪一问一答对黑话。

我两岁多的时候也会说黑话，不过不是这种黑话，而是另一种黑话，是我妈为我专门设计黑话。

我是1958年出生的人，到1960年时才两岁多一点，饥饿在我的心目中留下了太多的刺激，以至于到现在五十多岁了，一提起当时的情景就泪流满面。

我们家的供应粮被生产队斩断以后，日子一天一天地没法子熬了，我妈东家要西家借，只要能吃的东西都想办法弄来叫我们度饥荒，大部分时间是我们的姥姥、舅舅、姨姨家给吃的东西，邻村的本家日子比我们好过些，况且入社的时候还多少存了些私货，跌了年馑他们也能坚持一阵子，当然他们也听说我们家的粮被斩断了，所以只要是我妈去一趟，必定不会空着手回来的。

我妈要回来的粮食连皮磨成面，打糊糊让我们喝，情况好的时候给锅里下一些洋芋，这一顿饭就算好得很。

我从生下来就挨饿。没有吃过什么好东西，只要有吃的东西就觉得高兴地很。所以，特别爱吃糊糊里的洋芋，经常喊着要洋芋吃，每当这个时候我妈自己舍不得吃，把碗里不多的几块洋芋捞出来给我吃，她自己只喝些稀糊糊。我到现在也搞不明白，我妈为什么那么坚强，经常吃不上还要干活，干完活还要要饭养活一家人。

有一回，我们正在吃晚饭，全家人一人端一碗糊糊喝，只听我大哥在门外使劲咳嗽了一声，我妈听到了我大哥的咳嗽声，很麻利的把锅里的洋芋捞出来，藏到草底下。

每顿吃饭，坐在院里的我大哥一边喝一边放哨，万一有人来了，就使劲咳嗽一声，我妈立刻就把下在糊糊里的洋芋捞出来，装在一个脸盆子里，连盆子藏到灶眼门子跟前的草底下，动作之迅速，隐蔽的之严密，任何人都看不出破绽来。

我妈藏完洋芋后，端着半碗糊糊坐在灶眼门子跟前，有气无力地喝着，眼睛却不离门外，看到底什么人来了。

我们家的供应粮被斩断以后，村上不断地有人来家里侦察，进到破烂房房里，也不打个招呼，不问青红皂白，满世界乱翻一气，连铺在炕上的草席都要揭起来，看是不是藏有粮食。有时候把炕眼门子打开，用推耙子掏出草木灰来，看里面有没有藏粮食。在他们的心目中，我们家是有粮食的，一来我爸是干部，他们认为入社的时候我爸把家家户户的粮食拿到自己家里藏起来了，二来我妈被人栽赃说偷过生产队的麦子，我妈挨了斗争，还被人轰，被人打倒在家，病了好些天。每到吃上午饭、吃晚饭的时候，生产队上的积极分子来的特别勤，时不时就闯进来一个人，来了没有什么事，话也不问一声，揭开锅盖看上一眼，有时候用木制的饭勺搅几搅，然后悻悻地走了。

这次来的是乔士捡，满脸扎扎胡子，连胸前、两只胳膊、两只腿上都长满了毛，嘴一张，不等说话呢，红红的牙床先露在外头，再托着满嘴的烟熏黑牙怎么看怎么不顺眼，我们从小都害怕他，背地里叫他是黑曹操。

他是生产队的积极分子，谁家有什么情况他肯定第一个找干部报告，按说我爸当干部与他们没有什么冤仇，不知道为什么他偏偏就跟我们过不去。

扎扎胡子进来以后，先在屋里扫了几眼睛，接下来揭开锅盖看了一阵，又闻了闻。好像放心不下似的。用木勺子搅了搅，没有发现什么，他又不甘心问我妈："粮都断了两个月了，你们怎么还有吃的？"

我妈低着头只喝糊糊，没有接应话题。

"洋芋，妈我要洋芋。"我又哭又叫，一个劲地用小手指着锅要洋芋。这还了得，当着侦探说洋芋，这不等于自投罗网么。

我妈站起来说："饿急了你就胡要，这年景哪来的洋芋。"

我不服气，一个劲地喊洋芋。我妈急了，拉过我在小屁股上扇了几个巴掌，我挨了打，屁股生疼，只能哇哇地哭，顾不上要洋芋了。我妈这一招真灵，真是急中生智，用一个矛盾掩盖了另一个矛盾。

扎扎胡子自讨了个没趣，转身出去，走了。我妈赶紧过去抱着我，我冤枉的哭、疼的哭，我妈伤心的哭。

哭了一阵，我妈说："我娃不哭，我娃不哭，以后记住，那个东西不叫洋芋，叫个巴。"

"个巴，个巴，妈，我要吃个巴。"我的小拳头一捏一捏的学着叫。

通渭、会宁、甘谷、武山、天水要饭的人拖儿带女，成群结队从我们村上路过，灰蒙蒙的脸上一点表情都没有，只有两只眼睛不时地动一下，这才告诉人们，他们还活着。每当开饭的当口，各家门口总围上几个人，有的端着碗，有的张开小布袋，向主人投来期盼的目光。小娃娃们则伸着小手，展开手指要吃的，我妈心肠软得很，见不得娃娃们要饭，只要门口有带着娃娃要饭的，我妈总要给他们半碗糊糊。饿急了的我眼睛死死地盯着碗，万一发现有洋芋块块在其中，就大声叫着“个巴不给，个巴不给”。

有一回，队里的侦探刚走出门，我们的一个远方姑姑来了，这个姑姑嫁在了离我不远的杨崖湾。由于从小没有文化，又在闭塞的农村里长大，加上从小营养不良，所以从我们记得事情开始，这个姑姑就永远给人一种心不在焉的样子。

我妈正准备把捞出来的洋芋块块重新倒进锅里，转身一看我姑姑来了，我妈十分麻利地又把洋芋盆盆塞进草堆里了。不是我妈六亲不认，跌了年馑，自己的儿女还拉扯不到世上呢，其他人就顾不上了，护崽是人的本性。

我姑姑可能看见了，顺势坐在我们家的炕上，眼睛直勾勾地盯着灶眼门子跟前的草堆，口里的涎水都流出来了，拉成长线挂在衣服前襟子上了。

“妈，我要个巴，妈，我要个巴。”我的小手一捏一捏的，口中不停地喊着。

我妈说：“个巴叫扎扎胡子抢走了，你没看见吗？”扎扎胡子说的就是刚才来家里侦察情况的人，我们都害怕那家伙的满脸毛，由于我太小，不知道害怕为何物。继续叫着要个巴。我们只能喝糊糊，谁也不搭话题。

姑姑见没有人理她，端直走到锅台前，拿起一只碗，也不用木勺子了，直接把碗伸进锅里舀了一碗糊糊，站在地上喝起来了。姑姑的举动把全家人惊呆了。唉！人到饿急了，面子就不重要了。

我看见大家定格一样的停住了，我也停止了要个巴的叫喊。眨着眼睛看姑姑在喝糊糊。

第二十二章

张志德家真是祸不单行。

两个月前女人被打倒了，第二天把供应粮斩断了，这两件生死攸关的事张志德却不知道，因为他在五区工作。1960 年 12 月 20 日晚上，张志德在五区乔山大队开完群众大会后，出来送开会的人，结果一脚踩空滑到了山崖下，人跸得爬不起来了，等村上的人发现时，他的腰不能动了，用现代医学的话讲，他的腰椎移位了，这是很危险的，好再村里人懂那么一点点，用门板把他平着抬到窑洞的炕上。张志德不仅仅把腰摔坏了，他小时候流鼻血的毛病又犯了，炕上、地下淌下了许多鼻血。

乔山的老百姓时这位外面调来的书记特别好，食堂里给他时不时地做些好的吃，留下两个劳力专门照顾他。两天后张志德的鼻血越淌越大，乔山人害怕了，就用两头毛驴绑两根椽，中间架上门板，把张志德送回到双铺村的家里了。

女人娃娃见张志德回来了，本来应该高兴才对，结果一看这个架势，他女人伤心地哭了，几个娃娃团在他跟前，不知道该怎么办，张志德有气无力地伸手在几个娃娃头上摸了摸。

淌鼻血越来越厉害了，他女人没有办法，就在炕沿子底下垫上半脸盆子灰，张志德基本上爬在炕沿子上，鼻血从鼻子里嘴里往下流，他试图用棉花把鼻孔堵住，但是无济于事，堵了鼻子血从嘴里出来了。后来请来土医生，开中药吃，也不顶用，一个人说让家里人给他研墨汁喝，结果喝了墨汁不但没有止住鼻血，红的、黑的一起往出淌。

他的几个亲戚连夜去打拉池请大夫，那里有一所公社的医院大夫都是正规大夫，应该有些道行，大夫来了，带来了西药，也打了针，还是不顶用，大夫看着蜡黄脸的病人，有气无力的样子连连摆手，出门后给张志德的女人和他的亲戚们说："准备后事吧。"

张志德虽然不能动弹，但是他的耳朵特别灵："准备后事吧。"几个字他听得真真切切，莫非他真的要死了吗？他的寿命尽了吗？他才 43 岁，本不应该这么早就结束人生，他想到他一辈子没有做什么亏心的事，老天爷没有长眼睛吗？

他平卧在炕上，眼睛都没有力气睁开，好在他的脑子还清醒着呢，他接着想：这一辈子真是九死一生，多灾多难。

民国九年海原大地震时他才三岁，这一带的死伤五十七万，家家都死了人，唯有他们张家没有死人，他的太爷把他从地震的废墟中抱了出来。

民国十八年，他给地主李万年家放牛，狼把牛咬倒了，地主李万年差点把他打死，明明口里鼻子里往外冒血，他仍然不肯罢手，还扬言要把他这根独苗除掉，今天的淌鼻血就是那时候落下的病根子。

在中卫要饭时他才十二岁，背井离乡，举目无亲，父亲连冻带饿死在了中卫，死的时候才三十八岁，连一口棺材都没有，是中卫莫家滩的老回回们贡献了几尺白布，用一块炕席把父亲卷着埋了。要不是一个姓莫的回民财东收留他们母子俩，他恐怕也死在中卫了。

解放初，这里土匪乱窜，兵荒马乱，百姓提心吊胆地过日子，他带领民兵沿山沿沟抓土匪，抓一贯道，在马家井子的一次伏击中，差点和打拉池的民兵闹了误会，那一回要是真继续打下去，他不死也得伤，因为双方都是快枪，而且打拉池的民兵还有一挺机关枪。

先后有几十名土匪被他们捉住送到乡公所去了，没有捉住的土匪扬言要用十块银元换他的人头。

大炼钢铁时在小森沟给民工挖窑，结果被塌方了的土埋在窑里了，要不是大家刨得快，那个时候怕就结果了。

在小森沟煤矿里救人，结果差一点连自己的性命都贴赔上了。

这一回腰摔坏了加上淌鼻血，怕是要我的命呢。

苍天啊，你饶了我这一家子吧，我死了不要紧，可就苦了女人和娃娃了。

张志德有点伤感了，眼泪顺着眼角上淌了下来。不过他转眼一想，不对，这老天爷不该收我，人说大难不死，必有后福，我都遭了那么多难了，福还没有来呢，福没来就让我先死了，这不是太不公平了吗？叫百姓们骂你老天爷没长眼睛，你也没有面子，况且你要失信于民，老百姓要不把你的山庙烧光才怪呢。转眼又一想，我的灾难还没有满呢，唐曾取经时经历了九九八十一难，不但取到了真经，他自己也成了佛，成了神了。看来我的福还在后头呢，想着想着他睡着了。

等他再醒过来的时候，女人娃娃都守在他跟前，女人说，你睡了一天一夜，开头我们以为你过去了，害怕死了，把四妈喊来，又把扬崖湾的大夫请来，大夫摸了摸他的脉向，说好多了，脉弱归弱，但脉向正常，说明病除了。病来如山倒，病去如抽丝，赶快给吃些好的补补身子，人太弱了。

昨天，乔山大队派人送来了一只羊羔子，六七斤重的一只大羊羔子，还拿来二斤莜麦面炒面来看你来了，但是闻见羊羔肉确实饿得很，女人就试着用小勺勺给他灌了几勺子羊肉汤，这几口羊肉汤简直出了奇迹了，张志德觉得浑身有了力气，也忘了淌鼻血的事情了，竟然自己翻转了身子爬在炕上了，然后自己动手喝了些羊肉汤，吃了几口鲜美的羊羔肉，然后让女人给几个娃娃一人分上一些吃了。

等到张志德的女人伺候完娃娃，收拾完碗筷时，张志德又睡着了，她用手试了试张志德的呼吸，觉得很正常，知道这是病人累了，就把娃娃们打发出去，让张志德安安静静的睡觉。

张志德再一次醒来的时候窑里静静的，一点声音都没有，他转头看了看对面山坡上，红红的太阳照得山坡上亮晶晶的，偶尔有老洼飞过去，也落在山坡上找食吃，却并不发声。他转了一下身子，腰虽然不来劲，但没有先前那么痛了，而且可以转动身子，不知道什么时候开始也不再淌鼻血了，鼻子里的棉花疙瘩也没有了，大概是女人帮他取掉的。他动了动胳膊腿，觉得浑身的肌肉酸困酸困的，他明白这是大病之后的反应。令他高兴的是，这种浑身的酸困意味着病已经痊愈了。他将要重新站起来了。

他睁着眼睛看窑洞的拱顶，窑洞的拱顶上被烟熏得乌黑乌黑，这是他的住处，也是他的家产。他的全部家当就是院子里一间破烂的小房子和这个沿着斜山西面挖出来的窑洞，碎房子顶多有二十个平方，现在还让逃难的冉家一家五口子住着，这个窑洞他一家七口人住着。在这个当口，张志德回想了他这大半辈子走过的路：

1948 年 7 月 1 日，他 31 岁的时候，靖远县的地下党负责人马国平，还有县委干部魏自新介绍他加入了中国共产党。他在党旗面前宣誓的时候，他的心情万分激动，这种激动不仅仅是光荣，很大的成分是责任，农民们祖祖辈辈受苦受难受可怜，糊涂到连为什么都不清楚，从来没有人给他们讲他们的穷根子在哪里，更加没有人给他们指出如何才能这个困境，可怜的农民们就这么一代一代地受着苦难。古代的黄巾起义、太平天国、李闯王起兵都没有人给农民讲如何翻身当主人的道理，农民们仅仅知道当兵吃粮。后来的一贯道、青帮、红帮、哥老会更加是一伙一伙的乌合之众，只有共产党把人类的过去。现在和将

来讲得清清楚楚，明明白白，他要做共产党的代言人，穷苦农民的带头人，他能不激动吗。

接下来，他参加民兵，沿屈吴山一带打土匪，抓了不少害人精，直到1955年，他还带着民兵在苏家山一次就抓获了八个土匪，他亲自用枪押到打拉池乡公所。从解放以后，土匪、马家军的逃兵，“生铁棒”的民团散兵游勇再也没有了往日的威风，有的被抓了、被判了，余下来没有抓住的就地隐藏在某个地方，洗手当起了农民。有的土匪以前杀人放火，抢东西，为了逃脱共产党的镇压连名字都改了。

1950年，他当了民兵队长，领导着一个民兵分队差不多有一个连的兵力，这是当地的武装力量，也是最初的政权机构，因为共产党在基层还没有建立起完善的政权机构的时候，一切政府的职能由民兵队代行。张志德清楚地记得他们组织农民们打土豪，分田地的那个场面，把各个村的大小地主押到朗山庄的大榆树底下，在临时搭建的主席台子上斗争大地主李万年，李万年还以为民兵今天要枪毙他呢，吓得屎尿都淌了一裤子，诉苦的老百姓一把鼻子一把眼泪，脱了鞋子就要打李万年，被张志德拉住了，几个苦大仇深的农民积在胸中的仇恨太久太多，打又不准打，没办法报仇就朝地主脸上吐唾沫，吐得地主们的脸上一串一串的唾沫往下淌。他也仇恨地主们，更加仇恨差点把他置于死地的李万年，但是他是共产党员，是民兵队长，党的政策他坚决不能违背，否则要犯错误呢。大会之后，县上公安局来人把几个地主押走了，其中就有李万年，后来这些押走了的地主都判了刑，李万年判了十二年刑。

分地主的田地财产是个十分热闹的场面，土地一块一块地丈量，然后栽一块木牌子，牌子上写着分到地的农民的名字，接下来乡公所给分到土地的农民每人发了一张盖着方形的大红印的地契，可怜的农民们祖祖辈辈没有土地，现在有了自己的土地，而且政府还发了地契，他们手捧地契孩子一样地哭了起来。

1956年，动员农民入社的时候，使他的思想很是转了一阵弯子，开头农民成立了帮工队，接下来成立了互助组，再下来成立了初级社，以一个自然村为单位，集体劳动，劳动的主要对象就是村上具有集体利益的活计，比方修一个水利工程，修一条路，栽些树等等，因为不动农民的切身利益，仅仅让农民出些力气，农民们还没有多少意见。进入1956年的时候，中央号召要成立高级社，开头农民们和自己一样，不知道这个高级社是何物，等到把具体精神传达到农民中间时，农民傻眼了，其实自己也想不通，这土地分给农民没有几年工夫，而且还发了地契，一转眼怎么就不算数了，要农民把土地交给高级社。许多农民问他，你张志德当年让我们打土豪分田地，打了土豪没几天你又把土地收走了，这地主我们得罪了，好处你得了，你要那么多地能种过来吗？你是不是又要当第二个李万年呢？自己被问得哑口无言，他对付不了这些乡里乡亲又抬头不见低头见的农民们，后来乡党委书记魏自新给农民开了几场会，讲清了道理，农民们嘴上不再反对，但心里还是疙疙瘩瘩的。最让农民仇恨的不是土地归了高级社，而是他们的财产入了社。张志德眼望着窑洞想：农民家的牛、驴、骡子、马、羊，一律要收归高级社，米家沟米家有一个榨油的油坊、苏家山的老苏家有一间做粉条的粉坊一律都要归高级社，连兴录的一辆大轱辘车也入了社。这些农民们把他恨透了，为这个事，有的农民把仇恨的账记在张志德身上，把仇恨的种子埋在心里等待时机让发芽、开花、结果，有的农民在他面前指桑骂槐，有的农民几年连话都不和他说。

张志德还清楚地记得1951年他按照国家的号召抗美援朝保家卫国，他反反复复地做工作，动员了三个适龄青年参军，一个是晏家老二叫晏玉珠，一个自己家的叔伯兄弟张志明，一个是万家老大万克善，三个青年参军本来是一件十分光荣的事，结果晏家给他牢牢地记了仇，主要是晏玉珠参军后选派到朝鲜战场了，而万克善参军以后分配到青海省独立师；张志明分配到新疆的布尔津边防部队；晏家全家恨我是因为其他人都没有上前线，而独独晏玉珠上了前线，上了前线就意味着去送命，回不来了。农民就这么个认识，谁也没有办法，我张志德只能动员青年参军保家卫国，至于参军后青年士兵分到哪里，以后干什么，这不是我一个民兵队长能左右的。哎——张志德长长吁了一口气。

1957 年修神木头水的事情本来是一件造福双铺子村及周围八九个村、上千口子人的大好事，没想到这个好事也把人得罪了，讲迷信的人说：动了土地爷，敢在太岁头上动土，必定将来遭大难。也有说动了老龙王的龙脉，龙王发起脾气来，不把庄稼旱死就是把庄稼涝死，搞不好人都要遭殃。有的还说：这是王母娘娘的水，王母娘娘是玉皇大帝的老婆，你竟然敢得罪玉皇大帝？修水渠要经过周家的坟院所在的山坡，说是破坏了他们家的风水，一家人抬着八十岁的老母亲上门来闹事。

1958 年响应甘肃省委的号召动员民工去临洮县修水利，这是著名的引洮工程，要把洮河的水引到定西各个县，把旱地变成水浇地，这个工程总共动员了十六万民工进驻临洮县，一时间临洮县沿洮河一带变成了人的海洋，双铺大队动员二十个民工，其中有双铺村的杜殿选、李景华、吴耀宗三个人。在一次炸石山的放炮中，李景华的下巴壳被石头打掉了，杜殿选逃了回来，吴耀宗跑了，跑到内蒙古的包头市钢铁厂当了工人，三个人的下场虽然各不相同，但三家老少一致认为今天的结果是我张志德造成的。

1957 年，有人报告说在苏家山的沟脑里发现有人种鸦片烟。这还了得，从 1950 年解放以后，种植吸食鸦片是犯法的行为，这个几千年的恶习被毛主席共产党一夜之间给灭掉了，千百年来任何人都无能为力的事，被毛主席共产党给轻而易举地解决了。现在有人偷偷地在大山脑里又种鸦片烟，这不明明和共产党对抗吗？我领上民兵在那里埋伏了三天三夜，终于捉住了一个人，这个人就是苏家山人，挖掉了鸦片烟苗子，法办了犯罪分子。但是，苏家山人却把张志德的祖宗三代都骂遍了。

1958 年的春天，他们在海原县的关庄一带巡查时发现了有几十个人行迹可疑，就把他们笼住让交代干什么事，这些人开头只承认在赌博，后来又改口说是谁家要过事情呢，大家在一起碰个头，拉家常。民兵们眼睛尖，从桌子底下发现了许多稀奇古怪的用品，他们才不得不交代是一贯道的坛主，在给他们做法。后来发现这几十个人中间竟然有自己的两个亲戚，民兵们立即拉了枪栓，让他们举起双手，然后一个一个地绑了，送到县公安局。原因是一贯道是一个反动会道门，他们今天的集会就是研究如何暴动，如何夺取共产党的政权，而且夺了共产党的政权以后他们谁当什么官都分了工，这种祸害不除是坚决不行的。问题是自己家的两个亲戚被判了刑以后，亲戚和自己断了关系，我病成这个样子，命都保不住了，他们都不来看上一眼，仇恨到骨头里头了。

四年前——张志德喝了一口水，平躺着身子继续回想着他这一生走过的路。

也就是 1958 年，生产队的强壮劳力全部被集中到马大沟和小森沟炼钢铁，地里的庄稼全部烂在地里，虽然丰了产却没有丰收，导致今天农民没有粮食吃，公共食堂定量供应，我这个家的七口人的供应粮还被斩断了，这个罪状记到我张志德的头上了。

也是在大炼钢铁的时候，为了完成上级下达的指标，不但把戏台上的一口大钟拉去炼了钢铁，连各家各户的做饭用的锅，烧炉子用的铲子都收起来，砸烂炼了钢铁，家家背后骂我张志德不干人事，亏了八辈子先人了。

也是在 1958 年 10 月，各级组织响应党的号召大办公共食堂，海吃海喝连吃带拿带浪费，不但家里没有了存粮，后来食堂也成了吃了上顿没下顿，上级的供应粮都来不及拉来，农民们不了解这是党的政策，是全国的统一行动，只知道张志德为了办公共食堂把他们的存粮收走了。

“哎，难那——”张志德叹了一口气，转了一个身，继续回顾他走过的路。

自己把一切都交给了党，这是理所应当的，在入党宣誓的时候举起右手，握紧拳头向党发誓就是为了党的事业，为了劳苦大众吃苦在前、享受在后，党和人民需要的时候贡献一切，包括自己的生命。这种宣誓他一生中只有过三次，一次是从中卫回来的第二年，大约是1937年春天，一个红军干部要去延安，他们在自己家里结拜成弟兄，跪在老母亲面前磕了头、发了誓；一次是八个单身独苗结拜弟兄，在双铺村的关帝庙里。第三次就是入党宣誓。面对着红艳艳的党旗，向党发了誓的。共产党为了今天的幸福日子，多少人都牺牲了性命，自己活着受点委屈算个什么，只是女人娃娃跟上我吃了苦，受了罪，受了连累，心里觉得十分地不美气。

女人是王将军王进宝家的后代，嫁到张家本应该享清福的，结果自从结婚以来就没有轻松过一天，别的且不说，仅1959年冬吆着牛把村上1200亩地全部打磨一遍就够她苦的了。三九寒天没有棉裤，穿一条单裤子还尽是窟窿眼，光脚丫子在冰天雪地里干活，有些人为了报仇，让一个妇女把全村的土地打磨一遍，上午两头牛干一上午，中间回来吃饭的当儿牛缓了，下午再换两头牛。换牛不换人，说老实话一个男人都顶不下来。两个月前，有的人给她栽赃说偷了队里的麦子，开大会斗争她，轰她，甚至于动手打她、用脚踢她，硬是把她打倒了。

五个娃娃生在这个家也是受到了连累，最小的一个碎高娃子饿得连哭都哭不动，爬在炕上好像一个毛线口袋一样塌在那里，老三老四饿得连炕都不敢下去，下去了就没有力气上炕来。这几天女人把几个娃娃放到前头院子里他四奶奶家，目的是让自己休息几天，当然更深层次的原因是害怕娃娃们看见我咽气时的可怕场面……我的儿子呀，我今天觉得我硬邦起来了，我不会咽气，我还要站起来，我还要把你们拉扯大，培养成人呢。

儿子们呀，爸对不住你们。

想到这里张志德忍不住哭了。

第二十三章

不知谁把口信捎给了张志德，说是马国平县长来了，张志德挣扎着爬起来。

他病在炕上已经快一个月了，一方面在五区当书记时把腰摔伤了，另一方面家里没有啥吃，队里把供应粮斩断了，全家都没有吃的。他看着自己的娃娃们饿的浑身没有一点肉，一个个是皮包着骨头，麻秆一样的腿腿上穿了一条烂的不成体统的裤子，好像糜子地里用草扎出来赶麻雀的务人，唉声叹气的，在人不注意时经常在背着抹眼泪。全家就他的女人一个人寻吃的养活。今天借东家，明天借西家，把娃娃的姥姥家、舅舅家、姨姨家，还有本族张氏家借了一遍又一遍。实话讲，亲戚家也在年景上，日子都紧巴得很。

张志德爬下炕，在炕眼门口抓了一个喂炕用的推耙子，当作拐棍，拄着支撑起身子，基本上是半爬半跪着向前挪动，像滑冰用的雪橇一样，他的腰已经带不动两条腿了。

马县长是靖远县的县长，新中国成立前和张志德一起干革命的，还是张志德的入党介绍人。张志德的入党介绍人还有张秀一，当时是靖远县地下党的负责人，新中国成立后到国家民委当了主任。

马县长，张秀一把张志德引上革命的道路，期间，讲了不少道理，把共产主义从理论到运动到实践，再到共产主义社会制度，讲得头头是道，张志德听得心里直发热。黄巾起义他听说过，太平天国他听说过，闯王李自成起兵他听说过，青帮红帮他听说过，还头一回听说世界上有为老百姓办事的党。再看看马县长，张秀一这些人，他们眉清目秀、一表人才、平易近人、说话和气，碰见可怜人，他们总是要从口袋里掏些钱给穷苦人。张志德慢慢地觉得这些人靠得住。

张志德爬一爬，坐在地上喘喘气。实话讲，这么一点距离，总共不到300米，过去对张志德来说就不叫路，如今眼目下，不但是路，而且是一条艰难的路。

张志德1956年在靖远县开会，中午吃完饭，背一块别人送给的木板，行走如飞，到点灯时已经到家了。要知道从靖远县城到双铺子是一百里路。可是现在，张志德望着大队部的房子，连马县长说话的声音都能听见，自己的腰腿却不听使唤。

张志德一次一次地停下来休息，马县长的音容道貌一次次地浮现在眼前：讲话时候不拿稿子，喜欢手插在腰上，国字形的四方脸，三七开的大分头，左前额上有指头粗的一股白头发，说话声音洪亮，风趣生动，让人很爱听。有时开一个下午的会，听他讲多长时间都不觉得困。马县长名字叫马国平，是河北省献县人，是回民。抗日战争时期是回民支队马本斋的部下。抗日战争胜利以后共产党派他到甘肃省靖远县做地下工作。成立靖远县地下党组织，发展共产党员，组织基干民兵，为靖远县的解放立下了汗马功劳。

1953年他在靖远县党校学习的时候，马县长对一千多名新老党员做报告，他的讲话叫人今生难忘：

几千年的中国历史，是一部什么样的历史？如果把黄炎培老先生对毛泽东的谈话拆开来看，是不是可以这么解释：每当一个阶级推翻另一个阶级时，都对老百姓很好，但是慢慢的统治阶级变了质，抛弃和背离了原来的承诺和誓言，走到了老百姓的对面，这个历史周期率一直在中国这块土地上延展了几千年。老先生害怕中国共产党也陷入同样的下场，就对毛泽东说，纵观历史，开始都很用功，但后来却出现了问题，政息人亡的有，沽名钓誉的有，这叫做其兴也勃也，其亡也忽焉，都没有能逃出这个周期率。你们共产党有什么办法？毛泽东回答：我们找到了一个办法，这就是民主，靠百分之九十五以上的人民来管理国家。毛泽东从学习共产党宣言，闹革命开始就把人民放在第一位。

人民就是我们这些受苦人，老百姓。

张志德想到这里，似理解又似乎不理解地叹了一口气，用棍子支撑起上身继续朝前爬去。

“新中国成立初的时候，双铺子村的上下川道、南面的深山老林里还乱得很。”张志德脑子里又闪现出过去的情景，杀人放火的，抢东西的土匪肆下里乱窜，打败的马步芳马鸿逵的残兵败将，三五成群地进村子里抢羊抓鸡，马县长下乡时也没有小汽车什么的，和通信员一人背一把盒子枪，骑个自行车就来了。

那时候下乡干部不论官多么大，一律在当地的党员骨干家吃住，完了还要付钱付粮票，马县长每次来了就喊“老张，我来了，给咱们煮些洋芋吃。”

马县长来了就是贵客到了，张志德和女人手忙脚乱地先在做饭的锅里烧开水，给马县长喝，然后煮上满满一锅洋芋，马县长两只手不停地搓着，似乎等不及了。

张志德好不容易爬到了大部队门口，这个门是一个老式门，门槛有一尺多高，他爬不进去，只好把上身撑进屋子，肚子搡在门槛上，两条腿还在门外面。他爬过的地上两腿拉出了两条印子。

马县长，还有区委书记魏自新正和大队干部说着话，猛见一个人趴在门槛上，吓了一跳。当他定眼看时，认出了是张志德书记，一个蹦子从炕上跳下来，鞋也顾不上穿，三步两步冲过来，抱住张志德说：“这不是老张妈？老张，张书记，你怎么成这个样子了？”

“马县长——”张志德叫了一声马县长就晕过去了。

大家七手八脚地把张志德扶在炕上，给他喂了几口白开水，张志德这才慢慢地睁开了眼睛。

“张书记，你怎么成了这个样子了？”马县长吃惊地看着他，又看看开会的大队干部。

“他们家的供应粮被斩断已经三个多月了，”不知谁悄悄地说了一句。

“为什么把供应粮斩断？你们说说为什么啊——？”马县长问得大家不敢作声，一个个如同霜打了的茄子，耷拉着头，眼睛都不敢抬一下。马县长见没人说话，眼睛睁得像一头狮子。“按人头发救济粮，这是党中央毛主席规定的，人人有份，谁给你们的权力？他们家六七口人怎么过活，你们还算是人吗？”

“马县长，不要说了。”张志德眼睛里流着泪，劝着马县长。

“你们简直是畜生，没有心肝的狼。”马县长骂出了言语，忍不住也哭了。

过了一会，马县长回头对会计说：“去食堂先给张书记搞些吃的，他肯定他没有吃东西。”

屋子里静得能听见人们的呼吸声。谁也不敢大声喘一口气。

马县长掏出手绢擦干了眼泪说：“张书记，我的左右手你们知道不？我们一起闹革命，为了让大家过上好日子，他从早到晚地为大家奔忙，你们谁说过一句宽心的话？他一家也要吃也要喝。从高级社要人民公社，他没白没黑地为大家操劳，自己连工分都顾不上记，你们谁说过他一句好？我听说你们大队还有人反攻倒算，这还了得？”马县长越说越生气。

正在这个时候，会计端来了一碗稠稠的莜面糊糊，里面还下了洋芋疙瘩，马县长接过来双手递到张志德跟前，大家扶着他坐起来，接过莜面糊糊，刚夹了一筷子，又放在炕上。

马县长说："快吃一点，饿坏了。"

"马县长……"张志德叫了一声，却说不出话来。

过了好大一阵子，张志德才接着说："女人、娃娃还没有吃的东西，我吃不下。"说得马县长又忍不住擦开眼泪了。

"你们库房里还有没有粮食？"马县长问。

"有。"生产队长回答说。

"都有什么粮食？"

"麦子、莜麦、糜子、豌豆、洋芋。"

现在就派人去，拿100斤麦子送到张书记家，再从食堂打上20斤莜麦面，装上些洋芋送过去。从明天开始食堂给张书记家供救济粮。

这天晚上，张志德全家围在一起吃饭。他女人煮了一锅洋芋，拿石窝子砸了些细盐，撒在洋芋上，吃起来真香。女人还给娃娃们用莜面打了糊糊，吃饱了洋芋，再喝些莜面汤，就如同城里人吃完了饭还要喝点汤一样，全家人一生中吃了不少好东西，但是最令人难忘的还是这一顿饭。

张志德最小的儿子碎高娃子一边吃洋芋一边说："个巴，个巴。"

他妈笑着说："我娃以后不要叫个巴了，叫洋芋。"

"洋芋，洋芋。"碎高娃子轻声学着妈的话，不理解这些大人为什么一会儿叫个巴，一会儿叫洋芋。

从1960年11月17日开始斩断供应粮，到马县长决定供应，并且派人给张志德家送粮食的那一天是1961年2月26日，张志德家被无故斩断供应粮整整100天。

第二十四章

张家今年遇到了三件大喜事，头一件是张志德不但腰恢复了功能，能走路也能下地劳动了，而且从五区调回四区的共和公社，仍然当双铺子大队的党支部书记，这绝对是一个大事。家里有了顶梁柱子，看他谁还敢欺负女人娃娃。第二件大事是食堂解散了，把救济粮食按人口分到各家各户，这倒不是能吃饱肚子了，而是自由的多了，烟囱里可以冒烟了，不然的话，谁家烟囱要只要往外冒烟，队长和积极分子准上谁家来，看你家到底吃什么，张志德的女人从娘家拿来几个洋芋，偷偷地下到糊糊里，给全家垫补垫补。就这都害怕积极分子看见，为了防止万一，他妈给最小儿子教："那不叫洋芋，叫个巴。"有几次生产队上来人侦察，小儿子都哭着要个巴，把来人搞得云里雾里的，着实有点像："天王盖地虎，宝塔镇河妖。"一样的黑话。食堂解散了，起码在精神上宽松多了，而且自留地也分到户了，张志德家分了十多亩自留地。第三件大事是去年秋墒好得很。老天爷硬是三年没有下雨，直到去年秋天，连着下了四十天令雨，用农民的话说把雨下透了，意思是下雨直下到地下湿土处。而且入冬以来又下了几场大雪，瑞雪兆丰年，农民虽然饿着肚子，脸上却透着笑意。

惊蛰过后，张志德把地打磨好以后，全部种上了麦子，他对家里人说：

“如果老天爷今年春夏多少给上些雨，庄稼丰收不成一点问题，按照一亩400斤算，打5000斤粮食绰绰有余，5000斤小麦是什么感觉？旧社会的财东家也没有这么多麦子。”他们家七口人，人均600斤麦子，恐怕长面、锅盔、油饼随便吃。

很快地地里麦子顶出来了，开头几天满地发着微黄，过了几天地皮变成了绿油油的。娃娃们把麦子生长的消息不断地告诉他妈，其实不用给妈报告，他们妈妈也能看到麦子的长势。

“妈呀，麦子拔节了。”

“妈呀，麦子抽穗了。”

“妈呀，麦子扬花了。”

“这下好了，我娃再也饿不死了。”妈妈一高兴，揭起衣襟抹眼泪。

开春以来孩子们不断地挖些野菜，他们的妈妈经常变换着花样，要么下在糊糊里、浆水里或者倒些醋放些盐凉拌着，也好吃得很。

大部分时间他们全家围在一起吃饭，一边吃着一边计算，从五八年冬天到年事我们吃过的野物不下三十种。有榆钱、榆树叶子、榆树皮、糜衣子、荞麦皮、洋芋秆秆、苞谷芯芯、油渣、灰条菜、水蓬草、灰蓬草、苦曲蔓、黄黄浪、芦帕帕、白棘棘、面秆秆、地软软、头发菜、苦苦菜、白菜根。计算完了，张志德的女人长出一口气对丈夫说：“他爸，这几年我们娘儿母子吃糠咽菜总算熬过来了，我把咱们几个娃娃总算拉扯到世上了。”说着又揭起衣襟抹眼泪。张志德说：“娃他妈，这些年苦了你了，娃娃长大了一定好好孝顺你。”

一天中午，连娃和弟弟魁娃喝完糊糊以后去看麦子，麦子的花虽然开败了，但麦棵子里瘪瘪的，一点不能吃。我们试着吃了几口，除了扎嘴，满嘴淌绿水，什么感觉都没有。

“哥，我们在山上挖面秆秆吃吧。”我和弟弟爬到对面的山坡上，看见山上有打碗花、捞饭花、黄黄浪花、野沙葱花、甘草花，还有一种叫狼毒的花，漂亮得很，他们挖开来看时，狼毒花下面的根和面秆秆一模一样，剥开皮露出白生生的芯来，诱人得很。老三魁娃问哥哥能不能吃，连娃掰断尝了一口，甜甜的好吃呢！魁娃说有一股子怪味，连娃说不要紧，甘草不是也有药味吗？怎么能吃呢？只不过甘草不能多吃，吃多了流鼻血。

兄弟两个边挖边吃，不一会儿就挖了好多根，粗粗细细的，真是收获很丰盛。在回来的路上魁娃吐了，说他恶心得很，连娃以为他吃多了撑的吐了，那个年代，他们的胃已经成了杂货袋子了，什么都往里头塞，吃不合适了，时不时的吐是常事。不过连娃也有点恶心，但没有弟弟那样厉害。

回到家里，老三魁娃趴在炕上不吭声了，连娃也头晕晕的，顾不上给他妈表功，和弟弟趴在一起。

“麦子面上饱了没？”妈见他们两回来不说话，顺便问一声。

过了一阵他们不答应，妈又问：“麦子面上饱了没有？”所谓面上饱了没有，就是说麦子灌浆灌饱了没有，如果麦子颗颗灌浆灌饱了，那就证明要不了多久就成熟了，起码我们可以把麦头头揪回来，把麦粒粒搓下来煮着吃了。

“哎，你两个咋了，咋不说话了？”

“妈，我难受。”老三魁娃有气无力地回答道。

“我也难受，头晕得很。”连娃跟着说。

他们的妈放下手中的活，赶紧的过来看，魁娃脸白白的，翻过连娃看时，脸上却红红的。

“四妈，快来。”孩子妈一着急就喊娃娃的四奶奶。四奶奶就在他们家前院里住，虽然分开单过，但如同一家人一样。据说张志德的父亲饿死在中卫后，他妈带着他回老家时，是他四爸四妈收养了他们，直到他弟弟拴拴长大结了婚，这才分开过的。

四奶奶是小脚，王将军家的千金吗。年轻时讲究赶时髦，把脚缠成了三寸金莲，走起路来蹬蹬蹬的。四奶奶听侄儿媳妇在喊，立马过来了，她老人家经验丰富，随手在连娃和魁娃头上一摸说："娃娃发烧了，回头一看，炕上放了十几根狼毒，"似乎明白了问："娃，你们吃啥了？"连娃已经没有力气回答了，魁娃说："那"，"我的碎先人，那是狼毒，毒药怎么能吃呢？中毒了，娃娃肯定是中毒了，灌些水，叫睡到炕上缓着。"魁娃喝了几口水又吐了。连娃难受的眼睛都睁不开，头晕晕的没办法，不一会连娃听见院子里人多得很，杂杂的声音远得很，慢慢地他什么也不知道了。

不知过了多少时间，连娃只觉得口干得很，想喝水，却发不出声音来，耳朵木木的听不清声音。偶尔听见村子里谁家的狗叫声，心里立马觉得烦乱得很，连娃又一次迷迷糊糊地睡着了。

猛然间觉得掉进了他们村子北边的悬崖下了，一阵惊吓把连娃给吓惊醒了，回头一看自己掉到地上了，张志德十分麻利，一个蹦子从炕上跳下来，抱起连娃又轻轻放在炕上，连娃感到他爸用长满胡茬子的脸贴在他的额头上试了一下说："烧得很，给娃灌些水，"他迷迷糊糊地咽了几口水，只觉得全身冷得很，冷的上牙打下牙，呼吸困难得很，吸不上气来，猛的吸几口气就得停下来歇上一阵，紧接着再吸，头里头没有了意识，谁说什么都听不清，只有满耳朵里的轰轰声。眼睛不敢挣开，眼睛一睁开就看见家里被烟熏得油黑的房顶上出现一个大大的人，远远地走过来，嘴里还不停地叫着什么，试了几次都这样，吓得连娃："妈呀、妈呀"直哭喊。

大约过了两三天，连娃迷迷糊糊听见他妈吸溜着鼻子，哭着对四奶奶说："四妈，我觉得娃不中了。""有啥吃没有，给娃吃几口吧。"四奶奶对她说。显然她们都这么认为了，张志德上炕来把儿子抱在怀里，想让娃娃舒服一会。

连娃除了烦乱迷糊，再就是呼吸困难，吸不上来气，一会儿我又昏过去了。

就这样连娃在迷迷糊糊中度过了七天。

有一天早上，连娃听见他们家对面树上的布谷鸟叫的十分地动听："布谷、布谷。”双铺子村里人把布谷鸟不叫布谷鸟，叫种谷鸟，说只要种谷鸟一叫就该种谷子了。其实，候鸟只是大季节的呼唤，各地的季节迟早不一样。那里是惊蛰过了种麦子，谷雨过了再种谷子糜子，布谷鸟叫的有些迟了。

跟着布谷鸟叫的还有一种鸟叫什么他说不清，他们小的时候叫“背背吃”，头上有一把十字镐头的样子，后来知道是啄木鸟。它的叫声也好听得很“背背吃，背背吃。”叫几声，还发出一个“哈”的声音，不一会儿一个喜鹊嘎嘎嘎地叫起来了。

家里静静的，没有前几天的嘈杂声了，老三弟弟魁娃站在炕沿下扑闪着黑黑的小眼睛，连娃伸手摸了一下弟弟的头，弟弟笑了。

连娃觉得浑身酸困酸困，呼吸不困难了，头也不晕不木了，无论闭上眼睛还是睁开眼睛，房顶上再也不出现那个人了。他伸了一下胳膊和腿，觉得肚子里一阵饿，就大声喊着——“妈呀，我饿。”

第二十五章

1963 年麦子长得相当地漂亮，原因是 1962 年双铺上下川道的雨水广得很，不光秋雨下的透，冬雪也落的厚，以致到了开春解冻要种麦子了，地里还粘得进不去。

五六月间，出了穗的麦子已经长到半人深了，村里的男女老少看见麦子长得这么欢，一个个喜形于色，喜笑颜开。自从 1956 年这地方的麦子丰收以后，六七年时间没有见过这么好的麦子了，再加上三年自然灾害，人们从死里？大家都觉得白面馍馍已经到嘴边上了。

只有张志德的女人站在麦地边上不说话，不说话也就算了，也不笑，不笑也就算了，她却哭了，两股眼泪从脸庞上流到了下巴壳上。她伤心的原因有两个，一个是乐极生悲，看见长势这么好的麦子心情无比地高兴，这就意味着饥荒和挨饿一去不复返了，受过苦的人看见了即将吃到嘴里的麦子，她激动得哭了。另一个原因是她联想到了她的多灾多难的家庭；联想到了她苦命的丈夫；联想到了她苦命的孩子们；张家祖宗三代都是要饭人。1959 年三年自然灾害，这里基本上是颗粒无收。更加令她伤心的是 1960 年 10 月，生产队里狠心的人斩断了她一家的供应粮，长达三个多月，要不是马县长来救命，她们娘儿母子恐怕早都不在这个世界上了。她是王将军王进宝的后裔，从小生活在条件优越的富裕人家，没有吃过苦也没有遭过难，自从嫁到张家以后她就接二连三受苦、受难，许多时候连一个诉说的人都找不到，更不用说找一些帮助她走出灾难的人了。想到这里，她的眼泪就止不住地往下流淌。

开镰收麦子的日子到了，生产队里打起了锣鼓，民兵们举着红旗，在双铺村的东面的一个叫芽麦淌的地方举行了简单地开镰仪式，大家干劲十足，又说又笑，双铺村的男女老少从来没有这么高兴过。

收割麦子的程式是这样的，先把麦子割倒，然后再用麦子做麦腰子，把麦子捆起来，捆成捆的麦子大约有一个人的腰那么粗细，捆好以后再把麦捆子堆放到一起，然后由胶皮轱轮的马车拉回到打麦子的场上。如果是往年的话，麦子就堆在地里，等差不多收割快完的时候然后再往场上拉用。今年的情况特殊，张志德书记让开镰的生产队当天就把麦子拉上场，第二天晒上一天，第三天就让牛拉碌碡打麦子，打好的麦子立即就按照各家的人头多少，一个人先按50斤分下去，然后各家各户就忙着磨面蒸馍馍、擀面条，大家馋得涎水都淌下来了。

放学了，张志德的二儿子连娃和三儿子魁娃来到割过麦子的麦茬地里捡拾麦穗。收割麦子掉麦穗是肯定的，拉完麦捆的麦茬子地先空着，等全村的麦子全部抢收完了，再套上牛拉步犁把麦茬地翻一遍，也就是说，麦捆子拉运以后这块地麦茬地就等待着翻了。

两个娃娃是死里逃生的娃，见了粮食心里就喜欢的不得了，所以没有大人交代，他们自己来到麦茬地里捡拾麦穗。两个娃娃很有章法，把捡拾到的麦穗的头部整整齐，等手捏不住的时候，用一根麦子秆绑住，然后放在书包跟前，快天黑的时候弟兄二人已经拾了足足的一抱，然后他们抱着麦穗，兴高采烈地朝家里奔跑。他们的目的不仅仅是让他们的妈妈看见表扬他们，他们的最根本的目的是有麦子吃了，意味着自己也有白面馍馍了，用给妈抓药的钱在打拉池偷着买白面馍馍的事情将成为历史了，无论如何他们是高兴的。

他们还没有顾得上给他们的妈妈表现呢，张志德跟进来了，眼睛瞪得跟一头狮子一样，像是要吃人呢，问弟兄两个：“麦子哪来的？”

“拾来的。”连娃理直气壮地回答，魁娃正要帮助哥哥，抬头看见他爸很生气的眉眼，吓得不敢说话了。

“你们两个怕忘了1960年被人斩断粮食的事情了，你妈被人栽赃开斗争大会打倒在炕上，咱们的供应粮被扎断了三个多月，你们差点饿死了，你们咋就不长记性呢？”

老二连娃听大这么一说，正要解释说他正因为有记性才拾捡割过麦子的麦茬地里的麦穗。

张志德大约猜到连娃想说什么，说：“人家在找茬子，你们两个却给人家提供口实，你们这是不疼的手往磨眼里塞。今晚上如果队里的积极分子来上门来查看，你浑身长满了嘴都说不清楚。”

两个娃娃听到这里心里明白了，张志德的女人本来想替两个娃娃说和说和，听到这个害怕处她也就打消了这个年头，说：“连娃，把麦子抱上，咱们去找队长庞希贤，把话说清楚，认个错，不要让他再组织社员大会了。”

张志德的女人领着连娃回来了，说队长很客气，队长说娃娃拾回来的麦子应该归自己，因为芽麦淌里的麦子已经收完了，麦捆子也拉到场上了，与其说掉在地上让麻雀吃了，还不如娃娃拾回去呢。哎——队长叹了一口气说：“受过罪的娘儿母子不容易啊，娃娃饿害怕了。”

张志德说：“你们都记住了，不是自己的东西千万不要拿，饿死不偷人，这是咱们老祖宗留下来的话。民国十八年，我和你爷爷奶奶要饭到中卫，住在一个枣园子里看枣的碎房房子里，你爷不久就饿死了，我和你奶奶每天早出晚归要着吃，有一天我们回来的早就睡在炕上休息，你奶奶累了，睡着了，我睡不着，就睁着眼睛往房顶上看，想着明天到啥地方要馍馍。看着看着，猛地发

现碎房房子的椽缝缝里有一个小布袋的角露在外头，我心里想，八成是看枣人塞在里面的干馍馍，或者是莜麦子炒面，因为饿害怕了的人心里不想别的，只想着看那个地方有些吃货。我站起来试探着往出拉小布袋，没想到这个小布袋塞得很深，我用劲一拉，只听哗啦一声，一口袋东西拉出来了，我从重量上估计，这是一疙瘩宝贝，就坐在炕上打开小布袋看个究竟，这一打开连我自己都吓了一跳，原来小布袋里装了满满的一小布袋银元。妈呀，我长这么大还没有见过这么多的银元，我急忙把你奶奶叫醒来，你奶奶也吓住了，问我哪来这么多的银元，我把前因后果说了后，你奶奶说，肯定是这家主人的钱，怕是秋天卖了枣的钱，忘了拿回去了。你奶奶说：'娃娃，咱们穷归穷，绝对不能要这东西，不义之财咬人呢，赶快把钱送给人家。'我们两个数了几遍，一共是八十个银元。那时候的银元多值钱啊，在中卫县城卖一院青砖瓦房顶多才五十个银元。后来我给地主家拉长工，一年才挣两个银元。你奶奶领着我，提着八十个银元到枣园子的主人家，问明了情况，一分不少地把白花花的银元交给了人家，主人感激不尽，当下就不让我们再要饭了，叫我们给他家拉长工，你奶奶做饭洗衣服，我每天放牛。"

"娃娃，"张志德接着说，"做人讲德行这是一层理，还有更重要的理你们听的少，懂得的也少，我今天乘这个拾麦穗的事就给你们讲讲。

你们知道李闯王怎么败的吧，本来夺取了天下形势很好，结果进了城得了天下骄傲了，放松了，不是巩固政权，而是练习上朝、练习各种礼仪、设计各种圣旨。士兵呢满世界乱跑，胡作非为，完全没有了'杀一人如杀我父，掠一女如掠我母'的严明纪律，结果呢清兵吴三桂仅仅来了三千人，就把坐了八十三天皇帝的政权给推翻了。

太平天国也一样，夺了政权以后不想再努力了，结果弟兄们分王不公，闹别扭，互相残杀，导致了天国政权丧失。

你们觉得我说的太远了，其实不远，我们共产党人经过了二十八年的奋斗，为人民打下了江山，人民才过了没有几天舒坦日子，敌人已经向共产党要企头了，这都不要紧，要紧的是我们自己人学坏了，河北省，天津市的两个领导开始贪污了，毛主席一气之下批准把两个有功的领导枪决了。毛主席说，如果把这两个贪污分子不处决，我们共产党内就可能产生二十个，二百个，甚至于两千个贪污分子，到时候我们几千万人为了人民政权的流血牺牲不是白白地死了吗。说得太多了，说得太深了，你们可能听不明白，变色是从一点一点开始的，你们想，支部书记的儿子可以把麦穗拾回家，其他人会不会把队里的粮库打开，把麦子背回家？人家拿了东西还反过来会说：‘张书记的儿子带的头。’”

“爸，我错了。”连娃似乎听明白了。

“爸，我也错了，我们再也不敢了。”魁娃也附和着说。

“大乘佛教讲的是宏观看问题，从大处着眼，口号是普度众生，小乘佛教讲的是微观世界，从我做起，从点滴做起，从现在做起，我是共产党人，除了共产主义，其他一律都不信，但觉得生活中有些话有道理，在这个国家里，人人都把自己管好了，国家就会变好，人民就会幸福，咱们不会再跑土匪，再拖儿带女去要饭了。”

第二十六章

张志德刚刚端起饭碗，还没有刨几口饭呢。只听门外一个婆娘连哭带喊叫地冲进来了，一只脚还没有来得及提进门，人已经噗噔一声跪在了地上："亲家，赶快救命，不得了啦，赶快救命。"

"咋了，亲家母，起来说。"

"你大亲家要把老二除掉，枪都备好了，子弹都压在膛里了。老二放羊还没有回来，你得赶快救命。"张志德一听要出人命，顾不得吃饭，把碗往桌上一蹾，震得两只筷子只顾各自逃命。他跳下炕，一边穿鞋人已经窜出了门。

这话得分三头说，先说这枪的问题。自从新中国成立以后，双铺子村那里的民兵就从来没有离开过枪，先是汉阳造，打一枪拉一把枪栓，打完五发子弹，自身的弹夹就空了，然后又重新压子弹。

接下来再说这亲家这档子事。双铺子个地方的亲家分二种，一是儿女亲家，谁家的女儿嫁给别家的儿子了，这两家人就是亲家，这是真正的亲家。另一种是干亲家，谁家的小孩爱哭，有毛病了，她娘烙上五个坨坨馍，让儿子或者女儿一大早站在马路上等，第一个碰见的人就是干大或干妈，把五个坨坨馍交给干大或干妈，跪下来磕上三个头就算是认了一门亲戚，两家的大人从此以后就以亲家相称，称男方叫男亲家，称呼女方叫母亲家，叫惯了也不觉得母亲家难听难叫。

今天来的亲家不是干亲家，也算不着是儿女亲家，原因是张家老大家的五女儿嫁给小万的老大，应该说我大伯和小万是真正的儿女亲家，但是农村人爱拉关系，套近乎。比方说谁谁谁是二姨爷家的三姑舅爷，让人根本就分不清个子丑寅卯。而今天来的婆娘，张志德两口子叫母亲家的人，就是万家老大的老婆，大万的老婆。张志德的叔白大哥和小万家是儿女亲家，大万家和张家也就顺其自然成了亲家，张志德的女人说："亲家、亲家、亲亲的一家。"

说到这个份上就该说大高家老二了二大高家两个儿子，大儿子叫高克善，当兵以后一直在部队上工作。二儿子叫高克林，虽然没有上过几天学，但攒了一身的好力气，又长了一副帅哥的身材，他爸他妈见儿子一天天长大了，进门都要低一下头，一麻袋小麦二百来斤，他腰一弯就扛在肩上了。看见喜欢的不行，可背过人却唉声叹气。儿子大了就得有个人管住，不然成不了叫驴也成种马。

这个高克林，不但人长的帅，而且手还巧得很。只要看一眼别人的有技术含量的工作，他回来就能复制出来。农村人天下雨就是星期天，不上工，在家里干私活或者拉开被子放展了睡觉。高克林从来不享清福，他问张志德的老二连娃家里有没有铜线，连娃说有，是五八年大炼钢铁时，他爸从老爷山的铁矿拿回来的。开铁矿要炸石头，炸石头用电雷管，电雷管上的两根线就是铜线，而且是缠了丝线的漆包线。张志德是个受过苦的人，见啥都舍不得丢掉，就在矿石堆里把铜线拾回来，一疙瘩一疙瘩地扭在一起，家里有许多。

连娃拿了三把铜线给高克林。第二天他就给连娃送了一个钥匙链，漂亮极了。连娃问他哪里来的，他开头不说。因为这是知识产权，吃饭的碗，说给别人了。自己就没事干了，把式，匠人都这样。但后来他又叫连娃，说做钥匙链的时候叫他看，连娃高兴得很，因为他不给我交底，我不给他供货，他就没有了原料。

他先把铜线在镊子头上缠三圈，然后再横过来用铜丝在三圈上绕，一圈紧挨着一圈，绕到头了，用剪刀剪断，一个节已经好了，等他做完了二三十个节以后，再用同样的方法把一节节连起来，一个钥匙链就做好了，前后顶多一顿饭工夫。连娃展开来看，一件十分精美的艺术品。这是那个年代，要是现在，他一定会申请一个发明专利不可。就这，到后来，白银、兰州很快流行开来了，人家大城市用工厂里的机械设备来加工，制造出来的要精细的多，但基本的样子还是人家高克林制作的样子，这种钥匙链后来在村上的小伙子们的裤腰上几乎人人都挂着一条，高克林的威信高的不得了。大家巴结他，他巴结连娃，我的威信也高得很。

高克林还有一个绝活就是做戒指。你们千万不要以为六七十年代满大街都是戒指，那个时候可没有见过那货。他找来硬币是二分的币，因为五分的太大，一分的又太小，只有二分的最合适。他用钉子沿着硬币的内圈，用榔头砸一个洞，再沿着这个方向一个洞连一个洞，直到把二分硬币的内心砸完，挖掉里边部分，二分硬币只剩下外面的一个圆圈了，看起来很毛糙。但是高克林有办法，他用榔头在木头上一点一点地敲打，直到把内圈打得十分平整光滑，而外围有花纹，他就用锉刀锉平，然后又在炕上的毛毡上反复地磨，直到把外圈磨得能把人照出来，举在眼前叫连娃看，我只觉得眼前一亮，好漂亮的一件物件，很面熟又不知道干什么用，他给自己戴在中指上说，明白了吧？噢，原来是戒指，从那以后村里的妇女们，有事没事往高克林家挤。没多久，村上的妇女，还有大姑娘们，人人手指上都长了一枚戒指。一时间，男人们千方百计地把腰上的钥匙链子显出来，女人们时不时地很夸张地把右手举起来，有的女人们本来是整一下头发，如果在平常，手朝最近的路线举到头上整一下也就罢了，现在不，现在有了戒指，他们把右手先往前伸很远，然后再拉回来，慢慢地理头发，如同从前镶了金牙的人见人总笑一笑；戴了一块梅花手表，看表时总把手先冲出去，然后再拉回来看表一样的道理，都是在夸张，都是在扎势。

女人们有了戒指，走路的样子都不一样了，过去走路时屁股硬硬的不会动，现在不一样了，不但腰上一软一软地，屁股也随即一弹一弹的，男人们看了眼睛直发呆，所以那几年村上的妇女们生娃娃特别多。

经常要戴戒指的妇女中间有一个名叫赵玉英的，人长的和别的婆娘都没有区别。她的屁股分两半，别的婆娘也两半；她的两只大奶头一闪一闪地，别人家的婆娘两只奶头也一闪一闪地。三十岁出头的婆娘不打扮也耐看，脸上水多，身上丰满，不像老婆娘，脸上没有了水分，身上尽是肥肉，看见人都倒胃口。这个赵玉英唯一和别的婆娘不一样的地方是她的男人。这个男人长的跟武大郎一样的短小身材，这都不算啥，走路时腿伸不直，两只脚向外张的厉害，完全是一只鸭子，这也不算啥。要害的问题是三十五六岁的人有五六十岁的样子，自从生了三个娃娃以后，再也没有那个力气了。男人有许多年龄大了的见了好女人，有想法，没办法，他呢既没有想法也没有办法。劳作一天回来，赵玉英想让他交公粮，他却无动于衷，天长日久了，赵玉英就失去了希望。希望没有了，欲望还很旺，你想吗，三十如狼，四十如虎，五十岁还能吸土，她才三十出点头，正是虎狼之人，怎么能把持的了，家食吃不饱就得千方百计地打野食。

高克林比赵玉英整整小十岁，一个是三个娃娃的妈，一个还是童男子，本不应该有事，但是欲火中烧的时候就不管三七二十一了。你们千万不要笑话，人人都从那个地方过呢，谁也不要笑话谁，不能饱汉子不知道饿汉子的饥。

高克林做好了戒指往赵玉英手上戴，赵玉英就得把手伸出来，带戒指就得手摸着手，开头不在意，慢慢地觉得手里有了意思，摸了一下，赵玉英在高克林的腰上摸了一把，高克林脸红了，临走时，高克林顺势在邢玉英屁股上捏了一把，妈呀，真软和，高克林的心差点跳了出来。

从那天以后你一来我一往，不几天就把人活做完整了。

欲火越烧越旺，简直到了不可控制的地步了。白天做，晚上做，家里做不成，就到麦子地里，苞谷地里，沟沟渠渠里，只要没有人看见，都是他们实现完整人生的场所。

时间长了，村上人都知道了。“马勺掉了把子，只剩下个瓢头了。”“王家的种子不发芽，借来高家的种。”“一辈子只有六千次，都种给赵玉英了，自己有了地没有种子咋办。”村上的人什么难听话都说出来了。

这话自然也传到支部书记张志德的大亲家大高耳朵里了。大高是一个好面子的人，听到这话怎么受得了，尤其是二儿子把高家种子支援了灾区，为人民服了务，将来自己高家万一续不上香火，怎么办？再加上一些看笑话的人故意说事，想让大万治治高家老二，好让杀杀威风，时不时地给大高加点油添点醋，扇点风，点点火，把大万说得怒火万丈。

今天不知又有谁去了大高家，所以大高取来高克林的半自动，把枪栓拉得呱啦啦响，对老婆说，我今天非把老二除掉不可。

“亲家在家没？”张志德明知道大高在家，进门前却大声喊着问着，当然他也精得很，生怕大高在气头上，加上天快黑了，万一把自己大当成老二，开上一枪这个故事怕就做不成了，要做也只能另选一个角度了。当张志德走到院子里时，果然一杆枪管从窗子里露在外头，枪口黑洞洞的，好像一只老虎大口，当过民兵队长的人，这个东西他再熟悉不过了。

张志德进门来时，高家老大还坐在枪跟前，两只手做出个射击状。“亲家，你这阶级斗争观念还很强呢，休息不忘战备。”

“我害怕狼跳进来，”大高替自己下台阶“前一响听说杨家湾村里进了一只豹子，所以我得时时提防。”“老二还没有收工啊？”张志德明知故问，一边说着，一边脱了鞋子上了炕。

“别提他了，丢人现眼的个货色。”提起老二大高气就不打一处来，鼻子口合起来喘气都跟不上。“亲家你说说，咱们弟兄，再往上人老几辈，给我丢人丢扎了，我大高亏了八辈子先人了，养了这么个货。要不就是我八辈子先人亏了先人了。你说我这张老脸往哪儿搁。”

“亲家啊，不要生气，娃娃还小，不醒事，大了就弯回脖子了。你看咱们庄里谁有克林手巧，谁家小伙子有克林长的标致，谁家儿女有克林孝顺。”

大高慢慢地把枪从窗子上抽回来，把子弹退了出来。

“快把你那烧火棍拾剁起来，阶级敌人也罢，狼虫虎豹也罢，咱们两个人总能对付一阵子吧？”张志德给大高，他的大亲家灭着火。

“哎，”大高这才正经抬头看了张志德一眼：“你说我该咋办？”

“亲家，你听我说，张志德见有了成效，继续开展思想政治工作，年轻人见了年轻人好，白胡子老汉不中用了。咱们老了，不要管年轻人的事。男也好，女也罢，那个东西是个肉的，你怕什么？”

“哎，亲家，一言难尽啊。”

“克林是方圆几十里有名的孝子，你打着灯笼都找不来，有这个后人你偷着笑去吧。”张志德继续开展他的思想政治工作，“你老两口子上了年纪，克林下地回来，挑水煨炕，帮他妈做饭拉风箱。白天地里劳动，回来从来手里都不空，不是拾柴就是捞草，你看你家的煨炕的麦衣子，浪沫子，烧火用的柴草堆的跟山一样。别人家这边做饭呀，那边才去拾柴。克林小雨天上山拾地软，拔沙葱，摘野蘑菇。冬天还给你用身子暖炕，用肚子给你暖脚，两天三天总要给你老两口烧些水洗个脚，有这样的儿子你偷着笑去吧。”

大高被张志德的政治思想工作给说高兴了，说：“来，亲家，我这有好茶叶呢，咱弟兄两个喝一杯茶，还有老二不知从谁家要来的糖精呢，一杯茶放一颗就甜得不得了。”说完把半自动压在了炕头柜子的上面，用被子盖住。顺势取来茶具。

这说到高克林的孝顺，可确实是名声大得很。不管是大还是妈，只要说一声，他立马就去执行。老百姓说，孝顺孝顺，顺着就是孝，高克林确实是百依百顺，而且想着方子变着花样孝顺老人。除了张志德说的那些事，高克林孝顺老人的事不计其数，比方说谁家做好吃的了，他只要闻见了，总要去和这家人拉家长里短，帮忙扫院子、挑水，主人让他吃饭，他说“不了，不了，我想给我爸我妈端一碗，行不？”主人见这么孝顺的儿子开了口，必定让他手不空。

这个事故苗头就这么解决了，事态平息了，世界安宁了。

过了些日子，大高得了怪病，吃啥吐啥，人瘦得没有一点肉了。高克林想尽了办法也无济于事，给他大哥高克善打了个电报，希望能给部队领导告个假回来看一看老人。

有一天，大高突然精神好得很，自己洗了脸，能下地转动上茅房了。

从茅房回来，对高克林说：“我咋闻见谁家烧猪肉的味，这五黄六月又不过年，谁家杀猪干啥呢？”

高克林明白他爸的意思，一转身出去了。

等到吃中午饭的时候，高克林端了满满一碗酸菜烧猪肉片子，从院子一进来，满院子都能闻见猪肉的香味。

大高像个孩子似的，连饭都等不及了，接过碗就大吃起来，不一会儿工夫，一洋瓷老碗酸菜炒猪肉片子就吃了个精光。

高克林和他妈看着大高能吃饭了，心里高兴得没治。

不大功夫，大高要喝水，高克林端来开水，又放了一颗糖精，大高一口气喝了下去。

还不等把空碗接过来，大高把头一歪，不喘气了。高克林把大抱在怀里，拼命地叫喊：“大、大，你醒醒，大，你醒醒。”

大高的婆娘飞出门去找村上的土大夫。土大夫来了，摸了摸脉，又用手在鼻子上试了一下看喘不喘气，试完了说：“赶快穿老衣吧，过会硬了就穿不上了。”

“哪来的老衣呢？”大高婆娘拉着哭脸说，“家里穷得老鼠都不来串门子。”

高克林看了一阵，抹掉眼泪，从自己手上摘下一只银白色的戒指，戴在大的手指上，是无名指。算是为老人最后一次尽了孝心。

第二十七章

“三爸，我给你说一件事情。”

“嗯。”被叫做三爸的人正是张志德书记，因为来的人是本家侄子，也是玉字辈的排行老大，在家族里是有分量的人，所以张志德挪了挪身子，算是让坐。

来人叫张玉玺，见三爸很客气地让了座，就顺势跨在炕沿边上，一边取出雪茄卷烟，递给三爸一根，然后自己也点了一根，吐了一口烟说：“有人把我三奶奶的坟上挖了一个洞。”张志德本来是斜靠在炕上的，侄子这么一说，他一下坐了起来，看了看侄子，说：“谁挖的？”“不知道”“为啥要挖？”“听说是挖的是防空洞，打仗的时候防敌人飞机的。”张志德瞪大眼睛看着侄子，却不说话。侄子走后不多时，又来一个人，进门就喊：“七爸、七爸，不好了，有人在我七奶奶坟上挖了一个洞。”张志德因为有前面侄子说过的情况做铺垫，所以听了并不惊讶，连忙把来人让在炕上。

来人名叫王有元，是小学的一名挣工分的代课教师。他为什么叫张志德七爸呢，原因是本来张志德在张家排行是老三，所以他的侄子来了就称作三爸。但是张志德亲弟兄只有一个，旧社会单位独户，独根独苗的人时常受人欺负，地下党的代表杨志华就把村里的八个独子召集在一起结拜成了弟兄，王有元的父亲王进财在八大结拜弟兄中间排行老三，张志德在八大结拜弟兄中间排行为老七，所以王有元一踏进门就喊七爸。

张志德问了问挖祖坟的情况，没有说什么，只是给王有元说，千万不要阻拦，要不然会犯错误的。王有元虽然不理解七爸的意思，但对长辈还是十分敬重的，不再说什么离开了。

当天晚上又有三个人来找张志德书记，头一个进来的是小个子宋庭元，这个人愤愤地说："咱跟着共产党没白没黑地干工作，有些人不理解就算了，还挖你的祖坟，这不是欺负人吗，有一句话说：'尿浮打人不疼，臊气难闻。'你得赶快去看看。"

张志德和宋庭元不但都是解放初一块参加民兵闹翻身搞解放的人，是打土豪斗地主分田地的人，一块参加过打土匪，捉土匪的工作，应该是结成的友谊相当地深厚，但是有一件事情却让他们二人心中有了深深的阴影，这个阴影的起因还是老先人埋坟的地方，也就是本文故事中所说的挖了张家祖坟的那块地方。在双铺村的东边500米的地方靠南边有一架山，这架山是从靖远县的名山屈吴山延伸过来的，到了双铺村这个地方山收了脚，但是不论远看还是近看，这个山脚的地形地势非常漂亮，不管是内行的阴阳先生，风水先生，还是外行的普通人，看了这架山都觉得很有内涵。双铺子的人讲究给老先人找一块风水宝地，老人死了安顿在风水宝地上，目的是让后代们发达，人旺、财旺，有贵人名人从家族中成长起来，这就叫做坟上出了个人物或者叫祖坟上冒青烟了。翻过来说，如果谁家出了一个当官的，或者发了财，这家的祖宗坟地上会经常有人在现场观察，然后一边大加赞扬，一边偷偷地满世界找地方。正因为这个原因，所以大家对祖坟相当地看中，即便两家结怨有杀父之仇也不会动人家祖坟，因为那是遭人世世代代唾骂的事情。这块地方先是张志德发现的，原因是他家就住在双铺村的东南面，村子最南边的边境处，离这个风水宝地的距离是最近的，再一个原因是解放前还是解放初，张志德是民兵队长，经常在这一带找土匪找抓流寇，对这个地方的山山峁峁十分熟悉，他还和阴阳风水先生专门看过这块地方，阴阳风水先生说，如果有谁家的老人过世了，埋在这个地方，后代们必定发达。阴阳风水先生把这个话也传给了宋庭元，巧的是张志德家有一个六十岁的老母亲，病病歪歪地睡在炕上已经快半年了，而宋庭元的母亲不但病倒在炕上很久了，而且宋的老母亲八十有三了，俗话说：七十三、八十四，阎王爷不叫自己去。宋庭元的老母亲活在世界上应该是按天计算的。有一回宋庭元在这个地方看地形，正好碰见张志德也在这个地方看地形，宋庭元说他找羊，羊丢了。张志德说他找牛，牛跑了。两个人都不说实话。说着说着张志德说他看上这一块地方了，如果老母亲过世了就埋在这里，宋庭元说他也看上这块地方了，而且他专门请阴阳先生架起罗盘在这里看过，阴阳先生说，把老先人埋在这个地方绝等地好，头枕屈吴山，脚蹬黄家洼，左青龙是宁夏海原的西华山，远远看上去就是一条卧着的青龙；右边是大头小尾的一串山，一个比一个小一点，这实际上就是吊眼白睛的兽中之王白虎精现身的地方，所以说叫做左青龙、右白虎。

因为求解放，他们结拜年成兄弟，互相照应。加上闹翻身两个人结成了友谊，但是两个人在选这个地方埋老人上却产生了阴影，说到后来，两个人达成了一条君子协议：谁的母亲过世得早谁就把这块地方占了，没有占上的人听命老天爷的安排，绝对不再计较。两个人不但达成了口头协议，还向对方作了保证：谁要是反悔谁就不姓张或者不姓宋。

1953 年，张志德的老母亲病重了几天以后过世了，阴阳风水两先生来了就说把老人埋到那块地方，张志德心中早有盘算，所以顺势把老母亲就埋到了那块风水宝地。宋庭元知道这个结果后，心中隐隐的作痛，却因为有言在先，不好说什么。

所以，宋庭元今晚上来，一说到祖坟被挖的事，两个人都明白是历史的起因咋回事，张志德感谢宋庭元及时来给他转告消息，说：“六哥你先不要急，待我把情况搞明白了再说，这个事情我已经听到风声了，谢谢你了。”

宋庭元要起身了，补充说：“张书记，我今儿个来不光是向你报告这件事情，我还要向你说明白，这件事情绝对与我没有一分钱的关系，挖人家祖坟这是伤天害理，断子绝孙的事情，打死我宋庭元也不会干。这号子事情祖祖辈辈会遭人唾骂的，唾沫星子能把人淹死，洗都洗不掉。毛主席和蒋介石争天下的时候，打得昏天黑地，斗得你死我活，但是两个人都没有挖对方的祖坟，况且咱们两家一无冤二无仇，咱们两个还是弟兄们呢，我凭什么要挖你的祖坟呢。再说了，刚解放的那会子咱们互相做过保证的，君子一言、驷马难追，我是一个男子汉，咋能食言呢。”

张志德见宋庭元最后这些话说得诚恳，就安慰道：“你先不要想那么多，我相信不会是你做的，请你放心，等我把事情弄明白了，咱老弟兄们再说。”

宋庭元的两个目的达到了，一个是报告了消息，二个是洗刷了自己，心中感觉有些舒坦。不过他的潜意识里还埋着东西呢，这件事情的发生对他埋在心里几十年的不暖和稍稍有些宽慰。

望着宋庭元远去的背影，张志德心想，这个世界上的人真复杂呀，人和人本来可以和睦相处、友好相待的，就是因为有了利益才发生矛盾；还有些虽然没有利害冲突，却因嫉妒才产生矛盾。古人说的好，人咬熟人，狗咬生人，一点都不假。

宋庭元前脚走，后脚又闪进一个人来，这个人满脸黑胡子，扎扎地向四周发展着，因为人姓乔，所以村上人背地里都不叫他乔生剑，而叫他焦赞。焦赞还没有坐稳身子，就睁着眼睛说：“他表叔爸，你家的祖坟叫人挖了，你咋不管呢？你在村上是有名的孝子，你妈死了多少年了，有的人都不让她老人家过安省的日子，你孝什么顺，孝？”焦赞说得情绪激动，口里的唾沫星子四下里乱飞。

焦赞叫“他表叔爸”这个称谓很复杂，双铺子人有一个习惯就是通过各种关系套近乎，拉关系。有姑表叔、姨表叔，姑表叔姨表叔的平辈亲戚也就被下一辈人称作表叔。“他表叔爸”这几个字看似简单，细细地说起来却不简单，“他”字是对自己的儿女说的，具体一点就是儿女的表叔爸。表叔的意前面已经叙述过了，而且多少人根本就搞不清，弄不明是哪一门子的表叔，真成了“我家的表叔数不清”了。“爸”字就不用作解释了，言中之意他代儿女称呼，他和张志德书记就是平辈关系了。

“你先不要生气，我还没有在现场看过情况呢，等我过几天忙完了，到坟上看看再说也不迟么，反正挖已经挖了，咱们再着急也补不成新的，你先把烟点上。”

焦赞嘴上十分生气，口气也非常激动。其实他的心思张志德书记十分地清楚，初级社高级社那时候，他们死活不入社，入社这本来是上面的政策，张志德那时候是社长，社长是共产党的代表人物，又是党的政策的具体执行者。入社不光是人加入初级社、高级社，家里的牛、羊、骡、马、土地一律要入社，焦赞祖辈上留下了二十几亩坝地，在影子弯里，是一个上水的坝地，土地肥沃，只要山里下雨淌山水，他家的二十几亩地不费吹灰之力就能浇上山水，所以他家的日子过得比别人滋润。结果一动员入社，他们老老少少齐动员到张志德家闹事。入社毕竟是党的政策，任何人都无法抗衡。社还是入了，但是仇恨的种子却在焦赞的心中深深地扎了根。何以见得，本文在其他章节里曾经叙述过 1960 年双铺村子的大食堂时期，这个人公报私仇栽赃说张志德的女人把生产队里的麦子偷了，生产队紧接着就把张志德书记家六口人的供应粮给斩断了，断粮一共持续了三个多月。张志德书记在五区工作，家里的六个娘儿母子差一点饿死了。其中焦赞就还作为生产队里的积极分子，每天要到张志德书记家巡游一次，一进门先揭开锅盖，看是不是偷来生产队的粮食做吃货呢。

这个仇报得是非常有道理的，张书记得罪了人家么，人家不报仇干什么？

1968年，“文化大革命”期间，焦赞作为生产队的造反派骨干，给自己也戴了一个红袖章，把张志德书记和村里的地、富、反、坏、右五类分子拉到一起让社员批斗，他自己在批斗会上就公开讲了张志德书记收了他家二十亩坝地，害得他家的日子一天不如一天。张志德书记在台上挨批斗，听了这些人的发言，又气又好笑。

“他表叔爸，你得想个办法制止，你再不制止，那些家伙闹不好把咱表叔妈的骨头都要挖出来扔掉呢。老百姓会骂你的，会议论说张志德书记连他妈都不管，还能关老百姓的事啊？老百姓会说你那个孝子是假的，是做样子呢。”焦赞越说越气愤，看样子想自己去和挖坟的打一架呢，张志德听得明白，却心生一念，莫非这焦赞是来当激客来的。一位伟人曾经说过：看看某个人的过去就知道他的现在，看看他的过去和现在，就知道他的将来。过去不善，今天是反善，反善就是大恶。张志德想明白了以后又是让座，又是递烟，嘴里还“他表叔爸”长“他表叔爸”短的，亲热得不行。

焦赞走后，张志德本打算和女人一块商量一下这个事情呢，结果正在关门的时候一个前后胸吊着褡裢的人推门进来了，头上戴一顶油几巴跟的瓜皮冒子，来人瘦归瘦却十分精神。张志德一看进来的是陈阴阳，知道他的来意。“你都听说了吧？”陈阴阳一进门就问张志德书记，也不说个主题，外人如果冷不丁丁地被问这么一句，真的不知道是什么意思，但是张志德已经知道了事情的大概，所以陈阴阳没头没尾地这么一问，他就明白陈阴阳问的是什么。他“嗯”了一声，反问一句：“这么晚了你还没睡呀？”“张书记，我是一个阴间阳间来回走动的人，对瞌睡不太在乎。那边一叫我就得过去，这边谁家老人睡倒了我又得过来，睡不睡觉由不得我。我说张书记，1953年你妈过世时候咱们就看好这块地方了，这绝对是一块风水宝地。你看看这天要下雨的时候，埋你妈的那架山顶上就往外冒云，一会会儿天上就黑龙翻滚，要不了一袋烟功夫，大雨像往下倒一样，云咋来的？那架山里有青龙，青龙吐雾必定下雨。你再看看，你妈睡的那个地方，那个地方比咱们上下双铺村高许多嘛，她老人家每天看着村子里的男女老少来回走动，鸡也叫，狗也咬，牛羊满圈，骡马奔跑，她老人家不寂寞嘛。你再看看每天晚上，家家户户灯火辉煌，这明明是给你妈烧香呢嘛。烛光闪闪灯火通明，千家万户都在孝顺她老人家。你当书记连这个都看不出来吗？再说了，你家的二儿子，听说在新疆部队上干成连级了，要不了多久，就会成将军，咱们这上下川道里，除了乾隆年间出了一个王进宝将军，再还没有出过大官呢。我当年就看好这个地方，把你妈安顿完了以后，我给我的嫡亲们私下里悄悄地说：‘等着看吧，这张志德家的后代一定会出一个人物的。’如今眼目下，你遭了人的暗算了嘛，这把你妈的坟一挖就把风水破坏了嘛！把气漏了嘛！把坟院里的气漏了就好像咱们蒸馍馍，全靠锅里开水聚了热气把馍馍蒸熟的，把气一漏这蒸出来的馍馍成了塌塌子了。”

张志德书记早年也是一个佛教的信徒，也曾经在庙里抬过轿子，请过神，后来参加了共产党就不再相信什么鬼神的了，不信神了，对陈阴阳的这些话他却扎进了心中。坏不坏风水那是迷信的说法，但是挖祖坟这绝对是欺负人的勾当，心里气得很。张志德书记毕竟是见过世面的人，又是共产党的书记，遇到过的大事多得很，所以听了这些让人生气的话，他心里很气，脸上去平平展展的。对陈阴阳说：“感谢陈阴阳对我的点拨，我明天去坟上看看再说。早点睡吧，你来回走动小心些。”张志德书记所说的来回走动不知道指的是从陈阴阳家到张书记家的来回呢，还是从阎王爷那里到人间这里？陈阴阳说：“不打紧，我在阎王爷那边登记过，把门的都认得我，熟！”说得张志德书记也扑哧地笑了。

张志德书记是一个勤快人，从小吃苦耐劳，养家糊口就练就了一个早起的习惯。当了民兵，当了生产队长，包括现在当了党支部书记，更是睡不着了，所以第二天，天麻麻亮，张书记就来到老娘的坟地里查看情况，他先在坟院的东南边半山腰里看见了一大堆新黄土，爬上黄土才看见约有一人高，一膀子宽的一个深洞，根据洞外面堆起来的黄土估算，这个洞足有一百米以上，他不知道谁在这里下这么大的功夫，到底要干什么？根据工程量分析，这是一个集体的行动，一两个人是没有这个能力的。他一边走一边想，早些回去，省得碰见村上的人难看。结果一抬头，又看见娘的坟头正上面的山腰上有一个洞，他迅速爬上去看个究竟，洞的尺寸和下面的那相当，他明白了，这两处的洞是相连的，是贯通了的。

害怕碰见人偏偏碰见人，他一回头看见娘的坟下边站着一个人，走近一看是上双铺村的庞养贤，这也是一个老民兵，当年和张志德书记一起上山捉过土匪。庞养贤早就认出了看坟的是张志德书记，凑到跟前压低声音说："书记，你都看见了吧，这是上双铺村上的人在这个地方挖的防空洞。"张志德书记问："防空洞不在村上挖，为啥跑这么远挖。"后面的话张志德书记没有再往下说，这个挖防空洞的地方距离上双铺村有三四里地，放下村子不挖防空洞，跑这么远来挖防空洞，要么是不懂事的人干的，要么太懂事的人干的。如果是下双铺的人在这个地方动土还说得过去，因为下双铺村子离这里也就 500 米左右。庞养贤停了一会压低声音说："是生产队的队委会决定的，是晏玉清的意见，你听了千万不要上气，也不要说是我说的。"

张志德书记告别了庞养贤后心里的气不打一处来。虽然是十月底的天气，地都上冻了，但他仍然觉得浑身燥热，解开衣服扣子，坐在自家门口的地埂上直喘气。

喘了一阵粗气，晏玉清的形象渐渐地在他的头脑里清晰起来了：魁魁的身子，大大的头，些许还有一个农民中很少见的将军肚子，见了谁都先一笑，然后才张嘴说话。解放前从会宁逃难过来住在白石头沟就住下了，后来又从会宁逃难过来的老米家，也住在白石头沟。如此说来白石头沟就住了晏家和米家两户人家，无论从下双铺走还是从上双铺走，去白石头沟的距离都在 3 里左右。

1958年10月间成立公共食堂的时候，晏玉清当了公共食堂的管理员。1960年又荣升为两个双铺村合为一体的生产队的队长，张志德那个时候是生产大队的党支部书记，生产大队上下共有十多个自然村，5个生产队。

再往前追忆，张志德清楚地记得1950年的冬天，抗美援朝战争打响后，国家提出的口号是“抗美援朝，保家卫国”。志愿军“雄赳赳气昂昂，跨过雅鲁江。”兵员正紧张的时候国家动员青年参军，用实际行动来保卫祖国。张志德那时候是这一片为数不多的共产党员，又是民兵队的队长，就承担起动员青年参军的任务来。农民的意识里是：好铁不打钉，好男不当兵，况且国内战争刚刚结束，朝鲜战争又开始了，参军就意味着上前线，农民把前线不叫前线，叫火线，上了火线不是死就是伤，所以叫谁参军谁都不去，经过和乡政府一起做工作，干部一家一户地登记，有三个青年男子进入了视线，头一个就是张志德的叔伯弟弟张志明，家里弟兄5个，从靖远县中学毕业以后在家里准备务农。这第二个是下双铺村的万克善，家里弟兄三个。第三个是白石头沟里的晏家老二，名叫晏玉珠，也读过几年书，晏玉珠弟兄四个。那时征兵有一个特别条件就是独子不要，至少也得弟兄两个以上，这个条件三个人都符合。接下来就是年龄在18岁到25岁之间，这三个人最小是晏玉珠也二十岁了，经过艰苦细致地做工作，三个青年人虽然有思想疙瘩，但总算同意参军。麻烦出在了家里，当父母的得知儿子要上火线，哭得鼻子一把，泪一把，尤其是晏玉珠的哥晏玉清，明显的有对抗情绪，指着鼻子骂张志德干伤天害理的事，将来一定不得好死。乡政府有办法，在某一天开来一台拖拉机，敲锣打鼓戴红花，还给家里拿来了一包点心一包洋糖，把三个青年拉走了，从此以后晏玉清把仇恨记在了张志德身上。这大概就是矛盾的根源。事实上这三个青年参军以后，只有晏家老二晏玉珠的下场最好，张志德的叔伯弟弟参军后没了音信，是死是活几十年了连个信息都没有，万克善参军后分配到青海，1959年复员回来了，唯有晏玉珠从朝鲜打完仗回来以后提拔当了中尉连长，1958年转业回来在五区的种田公社当了党委书记，退休前已经是县级干部了。但是，晏家人不说后来，只记得老二晏玉珠当兵去了朝鲜，他们一直认为，要不是老天爷保佑，早死在美国人的炮火下了。他们大概没有弄明白，青年参军后就由部队分配谁去那里，张志德没有办法左右形势。

张志德还清楚地记得，1959年，区政府把他调到五区担任党支部书记，五区在种田公社和复兴公社那边，距离双铺村大约四十公里左右，那些年交通极不方便，往返家乡是相当的困难，在他离开不久，生产队借口把他家的供应粮斩断了，当时正值三年自然灾害时期，每人每天供应粗粮只有8两，张志德只有五个后人，加上他的女人总共六口人，一天的供应粮，虽然只有四斤八两，但总还能把命吊住。进入1960年，生产队把这四斤八两粮也斩断了，两个月以后有人捎话给张志德，等他的腰坏了以后，被送回到冰锅冷灶的家里时，女人的眼睛陷进眼眶里了，五个娃娃像五条装过东西的毛线口袋一样，一个一个地塌在炕上，张志德痛心地哭了，找到生产队才知道是生产队长晏玉清做的决定。

话分两头说，张志德坐在地埂子上越想越不是味道，他反问自己，我跟上共产党干革命干错了吗？我为了村子里的老百姓彻底翻身解放难道错了吗？我把心肝都掏给党和人民了，怎么还要连累家里人呢？老婆娃娃差点被人置于死地，现在又要对死去的老娘下手。

苍天啊，我怎么能落到这一步天地。

妈啊，我对不住您老人家……

天已经大亮了，张志德没有进家里，而是端直向侄子张玉玺家走去，张玉玺正准备下地干活呢，见三爸进来了，先放下农具问："三把，有事么？""五斤"，张玉玺的小名叫"五斤"，长辈们这样叫显得亲切："这件事咱们一定要沉住气，别人给三爸设了一个套子，挖了一个坑，咱们如果稍不小心就落入他们的圈套，跳进他们挖的坑里了。""三爸你的意见呢？""五斤，事情是这样，三爸过去干革命工作，得罪了一些人，这些人给我记了仇，随时随地要找茬子报复，他们挖防空洞是按照毛主席，党中央的指示挖的，咱们如果去阻拦，人家肯定扣上一个破坏毛主席的指示的大帽子，反对毛主席的指示就是现行反革命，戴高帽子游街都是小事，闹不好三爸有可能被送进班房子去吃牢饭，咱们明明知道不在村里挖防空洞，跑到你三奶奶的坟上挖防空洞，这不是挖防空洞，是借势挖防空洞欺负人呢，咱们不能没脑子，不能上人家的当，你说对不对？”“三爸，是谁在我三奶奶的坟上挖防空洞的？”“唉，肯定是领导的主意，1960 年食堂给家里断粮 3 个多月，差点把你三妈和你五个兄弟饿死，如今又出了这件事。”张玉玺也是见过世面的，又是四十多岁的人了，听了三爸的话，明白背后的黑手是谁了，便安慰说：“三爸，这事我们听你的安排，不过你和三妈要多保重，也不要让几个弟弟在气头上干傻事，我一会下工了给大些的几个弟弟说说。”“这就好，这就好，你是老大，你多给几个弟弟帮助帮助。”

今天上午的农活是在羊圈里打羊粪，给地里拉羊粪，张志德和几个年龄大一点的老汉在山坡上帮坡，有人拉平板车上坡上不去时，他们就在后面推上坡去，帮了几回，小学教师王有元转过来了，张志德借故休息，坐在地埂子上和王有元扯起了沫。

“七爸，现在的情况是这样的，去年三月二号，苏联侵略中国东北珍宝岛，中国军队打了胜仗，苏联很不舒服，七月十五日，苏联在新疆铁列克捉打中国军队打死了几十个。便宜是占了，但是仇没有报完，他们准备用原子弹对中国进行轰炸。根据这个情况，毛主席号召全国军民深挖洞、广积粮，让全国人民都挖地道，备战，形势是很严重的。打仗是迟早的事，所以不管城里、农村，大家都在挖地道。咱们下双铺子也准备开社员大，动员各家各户挖地道嘛。而且还准备把家家户户的地道连起来，就像电影《地道战》里的那个样子。问题是——”王有元说到这里停住了话题，抬头看了看七爸张志德，张志德的脸上阴得很重，他不敢再往下说。

“还有呢？”张志德问。

“问题是他们不在自己家院子里挖地道，也不在村子里挖地道，偏偏跑到五里以外去挖防空洞。你跑十里二十里挖都没有人拦你，偏偏跑到我七奶奶的坟头上挖什么地道？不说上双铺的人，咱们村里人都喊红了，四下里说‘这一回把张家的龙脉斩断了’‘这一回把张家的坟上气放了。’‘把坟上的气放了，不要说出人物了，怕要出事情呢。’‘这一回把张志德给将了一军，不闹吧这一口恶气咽不下去，闹吧就要上人家的当’。”说咱们反对毛主席的指示，反对毛主席的指示就是反对毛主席，反对毛主席就是反革命。

“有元侄子，你分析得很对，人家借着落实毛主席的指示，备战备荒这个头等大事，在先人坟上寻事，咱们明知道欺负人，但是却不能动，咱们只要一出面阻拦，人家手里提着帽子立马就扣过来了。人家这一着棋走得很高明。所以有元侄子，咱们千万不能动，谁都不能动，哪怕和咱有仇的人都不能动。你想过没有，有仇的人一动，他们肯定认为是我张志德私下里商量好了叫别人出面反对毛主席的指示来的，假装出面帮助咱们，却和挖坟的人是一伙的，一个人唱红脸，一个人唱黑脸，目的都想让我攒进他们埋下的圈套里，有元，你说七爸说得对还是不对？”

“七爸，你说得很对，他们就是这个目的。”

“有元侄子，看在我和你爸是结拜弟兄的情分上，你给火气太旺的那几个人做做工作，千万不要让他们阻拦，听说乔生检就到处放风，要带上人，带上工具去防空洞处闹事，你得给他说说，千万不敢闹事。”

张志德说的乔生检要闹事，这仅仅是他听说的，而且是他没有料想到的，乔生检历史是他的死对头，这次怎么变得乖巧听话，还要替我张志德抱打不平似的。事实上，他们在演戏，在演一出双簧戏。这个问题张志德是看得再清楚不过了，要不然他这几十年的基层领导白当了。

当天夜里，下双铺生产队在文化活动室召开全体社员大会，由生产队长李茂蔚布置挖防空洞的事。下双铺明显也落在了上双铺生产队的后面了，李茂蔚传达完毛主席的指示，又讲了一大堆关于国际形势和国内形势的话，然后布置各家在自家院子里挖防空洞。等各位领导布置完了，张志德说："我说个意见。"张志德的话一出，会场上立刻鸦雀无声，这是因为两个原因，一来是张志德是原来的生产队长，后来又是生产队的党支部书记，现在虽然不当领导了，但是领导的权威还在，所以他一说要发言，大家就静了下来。二来这几天大家议论最多的就是张志德的祖坟被人挖了，今天张志德要在社员大会上发言，八成就要说这件事情，所以社员们一下子都静下来，听这位老领导说话：

"我说……"张志德习惯性地说了两个字的开场白，好像唱戏时的叫板一样："毛主席他老人家为了国家的安全，号召全国各行各业，各单位都挖防空洞，说明形势很紧张，大家要按照李茂蔚队长的布置尽快挖防空洞，我家也要在门口的地埂子下面挖一个大些的洞，因为我们家人口多，小了藏不下，而且这个防空洞还得有个哨眼，不然飞机一轰炸把洞口炸塌了、堵死了，人都出不来了，你们看过电影《地道战》吧。日本鬼子往地道里灌水、放毒，没有哨眼不成。"说得开会的人一阵骚动，窃窃私语，都觉得老领导说得有道理。

"另外"张志德接着说："在这个会上我要说一件事情，这件事情全队的男女老少都知道了，就是上双铺生产队挖地道的事，有的说把我老母亲的坟挖开了；有的说在坟的左右各挖了一个洞，挖出来的黄土堆成了山；还有的说把张家的龙脉挖断了；把祖坟上的气放掉了。好心的人偷偷地给我汇报情况，主张我去和上双铺人闹事，大家说说，落实毛主席的指示要紧还是我家的祖坟要紧？大家在这个大是大非面前要脑子清醒一点！为了落实毛主席深挖洞的指示，如果叫我把我妈的坟迁移走，我坚决服从。哪里黄土不埋人？人死了像灯灭了一样，有什么风水？有什么龙脉不龙脉的。1953 年我把一个娃娃遭掉了，紧接着我的老娘由于伤心过度，也去世了，我一气之下把咱们村上庙里的神全部砸成碎片片子了，也没有见到神把我怎么样。放不放气，出不出人物全在于活着的人努力不努力，不在老先人。

另外上双铺人打地道想得很周全，就知道防空洞必须要连成地道，连成地道还不行，还要有退路，这个退路不能在村子里，要往山里伸。各位社员们，这个伸的过程中就我妈的坟上伸出来了，你们觉得可笑吗？不可笑。黄老鼠在地下打洞时能看见往哪里打吗？打地道的人在地底下，地道往哪里走，根本就看不见。既然看不见，从哪里伸出个洞口都有可能。从我妈的坟上出来就奇怪吗？这样还好，我妈看见敌人的飞机导弹来了，进洞还方便。”说得大家哄堂大笑，开会的气氛活跃了起来。

“古人说，若要家里出贵人，坟院里头挖洞洞，这个洞洞挖得正是时候，正在合适处呢。要让我们挖两个洞洞，我们没有那个力气也没有那个资金。这下正好，别人替我们挖了，真正是瞌睡送来枕头了，我得感谢人家呢，不但要感谢挖洞洞的人，更要感谢伟大领袖毛主席。他老人家人虽然住在北京城，却能知晓全世界，连我妈的坟上需要开几个洞他老人家都能算出来，话没有明说，也不便说单单给我张志德的祖坟上挖个洞洞，而是号召全国人民深挖洞，全国人民都挖洞，双铺村能不挖吗，这一挖正合适，毛主席肯定满意，所以我得感谢伟大领袖毛主席呢。”

“所以，大家千万不要在背后说三道四，更不要火冒三丈，乔家他表叔爸，唉——，他表叔爸来了没有？”“来了，来了，他表叔爸，我在听着呢。”乔生检见提到自己的名字了，精神头来了。

“乔家他表叔爸——唉，听说你还要带上人，拿上工具去上双铺闹事，你对表兄我好，我十分感谢你，但是你想过没有，你去闹事双方打起来怎么办？伤了人，出了人命咋办？你去闹事，人家说你代表张志德的，是我张志德私下里操纵叫你闹事的，到头来你仅仅是一个马前卒，我张志德就成了千古罪人了。所以，乔家他表叔爸，你对我好，这份情我领了，这个恩我记在心里，但是你千万不敢这么做。再说了，乔家他表叔爸，你家的老三不是刚刚验过兵吗，已经基本合格，就等发通知书了，你去这么一闹腾，马上给你扣一个破坏毛主席备战的指示的反革命帽子，你当了反革命，你家老三不成了反革命分子的儿子了？反革命分子的儿子还能当兵吗？你想过这个后果没有？”

“说得好！”

“说得对！”

“还是老领导棋高一筹。”

社员们纷纷议论着。

乔生检听了张志德的表扬，心里美滋滋地，嘴角上露出了些许笑意。

张志德以表扬来传递信息，而且明示了自己在自己老妈的祖坟被挖这一件让大家议论纷纷的事情，他的态度出乎了所有人的意料，大家都没有想到仅次于杀父之仇的这个深仇大恨，张志德这么轻描淡写地给过去了，都有点想不通，只有张志德心底里明白，而且另有他的盘算，关于这件事的另有盘算，到底怎样盘算的，我会在别的地方专门描写。

三十年过去了，人们慢慢地把当年挖祖坟的事情给淡忘了，原因是老年的人大多数作古了，中年人各顾各的日子，没心思再在茶余饭后扯这些陈谷子烂芝麻的往年旧事，年轻人一天天长大了，但是他们远走高飞去外地谋发展去了，人们彻底地淡忘了。

但是有几个人却没有淡忘，这件事埋在他们一家老小心底里几十年，时常折磨得他们吃不好，睡不香，心口子里隐隐作疼，这几个人便是晏家老大晏玉清，如今已经过了七十岁了，晏家老二晏玉珠，晏家老三晏玉珍，晏家老四晏玉林。

2006年的一天下午，太阳还剩一竿子高的时，弟兄四个人从背巷子里悄无声息地溜进了张志德家，弟兄四个人手里各提了一样礼，具体地说就是两瓶茅台酒、两条软包装的中华香烟、两包精美的白砂糖、两盒出口的武夷山毛尖绿茶。进门来不问青红皂白，弟兄四个人齐刷刷地跪在张志德老汉面前。弟兄四个人的举动把张志德吓了一跳，定眼看时才辨认处是晏家弟兄。张志德老汉立起身子连忙说："使不得、使不得，你们这是干啥吗？快起来。"

弟兄四个人口中念念有词地说："张爸，我们错了，请你老人家原谅。"

"你们这是说的哪一路子昏话，错什么了错？你们的胡子都白花花的，跪在地上让我折寿呢。赶快起来，赶快起来，再不起来我就给你们下跪。"

弟兄四个捣蒜似地给张志德磕了头，慢慢地站起来，齐齐地立在炕沿边上。

张志德问明了弟兄四个人的来意说："这都啥年代了，谁还记那个年月的什么事干什么，我压根就不知道那件事。直到 1980 年，我们几个后人才说发大水把那个地方冲了两洞，我说没事，不要去管了，好好把你们的事情干。你们问问村上的上了年岁的人，看谁还记得你们说的那个事？年轻人就更加不用说了，都天南地北地奔前程去了，连咱们双铺子的家都不回，谁还有心思操那个闲心，所以你们弟兄四个就不要往自己身上揽事情了，那与你们没有任何瓜葛。"

过了一会，张志德说："听说玉珠干得很不错，当了县长了，咱们这里人把县长叫县太爷，你是不是每天上班时，叫人们把鼓一敲，说：'升堂'？"说得大家都笑了，整个气氛活跃了许多。

"那还不是你的功劳嘛。"晏玉珠说："当年你要是不动员我参军，我绝不会成长的那么快，也绝不会有今天，所以你是我的大恩人哪。"

又过了几年，张志德的后人们说，把奶奶坟上的那两个洞填上吧，张志德坚决不同意，说："纸留百年，墨留千年，洞留万年。叫留着吧，留着好。"本来老百姓说的纸留百年，墨留千年说的是有字为证，是个证据，结果这老人家又加进去了一个洞留万年，不知道这老汉留万年的意思是万年才能自然变得找不见了呢，还是把当年这个罪证留给万年以后的后人们看呢？老汉越活越成了精了，说话不说明，全让你们去思考，就如同 1920 年海原大地震前有一个道人，一个手拿着枣，一个手拿着桃子，一边走一边念念有词，地说："枣、桃，枣、桃。"人们都离他远远的，说这个道人是一个疯子，结果一场大地震让27万人见了阎王，这时候大家才想起来老道人的话，枣桃，枣桃的谐音就是"早逃，早逃"。明明白白地让大家早点逃命么，人们怎么就解不开这个迷呢，年轻人说，你们当时为什么不把道人拦住问个明白嘛，人们说："天机不可泄露也。"

又过了些年，双铺村成立了乡政府，名叫黄桥乡，乡里的领导一茬一茬地升了官，外乡的领导眼睛红了，来黄桥乡取经，结果一看乡政府对面的山势，不再说话了，回去以后积极活动要调到黄桥乡来工作。黄桥乡的机关工作人员，有时间就在对面的山上植树，大都种植松树、柏树，种树的人看见山坡下面一点有两座坟茔，坟茔的背面和头顶上分别有两处山洞，人们窃窃私语着，不知道都说了些什么。

又过了些年，大约是二十一世纪初吧，张志德的后代们已经到全国各地，五湖四海参加了工作，最大的一个官是解放军的一名大校师级领导，有两人是博士学位，近六人是硕士学位，还有本科大专无法准确地统计出来。张家的老院子基本上没人居住了，只在每年清明节时，大家才回来给过世了的老人上个坟，烧个纸钱。

老院子背靠着一座小山包，外人从远处看了说："搞不好这是一座大型的坟茔，说不定是西夏王的王陵呢，因为早先这里是西夏国的领地，况且西夏国真正的王陵至今无法确定到底在哪里呢！"

第二十八章

1973年5月前后，双铺子村上突然开过来许多小汽车这可把双铺子村的人可惊得不轻，大家围过来看稀罕，指手画脚地说个不停。这时候从小汽车上下来一个干部模样的人，约莫七十岁的样子，一下车就打听这个地方是不是叫双铺村村，村上的人说是。又问这里早先有一个老妈妈和一个二十一二岁的儿子，现在可在这里不？村里人都回答不上来，村支部书记秦旺财把这些客人领到自己家里，因为秦旺财的爸是双铺村的老户人家，对双铺村的历史比较清楚，可是他绞尽了脑汁也没有想出来娘儿俩是谁，客人找不到要寻的娘儿俩，非常失望地走了。

有一天，张志德去秦旺财家串门，喝茶拉家常，秦旺财大无意中说起这一件事情来，张志德惊讶地说："哦哟哟……你咋不叫一声我吗？那个人寻的正是我，那是我的一个结拜哥。"

两个老人一边喝茶一边听张志德回忆当年和那个红军军官结拜弟兄的经过。张志德说：

那应该是1937年春上的事情了，西路军在河西走廊打了败仗以后，陆陆续续有红军从双铺村经过，有的装的是看病的医生；有的装的是算命的先生；

有的假装是做买卖的；许多人穿得破破烂烂，边走边要着吃。我的结拜哥就是一个穿着一件烂羊皮袄要饭到家里的。

他来到我家的院子边上，我正好从院子里走出来。

我在门口站定了，朝来人打量着，问道：“你从哪儿来的？”

来人冲口而出“我从靖远来的？”

“听你口音像南方人，怎么从靖远来？”

“是这样的——”来人知道自己的口音泄露了天机，便急忙编了一套谎话说：“我是八师的，去年打红军路过靖远，因为病了掉了队，就在老乡家里干一点另活挣口饭吃。”

我侧着头看了他一会儿，又问：“你们第八师的师长叫啥名字？”

“毛炳文。”来人不假思索地回答，因为八师师长毛炳文在江西时，就曾经是他手下的败将，这个问题是难不住他。

然而，尽管来人以为自己的谎话编得天衣无缝，但到底他不是一个会编谎的老手。

我察言观色，幽默地说：“你们的师长不是毛炳文，怕是毛泽东吧。”

冷不丁冒出来的这句带刺的话，把来人搞蒙了，整个人像冻住了一样，站在地上不动了。他可能认为，我是一个民团的头目，如果真的这样，那可就麻烦大了。在河西走廊失败以后，几次与敌人遭遇都安然脱险了，没想到大江大河都过来了，却要淹死在这条小水沟里。不行，从他的眼神里看，他正在想办法逃跑！

正在他绞尽脑汁的时候，我却先开口了：“我原是二十六军的，去过湖南，同红军打过仗，现在销假回家奉养母亲。”我这一套谎言显然是编造出来的，因为我压根儿就没有当过兵，去年要不是马步芳、马鸿逵抓兵，我还在中卫的莫家滩拉长工着呢。

听到“二十六陆军”来人冰冷的心中，突然泛起一丝暖意。他想起，宁都暴动，编入红五军团的正是二十六陆军。看来这位年轻人对红军多少会有些了解。然而屡经风险的这个红军干部，仍然不敢相信眼前这位陌生人。他淡然一笑，似乎姑妄听之。

我告诉了他许多有关红军的情况，并问他有什么难处，准备上哪儿去，这种同情心和怜悯之心绝大部分出自自己逃荒要饭的苦难经历，也出于对红军将士的无限崇敬之心。

来人仍不想暴露真相，只说要回老家去。

我劝说道："不要回家，当红军好！红军就在庆阳，你到了庆阳就找到红军了嘛！"我边说边拉着来人的手进了院子，盛情挽留道："今晚就在我家住一宿，明天再走。"

来人犹豫在怀疑与信任之中，半推半就，跟着他进了院子。走到屋门口，张志德又问："你在红军里做什么？""当伙夫"来人回答。

看来真诚能开金石，来人无形中已默认了自己是红军。

我打量着他，笑道："看样子是个当官的吧，可能官还不小呢！起码是个连长、营长的。"

红军军官一笑置之。我也知趣不问了。我俩携手走进我住在我四爸家的一间小客房，屋里很简朴，但很干净，炕上叠着几条素花被褥，我妈妈是很有教养的人家出来的。

我妈正在房中拾掇衣物，我说："妈，来了个客人，给他做点饭吃吧！"

我妈望着蓬头垢面，衣衫褴褛的这个红军干部，慈祥的脸上露出了怜悯之色。因为他们也是讨饭人家，她摇了摇头，长叹了一口气，说："你辛苦了，出门在外的人，难呦！"说罢，便吩咐我去打洗脚热水，她自己又亲手去做面条，还炒了菜。

炊烟一起，小房子里显得暖融融的，把红军军官心中的那份惊悸疑惑，变成一种微带温馨的迷乱；把惊异于的心情的变化，却又默默地接受了。

他用我端来的热水洗了把脸，又烫了烫脚，那感觉宛如从原始社会一跃而回到文明时代。是的，自从西路军在高台惨遭失败以后，他这还是第一次用上热水呢！就在烫脚这一瞬间，似乎一多月的疲劳都消失在热水里了。

洗完了脸，我妈又端来了热饭热菜，他拿起筷子，一口一口地啜着面条，发出一种津津有味的声音。这声音，在我妈听来如泣如诉。她幽幽地望着他，眼中泪光闪动，慈母之心，仿佛有一往酸水在荡漾着，我们是受苦人家出身，见到受苦人就伤心落泪。

等红军吃完了饭菜，我又像故友重逢，兴致勃勃地想与他攀谈。我妈却责怪地对我说："客人劳累了，你让人家先歇着吧！"

我无奈，同我妈一起走出了小房子，又轻轻地把房门带上，叮嘱红军军官早点歇息。

夜已渐深，门外各种声音都已消寂。在如此的静夜，在如此的小房里，离群索居的孤独感、陌生感，又像阴云般笼罩了红军军官的心境。他坐在炕上不敢睡下，心想老大娘和她儿子即便是好人，可万一来了民团怎么办？

想着想着，他不禁站起身来，蹑手蹑脚地走向房门，轻轻推开小门向院中观察。只见院子四面都是一人高的土围子，只有一个小门可供出入，在一处墙根下放着个大树墩，万一有情况，只要登上树墩就可以翻墙而出，出了院墙，南面就是大山。

看到这一切，红军军官心中踏实了。这时他才发现，当晚的月亮又圆又大，明月冰盘般高挂在天上，把那土围子的阴影黝黑的投落在院内。这阴影，是那样沉重，那样苍凉。红军军官呆望良久，一种难言的孤寂与落寞，像怒潮似得，又开始在他心里澎湃起来。

月是那样圆，人呢？他不敢再想，不敢抬头正视那盈圆的满月。

他关上房门，回到炕上，猛抬头望见炕头墙壁上挂着半块破镜子。啊！多长时间没有照过镜子了，也不知自己变成了什么样儿。

他凑近镜子，望着镜中的人影，暗淡的烛光下，镜中人竟然是个满面胡须、满脸皱纹的老头儿。他不敢相信，却不能不信，岁月是如此无情，战争是如此残酷，青春竟然如此快地消逝了吗？

他和衣躺倒在热炕上，懒散地伸直两条腿。青春的消逝对他来说似乎不那么重要，但痛苦的往事却像一条鞭子，不停地鞭策着他，沙场上，战友们浴血苦战所发出的惨呼，此刻时远时近、隐隐约约地又在他耳边响起。极度疲困的他，就在这惨呼声中，沉沉入睡了。这一年来的生活，对他而言，确实像一场噩梦，只是噩梦也该有醒的时候呀！

等红军军官在沉睡中醒来，睁开眼一看，天已经大亮了。他失声喊道："哎呀，糟糕！"急忙跳下炕，开门出去，正和我撞了个满怀。

我问："你要干什么去？"

他歉意地说："打扰你们了，谢谢，我该走了。"

"不能走！"我着急地上前拦阻。

说话间，我妈也来了。我们俩一再挽留红军军官吃了早饭再走。红军军官盛情难却，又见昨晚一夜平安无事，对方显然是真诚相助的好人，便留下来吃了早饭。

饭后，红军军官再三道谢，准备上路。我妈却依依不舍地拉住他，摸着他的干粮袋问："这里面是什么？"

她见红军军官吞吞吐吐，不敢直说，便一手夺过干粮袋子，从里面倒出一小堆发了霉的食物：一个饭团，几块干馍、两捧豆子、一撮炒面……这都是红军军官沿途讨来的。

我妈叹了口气，含泪说道："这哪是人吃的呦！不要了，都给我留下喂猪！"

她把干粮袋抖抖干净，把早就预备好的一簸箕白面馍馍端来，一个一个地往干粮袋里塞。红军军官望着我妈微带颤抖的双手，心中顿时涌起一股又炽热又酸楚的东西，他想起了自己的母亲，她常常就是这样，把自己舍不得吃的好东西往他手里塞，往他的衣袋里塞。啊！母亲！多么慈祥的母亲，多么伟大的母亲啊！

他记起了两句湖南民谣："儿行千里离不开娘，子弟兵离不开好老乡。"是的，人民是我们的亲娘，无论过去、现在、将来，共产党人永远离不开他们！

我妈装满了干粮袋，亲手帮红军军官背在身上，又和我一起送他出院门口，指着前方深情地嘱咐道："你从这儿向前走，过去多半里路就是通往打拉池的大路了。"

红军军官谢过我妈和我，正要启程，我妈对我说："他记不住路，你送送他吧。"

红军军官见这我娘儿俩这么热情，如同见到了自己的亲人一样盯着我说："我死里逃生一回，今天算是碰见恩人了。"说完拉着我的手说："我认你做一个弟弟吧！"我高兴地说："那太好了，我正好是一个独子，没有一个哥哥呢。"红军军官说："我也是独子，咱们两个正好是兄弟俩。这样吧，咱们今天当着大娘的面，就以磕头为证结拜弟兄。"我让我妈坐在炕沿上，然后拉着红军军官的手，齐齐地跪在我妈跟前，磕了三个头，我说："我今天认了个哥，我得给哥单独磕个头。"还不等红军军官阻拦，我已经磕了一个响头，然后亲切地叫了一声"哥哥"。两个人又共同叫了一声"妈"。那位身经百战、出生入死的坚强的汉子，也许离开母亲太久了，也许是他经历的苦难太多了，遇见了亲人就特别伤心和委屈，当他叫完妈以后已经流下了长长的两行眼泪。我妈连忙用手掌替他擦干了眼泪。

红军军官站起身来，从衣服口袋里掏出一张黑白照片，一个年轻的军官腰里扎着皮带，还别着一把手枪。他把照片交给我说："兄弟，今后不管走到哪里，你拿着这张照片一定能找着我。"我像宝贝一样，收拾好了照片，然后取过一根棍子交给我的结拜哥：说："哥，出门手里提根棒，又防野狗又防狼。"

又把别人送我的四根香烟送给我的结拜哥，让他带在身上，困了抽上几口能解乏。

结拜哥再一次谢过我们，正要起身上路，我妈说：“送送你哥吧。”

结拜哥很乐意地和我并肩上路，我一直把结拜哥送到大路上。

临别时，我的结拜哥紧紧握住我的手，只觉得眼眶发热、视线模糊，他的心魂，仿佛已从莽莽荒原落入另一个梦境，但觉此刻已不是朔风凛冽的严冬，吹在他身上的只是暮春时节那混合着的百花香氛的春风。兄弟的温情，家庭的温馨，这些本是无比遥远的事情，此刻在他心里，都变得无比的清晰……

我的结拜哥含着感激的泪水，久久凝望着结拜兄弟我，似乎不忍离去，因为我们不是在闲云流水中认识的，而是在患难的险境中，在生死存亡的险途中认识的。我的结拜哥无比珍惜这份深厚的情谊，这种不寻常的“认识”，使他在日后漫长的人生中永远惦记着人民，永远忘不了人民，永远甘当人民的忠仆，永远可以和人民群众在一条土炕上谈心。

送君千里，终有一别。分手后，我的结拜年哥几乎一步一回头，走出一百米外，还回转身来频频挥手。只见我依然站在原地，深情地目送着他。此情此景，在我的结拜哥心中烙得太深太深了！事过几十年后他仍记得这感人的时刻，他肯定一直想能再见见我们母子，无奈关山迢递，路途遥远，早时更因战事繁忙，致使夙愿终未能偿。如今，我妈早已作古，我也是年逾古稀了。但留在我的结拜哥记忆中的，仍然是当年的模样，慈祥和蔼的妈妈，热情的小伙子我那个时候二十一二岁，平头，一身蓝色中式装……

当然了，这些情况是我的后人们看了西路军的回忆录以后说给我的。

解放后，当年的红军军官已经成了上将，总后勤部的部长。他就是大名鼎鼎的李聚奎将军。1973 年从领导位上退了下来，退休了就有了充足的时间，他时时刻刻惦记着落难以后在靖远县结拜弟兄的弟弟，这么几十年过去了，他们母子俩的情况怎么样了，老妈妈肯定过世了，弟弟一定还活着，他为什么没有来找过呢，是忘了照片的事了，还是有什么困难，李聚奎时时放不下这桩事情，所以他带了身边的两个工作人员，在甘肃省委和秘书长和靖远县领导的陪同下故地重游，专门来找他的结拜兄弟来了，谁知道时过境迁，这里的变化太大，竟然没有人知道三十三年前的母子两个。要知道这母子俩人在李聚奎的心目中多么重要啊！

“你为什么没有去找过呢？”秦旺财大问道。

“关键是把照片弄坏了，我哥把照片递给我，我包了好几层布，然后别在房顶的椽缝子里，心想这地方最保险，永远丢不了，结果到 64 年我取出来一看，照片上啥也看不出来了，因为我家的房子漏雨，水把照片淋坏了，把照片丢了就把我哥丢了。”

“模样记得不？”

“模样记得显显的，一个二十七八的小伙子，中等个子，上身的军装比较长，腰里扎了一个皮带，还别了一个精溜子手枪，两只手背在后面，一看就是个军官。”

第二十九章

2002年7月的一个早上，张志德的女人突然不会说话了，紧接着全身不能动弹了。她的子女们很多，忙着请医生买药，又是忙着帮医生打针、吊瓶子输液，到了中午饭以后，大家观察到这位老人没有一点好转的迹象，于是就把老人送到平川区矿务局总医院里。经过了几天的治疗，病情不但有所缓解，还向好的方面转化着，比方说眼神灵活了起来，比方说别人问话时，她能发出："嗯、嗯、嗯"的声音，子女们心里悬着的一块石头落地了。

张志德执意要上医院看望他的女人，他不能离开这个女人，这个坚强的女人陪伴了他几十年，帮助他在人生的道路上闯过了许多个坑坑坎坎，如今孩子们大了，条件也十分地好，她却病了。张志德无论如何都要去医院，孩子们拗不过他就用小车送他到医院。老两口见了都不说话，相互对视着，两双苍老的手握在一起，久久不肯松开。

回来后张志德大哭一场，谁也劝不住，子女们、亲戚们还有邻居们从来没有见过这位曾经的支部书记这么哭过，九十一年的人生道路，灾难一次又一次地降临到他的头上，他都没有流过眼泪，如今他却放声大哭，哭得看望他的人也伤心地掉下了眼泪。

下午三点左右的时候，张志德吃了些东西，和往常一样要睡一会觉，他已经九十一岁高龄的老人了，平时非常刚强，身体也十分硬邦，按照他的生活习惯，早饭之后出去在村子里转一转，和人们说说话，中午吃罢饭就睡上两个小时，下午起来后再出去转转。许多时候坐在马路边上的台阶上和人说话，也看过往的行人和车辆，这已经是他多年的生活习惯了。

但是，张志德今天的午睡和往常大不一样，他一觉睡到第二天才醒来。子女们开头都有些害怕，害怕他伤心得太厉害了睡过去了。大家不住地摸他的脉搏、听他的呼吸，觉得一切正常。张志德醒过来头一句话就说："我做了一个梦，梦见了张五爷。"

张五爷坐在供桌上方，身上背着弓，腰里别着一把箭，两手撑在桌子上和他问话，张志德坐在武士的对面的椅子上，听他问话，二人一问一答：

"你可知道你的前身后世吗？"

"不知道。"张志德答道。

"女娲补天以后就出现了人类，为了争夺地盘，人类互相残杀，是黄帝、炎帝平息了天下，然后东西分而治之，东方由轩辕管理，西边由蚩尤管理。轩辕制造了文字、历法、养蚕、造车舟、谱音乐、医学、算学等等，使人类从愚昧开始走向文明。我就是轩辕的老五，名叫挥，因为从小热爱射箭，先父就叫我弓，以后得知箭射得远，又封了一个长字，到后来人们把这两个字合为一体，叫做张。张氏的发源地应该在河南的濮阳县，以后散开到全世界。后来势力庞大了，许多外姓和没有姓氏的人都改为姓张了，这就是你的前世。"

第三天早上起来以后，张志德又说他梦见了张五爷，张五爷还是坐在头一天那个桌子后面，开口就给我说：

"人是世间最最残忍的生物，神灵把人造出来，希望大家和睦共处，把这颗星星修造好，让环境美好，天下太平，人物相助。但是神灵万万没有想到的是人们学坏了，互相残杀，他们找出种种借口，政治的、经济的、军事的、文化的、法律的、科技的，能用的手段都用尽了，就是要互相残杀。你想过没有，在这个星球上除了人类，还有许多大小不等的其他生物，老虎不杀老虎，狼不杀狼，猪不杀猪，唯独人类自己杀害自己；狗不吃狗是因为狗永远保留着狗的本性，而人杀人却说明了人有时候不是人，没有保持人性。

人的残忍不光表现在人杀同类，还表现在屠杀其他生物，这颗星球上生存的生物有成千上万，哪一种生物都没有逃脱过被人类屠杀的命运？把大象杀害了是为了取那两只象牙，用来装饰和美化自己；把海里的鲨鱼杀害了是为了吃鲨鱼身上的那几片鳍。人的良心哪里去了？你人类在残害其他生物的时候难道就不去想一想其他生物有什么想法吗？世界上的万事万物都是进化的，说不定那一天老鼠长得和大象一样，脑子进化得比人的脑子先进许多倍，到那个时候人就惨了。

人的残忍还表现在破坏这个星球上，本来神灵先于人类造出了这样一颗美丽的星球，从宇宙间往下看蓝莹莹的，十分可爱。这颗星球上有山有水、有树有草、有日有月、有晴有阴、有春秋、有冬夏。有人类有其他动物。大家在一起相处本来是再好不过的了，但是自从有了人类，这颗星球就没有安宁过一天，人们把树木砍掉，把草丛铲掉，让黄土满天飞。一边破坏一边造出来口罩让人们防尘，一边破坏一边提醒大家这是雾霾。什么是雾霾我们看得清楚，明明是尘土飞扬，硬是满嘴跑舌头说是雾霾，连真话都不敢说了。人类造出来的机器往外放着热气，还放着烟尘，这颗星球上有多少排热气排烟尘的机器，人们怎么就不去追究呢？开挖地下资源，把好端端的一颗星球挖得满身伤疤，到处是窟窿眼睛、到处烟雾缭绕。研究的化学的、物理的、核能的新物件把这个星球已经搞得乌烟瘴气了，你细细想一想，哪一个坏事不是人类干的。

人类的残忍还表现在把人划分成等级，什么高贵的、低贱的；什么文明的、愚昧的；什么先进的、落后的；什么富裕的、贫穷的。高贵的就要统治低贱的；文明的就要欺压愚昧的；先进的就要糊弄落后的；富裕的就要剥削贫穷的。为了达到这个目的，一方面开动宣传机器叫让这个分法的合理性，一方面又组织专门的研究人员在研究新的办法。在世的时候把人划成了等级，死了也要划等级，统治者给自己找一块好地方，修一个大的坟茔，被统治者随便挖个坑埋掉，有的连埋都不用埋，随便丢弃。人类大概不了解所谓的阴间，阎王爷那边的鬼魂是不分等级的，只分好和坏。好的就升天，中等的就转世投胎，路过奈何桥的时候一鬼魂喝一碗迷魂汤，把你的前世忘得一干二净，然后投胎，投个什么胎就是什么东西，也有漏掉的，过奈何桥的鬼魂太多、太挤，个别鬼魂就没有喝迷魂汤，结果投胎后一生下来就会说话，谁都不记得自己以前是干什么的。

人类的残忍的另一个景况是说假话，明明是这么想的，偏偏要说成那个样子。骨子里已经是残忍到了极点，话却说得优美动听，想杀人了却说成是为民除害，想抢东西了说成是为了公平，要祸害社会了，却组成什么党、团、社、会。用花言巧语先迷惑一部分人，而后带上这些人再去祸害社会，你都活了快一百岁了，你注意到了没有，人类大凡要干某种坏事了，或者已经干了某种坏事了，必然说得天花乱坠，在这颗星星上你能找出一个不做假的吗？”

“大约人类已经感觉出来了，这颗星星被自己你糟蹋得不成样子了，而且或迟或早要被毁掉，于是又想着法子去外星星找下场。人类的本性如果不改，外星星迟早会遭殃。我的话说到这个份上，你大约知道你的身后的事了。”

“你可知道你的恩人吗？”

张志德被什么声音惊吓了一下，醒来了。一看天大亮了，太阳都爬上山坡了。他伸了一下懒腰，对子女们说：他又一次梦见了张五爷。

子女们头一天还相信这个老爷子的话，第二天再说就有一点不太相信了，认为老人家年龄大了，说话颠三倒四很正常，就不去计较。今天再说他的梦，大家本来不想听了，结果老人家说的和前两次都不一样，这就感觉非常奇怪，大家认真地听老人家说他的第三次梦：

“你可知道你的恩人吗？”

武士的问话把张志德从思维中惊了过来，连忙答道：“知道、知道，我的恩人应该是张秀一、马国平、高德望、魏自新他们，还有在中卫要饭的时候给过十八块银元的队伍上的人，还有在双铺子一个队伍来屋里住了一个晚上的红军干部，第二天就走了。前几年听村里人说，来了几辆小汽车，下来一帮人找双铺庄里母子俩，打问了许多人都不知道，这些人失望地离开了。后来秦旺财他爸说很可能是当年住过的那个人，如今当了大官了，这也应该是我的恩人。”

“不要忘记这些恩人，还有你的父母，你的妻子，你的八个娃娃，他们都是你的恩人。”

“八个娃娃?”张志德睁大了眼睛，脑子里闪出一个困惑了他五十年的问题。

“对，八个。”

“那么，请问，这个八是不是当年一位道人说的‘九二八’?”

“天机不可泄露。”

“明白了，明白了，我明白了。”张志德一连说了几个明白了，他脑子里迅速地闪过了1955年打院墙时的情景。

“还有一些人也是你的恩人，他们曾经为难过你，挖过你妈妈的坟，打过你的妻子，斩断过你家里人的口粮，斗争过你，有的人差点把你的命要了。”

“能不能容我想一想。”张志德问武士。

“不要想，没有他们的为难，你就没有今天，所以他们也是你的恩人。”

张志德正要说知道了，话还没有说出来，却被叫声惊醒了，他抬头看，太阳都爬上对面的山坡上了，这一觉睡得他好累呀。

儿女们守在他的身边，叫他起来洗脸吃饭，儿女们害怕他醒不过来。

张志德把他三天来做的梦给儿女们又重复了一遍，大家都觉得怪怪的，老大说：“早先你说过你太爷连着三个晚上做了一样的梦，结果发生了海原大地震。你老人家连续三天做了一个梦，却是一个连续剧。莫非咱们也会有什么不好的事要发生吗？”老小是上过大学的，懂得的多，说他在电脑上查过，张五爷是咱们张姓的老祖宗，名字叫辉，是黄帝也就是轩辕黄帝的老五，因为善于拉弓射箭，所以黄帝就封他姓张，天下凡是姓张的人，脚指头的小拇指甲都成两半粒，一半大一半小。

当天下午，张志德吃罢了饭，想着吃几口卷烟，然后按照往常的习惯睡上一会觉，然后下午去村子里和年岁大一些的人说说他的梦，求大家帮助他分析一下到底是连着三个晚上做一个梦是什么意思。

正在想他的打算的时候，猛地看见屋里进来了几个人，这几个人和唱古戏上的武士的打扮一模一样，一个个穿着盔甲衣服，袖口子紧紧地束着，背后插着四面三角旗，一个个手里拿着家伙，有的提着大刀，有的手里端着防天化吉，有的提着长矛，跨进门口后房子不但显得十分拥挤，而且气氛也很紧张似的：“这是谁家？”一个武士问。

“这是张五爷的后裔。”另一个武士答到。

“这家的妇人呢？”

“前一阵病了，住在医院里。”

“病得重吗？”

“不大要紧，过几天就出院回来了。”

“咋办？”

“……”

武士们一问一答地说话张志德听得真真切切，他本来想等这些人问完了让他们坐下来喝口茶，张志德以为这一干武士是村上唱戏的人呢，转眼一想不对，这才七八月间，还不是唱戏的季节，正在纳闷的时候一干武士风一样从门里卷出去不见了。

张志德连一句话都没有顾上问，他们就走了，张志德连忙喊：“杨淑，杨淑”。杨淑是他的儿媳妇，刚刚伺候他吃完午饭，在伙房里洗碗刷盘子收拾呢。

杨淑听见老公公叫她，就快步来到上房，问张志德有什么事，张志德说刚进来几个唱戏的，问了几句话就走了，是不是村上在排戏呢？杨淑说现在那有排练戏的呢，排练戏到了阳历年前后了。张志德把刚才发生的一幕给杨淑描绘了一番，让杨淑追出大门去寻找，杨淑一直追到村子中间也没有找见老人家说的那几个人，回来给老人说：“爸，没有，啥也没有，你老人家怕是看眼花了。”张志德说：“眼睛花了，耳朵总没有花吗，说的话我听得一清二楚。”

过了几天，张志德开始发烧了，而且是高烧，常常烧到三十九度，这一病儿女们都有些紧张了，老妈妈还住在医院里，老父亲又病了，这个家有点乱了。儿女们又是请西医又是请中医，期间虽然时好时坏，但病始终没有明显的好转。大家都为这两个老人捏着一把汗。

2008 年 3 月间，张志德的病情加重了。尽管病情严重，发烧厉害，但他的脑子始终很清楚，对过去的事记忆犹新，对最近的事如数家珍，他说他今年九十二岁了，他的生日是 1917 年阳历 4 月 13 日，今年已经进入九十二岁了，农村人跨年就算一岁，所以老人家说他九十二岁了也没有错。

4 月 12 日晚上大约两三点钟的时候，张志德输完了最后一瓶液体，医生给他拔掉针头后，他抬起手来看了看，说：“今天输液输的好，没有漏。”老人家说的没有漏，是说输液的针头没有错到静脉血管以外。如果针头错到静脉血管以外，液体就漏到皮下了，开头出现一个大包，慢慢地包没有了，皮肤上却留下一块青斑，老人家输了半年液体了，常常出现这种情况，所以老人家有了经验。

“几点了？”张志德问他的儿子老三。

“三点了，你睡上一会吧。”

张志德没有说话。三儿子猛然觉得老人家喘气很慌张，就摸了一下脉，脉向不但很乱象，还弱得几乎摸不见，他追出大门把刚刚离开的医生又叫回来，医生摸了摸脉，用听诊器听了一下心脏，悄悄的说："赶快穿衣服吧。"

话分两头说，先放下给老人穿衣服这边不说，专门说说另一个事情。本来这件事情时候来才知道的，但是为了叙述方便就把这件要紧的事拿过来。

张志德的老二连娃在军队上当大官，春节前听说父亲病重就请假回来了一趟，几天后父亲的病情好转了，他又返回部队去了。老二连娃离开这个家整整四十年，他时时刻刻惦念这两位老人，两个老人为了拉扯他们弟兄姐妹八个，吃尽了苦头，受尽了磨难，如今年岁大了，如同油灯一样油快要耗干了，他每每想起来就心酸得很。4 月 12 日，老二起床后就感觉心情十分地不好，后来心慌得坐立不安，他预感到要发生某种事情，他给自己的爱人说了好几遍，说他今天心慌得很，是不是甘肃的老人情况不好，爱人劝他先沉住气，等晚上或者明天打个电话问一问。

第二天凌晨三点钟的时候，连娃猛然地惊醒了，开头他以为外面什么东西响了把他惊醒的，静静地听了一阵什么声音都没有，他立刻预感到老父亲的情况严重了，他把熟睡的爱人叫醒来说："我被什么东西惊醒了，心里慌得不行，怕是咱爸的情况不好。"他爱人安慰说："不要紧张，等天明了打个电话问问情况。"

早上七点，老三打来电话说他们最亲爱的父亲于今天凌晨三点钟去世了，接着伤心地只有哭泣声，其他一概听不清。

这一天是 2008 年 4 月 13 日，是张志德升天的日子，九十二年前的 1917 年 4 月 13 日，张志德来到这个世界上，2008 年 4 月 13 日走完了人生的最后一天。

九十二岁的老人这个世界上有的是，但是出生日和去世日在同一天的老人恐怕不多。

老人家走完了人生的路程，却留下了许许多多值得后人们思考的话题，在某种意义上有点神秘。

后　记

恭喜你读完了这部小说。

小说以叙事的风格讲故事，却有许许多多真实的事情作基础。在写作的过程中有许多地方作者进行了加工，所以就不能叫报告文学，只能是小说。通过这部长篇小说，作者的目的在于宣传一个为了党的事业、为了国家利益、为了人民的幸福，不畏艰险、不怕困难、不屈不挠的钢铁汉子的光辉形象。通过这个党支部书记的一点一滴的感人事迹，向全社会传递正能量，为千千万万个共产党员和第一线的干部树立一个榜样。

通过这部长篇小说，大家还可以从中了解到二十世纪五六十年代农村的现实状况。那时候的中国农村文化落后，科技落后，人们的思想理念也很落后。农民手中不但没有生产资料，甚至于连生活资料也十分匮乏，而且社会环境不十分稳定，时不时的有土匪和散兵游勇到处流窜。在这样一个环境中，作为党支部书记要开展工作，面对的困难是可想而知的。

小说中用了许多事例来反映一些农民的实际情况，有些人只看眼前的利益和个人的利益，对长远利益和根本利益压根就不愿意去想，有时候农民的个人利益，哪怕是一点点利益，只要是受到了损失，他们就可能反对，或者记仇。

作为一个在第一线工作的党支部书记不但要贯彻执行党的路线、方针、政策，还必须从农民的长远利益和根本利益出发去考虑问题，这就难免要发生矛盾，所以，一个党支部书记遇到的阻力是相当大的。小说中的党支部书记有时候也陷入苦恼，但是，一个共产党员的担当和责任最后不但战胜了自己，也引领农民过上幸福生活。

张也

2017 年 6 月